Richard Skowronnek

Schweigen im Walde

e-artnow 2018

Scholem Alejchem
Anatevka: Die Geschichte von Tewje, dem Milchmann

Ludwig Ganghofer
Ludwig Ganghofer: Die beliebtesten Heimatromane (9 Titel in einem Buch): Das Gotteslehen + Der Herrgottschnitzer von Ammergau + ... + Der Besondere + Der Dorfapostel

Elisabeth Bürstenbinder
Vineta

Agnes Sapper
Die Familie Pfäffling (Ein Kinderklassiker)

Julius Stinde
Die Familie Buchholz - Aus dem Leben der Hauptstadt

Eugenie Marlitt
Gesammelte Werke: Romane + Erzählungen + Gedichte: Das Geheimnis der alten Mamsell + Amtmanns Magd + Die zweite Frau + Das Heideprinzeßchen ...+ Das Eulenhaus + Im Schillingshof...

Emile Zola
Das Paradies der Damen (Au bonheur des dames: Die Rougon-Macquart Band 11)

Charles Dickens
Klein-Dorrit

Agnes Sapper
Die Familie Pfäffling + Werden und Wachsen: Erlebnisse der großen Pfäfflingskinder: Zwei Klassiker der Kinder- und Jugendliteratur

Theodor Fontane
Die Poggenpuhls

Richard Skowronnek

Schweigen im Walde

Heimatroman

e-artnow, 2018
Kontakt info@e-artnow.org

ISBN 978-80-268-8581-8

Inhaltsverzeichnis

Erstes Kapitel

Das Wetter war umgeschlagen, der linde Frühlingsabend hatte sich unter Sturm und grobem Hagelschauer jählings wieder in rauhen Winter gewandelt. Nur eine kurze Viertelstunde hatte es angehalten, dann war die Windsbraut weiter gezogen, hinter ihr aber kam die kalte Nacht. Scharf einsetzender Frost zog über Gräben und Lachen blanke Spiegelscheiben, und feine Schneesterne schwammen in der stillen Luft, kamen geheimnisvoll irgendwoher aus dem klaren Himmel, um leise zu dem weißen Teppich hinabzuschweben, den der brausende Nordwind seinem bräutlichen Gespons zu Füßen gebreitet hatte.

Über dem weiten Wiesenplan, der den Hochwald vom Torfbruche trennte, hob sich der volle Mond, in der Schneedecke aber fing ein Funkeln und Flimmern an, wie von tausend Smaragden, Saphiren und Demantsteinen. Und tiefes Schweigen ringsum, kein Laut in der weißschimmernden Nacht, alles Leben in Wald, Feld und Wiese hatte sich vor der jäh eingefallenen Kälte wieder verkrochen. Nur ein alter Gabelweih hakte standhaft auf dem dürren Wipfel einer einsam im Wiesenland stehenden Kiefer, hob den schmalen Raubritterkopf aus den Schultern und bejagte mit spähenden Augen den überschneiten Plan. Aber nichts Weidgerechtes weit und breit, kein fürwitziges Märzhäslein, das zwischen verdorrtem Wintergras nach den ersten Frühlingsspitzen suchte, kein fetter Entvogel auf den Wiesengräben, nicht mal, als Nothappen sozusagen, ein zäher Wasserratz zwischen den Kampen, den man mit raschem Stoß auf dem Trockenen überfiel, ehe er das schützende Torfloch zu erreichen vermochte. Da plusterte auch der Gabelweih die Federn auf und barg mißmutig den Kopf unter dem linken Flügel, vielleicht, daß sich im Schlafe der beißende Hunger verlor. Im Hinüberdämmern aber sann er darüber, weshalb man wohl immer zu früh das nahrhafte Winterquartier verließ, trotz aller trüben Erfahrung. Und alle Jahr die gleiche Torheit: Kaum, daß der erste warme Sonnenstrahl nordwärts über die Alpen stieg, spannte man die Flügel und zog mit. Ganz als wenn man's gar nicht mehr abwarten konnte, ob der alte Kiefernbaum noch aufrecht stand mit der Stammburg zwischen den gewaltigen Ästen, tief unten in der masurischen Heide...

*

Die junge Schloßherrin von Adlig-Groß-Lipinsken wandte den von einer Lodenkapuze geschützten Kopf zu dem hinter ihr stehenden Förster und deutete mit der Linken in die weißschimmernde Fläche hinaus.

»Da, Ahrens, ist das nicht herrlich? Und ganz wie im Märchen: die Schneekönigin hat ihr Gewand hergegeben, um die frierende Erde zuzudecken!« Sie sprach mit geröteten Wangen, denn der rasche Gang durch Wind und Wetter hatte ihr das Blut warm gemacht. In den braunen Augen aber leuchtete es von Schelmerei, denn sie stand mit dem Alten, der schon ihrem Großvater in Treuen gedient hatte, auf einem leichten Reckfuß und konnte sich ungefähr denken, was er in seiner derb-trockenen Art auf diesen poetischen Vergleich erwidern würde.

Der alte Förster, der mit seiner gewaltigen, schier ebenso breiten als hohen Gestalt in dem schneebedeckten Flausrocke wirklich aussah, wie ein Eisriese aus dem Gefolge der Schneekönigin, zog den mächtigen weißen Bart durch die Linke und sagte halblaut, um den auf kaum hundertundfünfzig Schritte Entfernung aufgebäumten Gabelweih nicht zu verscheuchen: »Stimmt und ist richtig, gnädigste Baroneß, ich hab' von dieser Schneekönigin auch mein Teil weggekriegt; die Klunkern von ihrem Rock hat sie mir in den Bart gehängt. Wenn aber Baroneß sich einbilden, daß wir nach diesem Schweinewetter auch nur einen einzigen Schnepf zu Schuß kriegen – und das war doch sozusagen der Zweck der heutigen Übung – dann sind Sie, mit allem schuldigen Respekt, auf dem Holzwege!«

Die junge Baroneß von Linde lachte auf.

»Für so etwas, wie Poesie, haben Sie wohl gar nichts übrig, Ahrens?«

»Aber gewiß doch, gnädigste Baroneß, sogar sehr, nur es muß auch das richtige Wetter dabei sein! Mild wie so ein alter Korn, der zwanzig Jahre in einem Portweinfaß gelagert hat, dabei aber doch Feuer in sich, so ein richtiger Frühlingsabend, wo die ganze Kreatur vor lauter Liebe ordentlich krieselig geworden ist, die Singdrossel muß so recht herzlich flöten auf dem höchsten Tannenwippel, und wenn dann die ›Eulenköppe‹ mit ihrem ›Ork‹ und ›pkß‹ durch die Luft gaukeln, wie, na meinetwegen, wie die Fledermäuse um den Kuhstall, sehen Sie, Baroneß, das ist poetisch! Wenn aber das Schlackwetter einem die Augen verkleistert, daß man denkt, der Kalender ist verrückt geworden, und es geht auf Weihnachten statt auf Ostern … ei, dich soll die Ameis beißen …« er brach ab und griff nach dem Gewehr, »jetzt streicht uns auch noch der Weih fort, und wir kommen mit leerer Jagdtasche nach Hause!« Der Raubvogel auf dem dürren Kiefernwipfel hatte den Kopf unter dem Flügel hervorgezogen, reckte den Hals und äugte scharf in die Runde, unsicher, woher das warnende Geräusch ihm ans nimmer schlafende Ohr gedrungen war.

Elsbeth von Linde hatte den leichten Drilling an die Wange gehoben und raunte zurück: »Ist ja viel zu weit, Ahrens.«

»Unsinn,« sagte der Alte, denn im Jagdeifer vergaß er ganz und gar den Respekt und behandelte seine junge Herrin nicht anders, als einen richtigen Jägerlehrling, »keine hundertfufzig Schritt sind's, das weiß ich besser. Mondlicht trügt. Und noch hat er uns nicht spitz … jetzt aber … und ganze Figur aufsitzen lassen, sonst geht's drüber weg …« Der Gabelweih neigte sich vornüber, um im Herniederfallen die Schwingen zu breiten und, hinter dem Stamme gedeckt, dicht über der Erde davonzustreichen, da brachen aus dem dunkeln Kieferngebüsch mitten in der Wiese zwei rote Feuerstrahlen. Mit dumpfem Aufschlag fiel der schwere Vogel zu Boden, so jäh war der Tod über ihn gekommen, daß er keine Zeit gefunden hatte, die Flügel zu spannen.

Unkas der Hund, ein reingezogener drahthaariger deutscher, der regungslos neben dem linken Fuße seines Herrn gesessen hatte, fuhr in die Wiese hinaus, Elsbeth von Linde aber wandte sich zu ihrem Förster, und ihre Augen leuchteten vor Stolz.

»Na, Ahrens, was sagen Sie nun dazu? Und wenn er das mitangesehen hätte, ob er dann noch …« sie wurde plötzlich rot, brach ab und verhedderte sich: »das heißt, nämlich ich meine, na ja also … also was sagen Sie nun dazu?«

Der Alte nahm die Hacken zusammen und salutierte feierlich mit Gewehr bei Fuß.

»Nichts wie Donnerwetter, gnädigste Baroneß, und allerhand Hochachtung, bei dem ungewissen Licht geradezu ein Meisterschuß! Wie ein gerechter Weidmann, der sein zehntes Paar doppelsohlige Stiebeln mit Verstand in freier Wildbahn durchgelaufen hat!« Im stillen aber schmunzelte er, daß Auge und Hand ihm trotz seiner Jahre noch immer willig und geschickt geblieben waren, um der mangelhaften Schießkunst seiner jungen Jagdherrin so unauffällig nachhelfen zu können, daß die beiden Schüsse genau wie ein einziger zusammenklangen, der ihrige, der irgendwo daneben ins Blaue gegangen war, und der seinige, der den Weih natürlich mitten in die Brust getroffen hatte …

Unkas der Hund kam im kurzen Trab mit der erlegten Beute von der Kiefer zurück, und es war ein prächtiges Bild, wie er den mächtigen Vogel frei im hoch erhobenen Fang trug, kaum daß die Spitzen der langen Schwingen den Schnee streiften. Als ein wohlerzogener Hühnerhund setzte er sich auf die Hinterkeulen, klopfte mit der kurzgestutzten Rute den Boden und wartete geduldig, bis ihm die Beute von seinem Herrn abgenommen wurde. Der aber kratzte sich den Kopf und hätte sich fast durch einen unbedachten Ausruf verraten: der hellgefärbte Leib des Vogels zeigte deutlich zwei Kugeleinschläge! Und, wahrhaftig, der Schuß seines »Lehrlings«, an dem kleineren Durchmesser deutlich erkennbar, saß besser als der seinige, er war reichlich eine Handbreit zu tief abgekommen!

Die Baroneß hatte, um ihre Verlegenheit zu bemeistern, den abgeschossenen Büchsenlauf wieder geladen und trat zu dem Alten. Gott sei Dank, er schien im Jagdeifer gar nicht gemerkt zu haben, wie nahe daran sie gewesen war, ein ängstlich gehütetes Geheimnis zu verraten.

»Na, Ahrens, hab' ich mal wieder etwas nicht recht gemacht?«

»Im Gegenteil, gnädigste Baroneß, der Schuß sitzt besser als … na ja, wie gesagt, ganz ausgezeichnet!

Aber da, bitte, sehen Sie mal her« – er wies auf die Stelle, an der sein grobes Kaliber ein böses Loch in das Federkleid gerissen hatte, und seinem erfindungsreichen Kopfe stellte sich im selben Augenblick auch schon die rettende Erklärung ein – »also der Esel von Unkas gewöhnt sich, wahrhaftig, auf seine alten Tage das Knautschen an! An Ausstopfen ist leider nicht zu denken!« Und er hielt seinem schuldlosen alten Weidgenossen, der ein zartes Taubenei zu apportieren verstand, ohne es zu zerbrechen, eine gar gröbliche Standpauke, belegte ihn mit allerhand ehrverletzenden Titulaturen und ließ ihn – angeblich zur Strafe – den Vogel wohl ein dutzendmal apportieren. Unkas aber, der aus mehr als zehnjährigem Umgang mit der Sprache seines Herrn vertraut war, hatte verstanden. Jedesmal, so oft er den in die Wiese hinausgeschleuderten Gabelweih wieder holte, schlenkerte und schlackerte er ihn zwischen den fest zugreifenden Zähnen, bis schließlich nur ein zerzauster Klumpen übrig blieb, an dem weder Ein- noch Ausschuß zu erkennen waren. Danach erst gab sich sein alter Herr zufrieden, trennte mit scharfem Weidmesser dem Vogel die Fänge ab, um sie dem jungen Mädchen, das seit einiger Zeit bei ihnen beiden die Jägerei lernte, mit abgezogenem Hut als Trophäe zu überreichen...

Die schöne Leserin aber, die aus begreiflicher Unkenntnis des edlen Weidwerkes vielleicht daran zweifeln sollte, daß Unkas wirklich so gescheit war, wie eben geschildert, sei versichert, daß diesem Hunde tatsächlich nur die Fähigkeit der Sprache fehlte, sonst hätte er sich in allen Angelegenheiten, die die Jagd angingen, und vielleicht noch in etlichen mehr, in Rede und Antwort unterhalten können, wie ein Mensch!

Und dafür nur ein Beispiel.

Jedesmal nämlich, so oft sein alter Herr seine berühmte Geschichte von dem weißen Hirsch mit achtzehn Enden erzählte, den er nur deshalb verpaßte, weil er dieses auf zwanzig Meilen in der Runde nicht vorkommende Getier für eine Vision, eine Ausgeburt seiner Phantasie gehalten hätte, erhob Unkas sich schweigend von seinem Lager unter dem Tische, klinkte mit dem rechten Vorderlaufe die Tür auf und verließ die Stube; denn in dem Verlauf der Geschichte, die da mit den Worten anfing: »Wenn Sie sagen, in der hiesigen Gegend gäb' es keine Hirsche, lassen Sie sich erzählen, was mir im vergangenen Herbst passiert ist,« kam folgende Stelle vor: »Also der Hirsch steht breitseit mitten auf dem Neudörfer Wiesengestell, äugt mich groß an. Ich aber hatte so ein bißchen vor mich hingedrömelt, vom Tag vorher auch einen etwas schmerzhaften Schädel, und trau' meinen Augen nicht; wenn einem in diesem Zustand die heiße Mittagsonne aufs Dach scheint, hat man ja manchmal solche Visionen, andre zum Beispiel glauben dann immer weiße Mäuse zu sehen. Also ich schwenk' den Hut, um dieses Trugbild zu verscheuchen, aber es bleibt regungslos stehen, wie aus Stein gehauen. Na und da bieg' ich mich 'runter und kneif mit scharf eingesetztem Daumennagel dem Köter in den Schwanz: Unkas, alter Kampfgenosse, schlafen wir oder sind wir wach? ...Kiautsch, sagt die Thöle, ebenso wie jetzt« – bei diesen Worten griff der alte Herr unter den Tisch, suchte aber vergebens nach der Rute seines Eideshelfers, um ihn zur Bekräftigung seiner Erzählung gründlich zu zwicken, und schloß dann, wie immer, schnell gefaßt, mit den Worten: »Also, sehen Sie, meine Herren, auch mein alter Unkas besinnt sich noch so genau auf den Vorfall, daß er schon vor der, für ihn allerdings etwas schmerzhaften Pointe das Lokal verlassen hat! ...«

Der alte Herr führte den vollen Schoppen zum Munde, Unkas aber, der an der Tür gehorcht hatte, ob die Erzählung zu Ende war, betrat wieder die Stube und nahm beruhigt seinen alten Platz ein. In den andern Geschichten, die der Förster zu erzählen pflegte, kam er zwar auch fast immer vor, aber es ging dabei ohne schmerzhaftes Schwanzkneifen ab...

So gescheit war diese Perle von einem Hühnerhund, von dem in diesen Blättern noch öfter die Rede sein wird, und aus Klugheit nur hielt er sich während der Zeremonie, in deren Verlauf dem jungen Mädchen die abgeschlagenen Raubvogelfänge nebst einem frisch gebrochenen Kiefernzweig überreicht wurden, in achtungsvoller Entfernung. Wer mochte wissen, ob dabei für ihn nicht ebenfalls eine handgreifliche Nutzanwendung abfiel, wie bei der Geschichte von dem verpaßten Hirsch? ...

Der alte Herr aber schien an dergleichen nicht zu denken. Er schritt mit dem langzöpfigen Jägerlehrling quer über die verschneite Wiese und kratzte sich wieder den grauen Kopf, diesmal aber ausgiebiger und nachdenklicher als vorhin. Und Unkas glaubte zu wissen, weshalb. Wenn's nämlich im kommenden Mai bei der Bockbirsche ein ähnliches Malheur gab wie heute, konnte sich sein Herr wegen des zweiten Kugeleinschlages nicht mehr auf ihn als den Sündenbock ausreden, denn Rehböcke apportierte er nicht...

In dieser Annahme aber täuschte er sich, trotz all seiner sonst so oft bewiesenen Klugheit. Der alte Herr wälzte ganz andre Gedanken im Kopfe, denn ihm war nicht entgangen, wie die Baroneß sich verheddert hatte, in der ersten Freude, den Weih erlegt zu haben. Und mit dieser Verhedderung hielt er den Augenblick zusammen, in dem sie – kaum sieben oder acht Monate war es her – mit dem kurzen Befehl vor ihn hingetreten war: »Sie, Ahrens, verschreiben Sie mir sofort ein leichtes Damengewehr, ich will von morgen an auf die Jagd gehen!« Ihm aber blieb vor Verwunderung fast der Mund offen stehen. Reiten tat ja die junge Baroneß wie ein Husarenleutnant, das hatte sie in der englischen Pension gelernt, und tummelte sich mit ihren unbequemen scharfen Augen vom ersten Tage an in der Außen- und Innenwirtschaft mehr herum, als dem alten Fuchs und Betrüger, dem Verwalter Wisotzki, lieb war, für die Jagd aber hatte sie bisher so wenig Passion gezeigt, daß sie sich nicht einmal nach dem Gehörn umsah, wenn er ihr mit einem Bock im Rucksack auf dem Heimweg von der Früh- oder Abendbirsch begegnet war...

»Auf die Jagd gehen, gnädigste Baronesse? Ja haben Sie sich das auch gründlich überlegt? Draußen im Reich soll es, dem Vernehmen nach, wohl solche Damen geben, hier bei uns aber dürfte es der gnädigen Baroneß doch sehr verübelt werden!«

»Aber ich will es, Ahrens, und damit basta!«

»Ja, wenn gnädigste Baroneß ernstlich befehlen, dann natürlich! Schließlich gibt's ja auch bei uns im Kreise eine Dame, die sich in dieser Weise nicht geniert, die alte Baronin Kammreuter auf Kallinowken, aber die trägt hohe Stiebel, wirtschaftet ohne Inspektor und will wohl auch gar nicht als Dame ästimiert werden. Nämlich sie verhaut, wenn's not tut, höchsteigenhändig ihre Knechte, und kein Wilddieb traut sich in das Kallinowker Revier. Seit sie nämlich dem Altsitzer Lask auf Abbau-Kallinowken, dem Schlingensteller, wissen Sie, Baroneß, den ich vergangenes Jahr auch auf drei Monate ins ›rote Haus‹ gebracht hab'... also seit sie dem so gründlich das Leder gegerbt hat, daß er vierzehn Tage nicht richtig sitzen konnte, seit dieser Zeit meiden die Wilddiebe ihr Revier. Aber, nicht wahr, mit diesem Ruhm wollen Baroneß doch gewiß nicht konkurrieren?...«

»Wenn's sein muß, auch damit!«

»Also schön, zu Befehl,« hatte er damals erwidert und das verlangte Gewehr verschrieben. Einen kostbaren hahnlosen Drilling von Steigleder in Berlin, Kaliber zwölf in den Schrotläufen, aber so leicht, daß er ihn mit dem kleinen Finger ohne Anstrengung heben konnte, und mit schier erstaunlichen Schußleistungen ...kein englisches Gewehr konnte sich damit vergleichen! Diesen Drilling hatte er mit dem arglistigen Hintergedanken ausgewählt, ihn nach kurzer Zeit selbst zu führen, denn es war zehn zu eins zu wetten, daß die so plötzlich erwachte Jagdpassion seiner jungen Herrin keine vier Wochen anhalten würde, sobald sie nämlich gemerkt hätte, daß die Jagd zuzeiten nicht nur kein Vergnügen, sondern eine recht anstrengende Arbeit war. Mit diesem Hintergedanken aber – das sah er schon in den ersten Wochen – hatte er sich arg getäuscht, denn kein Forstlehrling konnte seinen Beruf so ernsthaft anfassen, wie dieses junge Mädchen seine Passion! Tagsüber im Sonnenbrand über die Weizenstoppeln und Kartoffelfelder hinter den Hühnern her, ohne eine Spur von Ermüdung zu kennen, abends noch eine Stunde Unterricht in der weidmännischen Umgangssprache oder der praktischen Forstwirtschaft, und im Herbst schon war sie so weit, daß sie nicht mehr von »Beinen« sprach, sondern von »Läufen«, die »Blume« nicht mit dem »Spiegel« verwechselte und sich sogar so subtile Unterscheidungen zu eigen gemacht hatte, daß Fuchs, Hase und alles zur niedern Jagd gehörige Wild nur »färbt«, während Reh und Hochwild, wenn die Kugel gesessen hat, »zeichnet und Schweiß verliert«. Aber auch mit der Schießfertigkeit war es überraschend schnell vorwärts gegangen. Schon nach den ersten Wochen holte sie jedes Huhn herunter, selbst wenn es spitz von vorne kam, im Herbste lernte sie mühelos den hingeworfenen Schnappschuß, wenn der getriebene

Hase oder das Karnickel wie eine graue Kugel über die schmale Schneise sauste, nur bei den Rehböcken hatte es immer noch gehapert, denn in der Aufregung beging sie regelmäßig einen der drei Grundfehler, die zum Vorbeischießen führen: verdrehte das Gewehr, klemmte das Korn oder »muckte«, das heißt sie schloß im Moment des Abdrückens die Augen, statt klar und scharf durch das Feuer zu sehen, wo die losgelassene Kugel geblieben war. Aber auch diese Fehler schien sie sich abgewöhnt zu haben – am heutigen Abend hatte sie es bewiesen – und da hatte er einen Augenblick lang daran geglaubt, daß sie wirklich nur die reine Passion zum edlen Weidwerke geführt hätte, bis ihm durch ihren unbedachten Ausruf klar geworden war, daß, wie so oft bei sonst rätselhaften Entschlüssen und Handlungen junger Mädchen, auch hier wieder einmal ein »Er« dahinter steckte, ohne den man im gewohnten Geleise geblieben wäre! Und als ein erfahrener Weidmann, dem ein geknickter Zweig oder ein flüchtiger Eindruck im weichen Wiesenboden ganze Geschichten erzählten, fing er an zu spüren, wer wohl dieser »Er« sein mochte, der von seiner jungen Herrin so vollständig Besitz genommen hatte, daß sie an ihn zuallererst hatte denken müssen, als sie ihre erste ordentliche Weidmannsfreude erlebte. Und wie man bei einer »Neuen« ein Stück Schwarzwild festmacht, kreiste er in Gedanken all die jungen Männer ein, mit denen seine Herrin zusammengekommen war, seit sie den Entschluß gefaßt hatte, eine Jägerin zu werden, aber danach fand er keinen, dem er eine solche Eroberung zugetraut hätte.

Über den langen Hans Heinrich von Mechow auf Mechowen, der jeden Nachmittag fast, den der liebe Gott werden ließ, zu einer schweigsamen Tasse Kaffee herübergeritten kam, lachte sie, machte ihm nach, wie er jedesmal erst die groben Fingergelenke knacken ließ, ehe er eins seiner spärlichen Worte herausbrachte, den langhaarigen Maler aus Königsberg, der die Edelfohlen in der Jährlingskoppel abzeichnete, behandelte sie mit einer gleichmäßigen ruhigen Freundlichkeit, und den geschniegelten Hauslehrer der jüngsten Wisotzkischen Rangen, der ihr zuweilen seine selbstgemachten Gedichte vorlas, hatte sie erst kürzlich einen gezierten Gecken genannt; der junge Prediger aber aus dem Kirchdorfe Ostrokollen, das zum Adlig-Groß-Lipinsker Patronate gehörte, und sonst ein recht stattlicher junger Mann mit einem handfesten Schmiß in der Backe, kam auch nicht in Betracht, denn er war, wie die meisten Männer Gottes, natürlich schon aus seiner Studentenzeit her verlobt. Und wenn er auch mehr um seine junge Patronin herum war, als es seine seelsorgerischen Pflichten just erfordert hätten, so lag dies wohl nur daran, daß sie bei seiner endgültigen Bestallung zum Pfarrherrn das entscheidende Wort zu sprechen hatte. Vorausgesetzt natürlich, daß sie ihren Prozeß mit dem Adlig-Klein-Lipinsker auch in letzter Instanz gewann, denn die Entscheidung des Kammergerichtes, ob Adlig-Groß-Lipinsken als ein Kunkellehen anzusehen wäre, stand noch immer aus...

Also diese vier schieden schon nach kurzem Überschlag aus dem Kreis der Verdächtigen aus, damit war aber seine Kunst eigentlich zu Ende, denn mit andern jungen Leuten war die Baroneß seines Wissens in der kritischen Zeit nicht zusammengetroffen. Höchstens nur noch mit den beiden Wirtschaftsvolontären des Verwalters Wisotzki, die Sonntags an der Schloßtafel speisten, aber an die zu denken war lächerlich, denn sie taten den Mund nicht auf, außer sie wurden gefragt, und wenn die Baroneß vom andern Ende der Tafel einmal zufällig zu ihnen hinübersah, verschluckten sie sich fast vor Verlegenheit, weil sie nämlich immer Angst hatten, einer von ihnen hätte wieder einmal einen gröblichen Verstoß in der Handhabung von Messer und Gabel begangen.

Aber wenn von allen denen keiner dieser »Er« war, wer dann nur, wer? ...Und der alte Herr strengte seinen Kopf an, daß ihm vor lauter Nachdenken die hellen Schweißperlen auf die Stirn traten. Und mit einem Male lachte er auf, so daß seine junge Herrin sich ganz verwundert nach ihm umsah: Vom andern Ende mußte man bei dieser Spürarbeit anfangen, mal diejenigen jungen Herren einkreisen, mit denen seine Baroneß persönlich nicht zusammenkam, und da glaubte er schon beim ersten flüchtigen Anschlagen gleich den Richtigen erwischt zu haben, fragte sich nur, ob er ihn beim genaueren Spüren auch wirklich bestätigte! Daran aber wollte er sich sofort begeben, denn aus rein egoistischen Gründen schon konnte es ihm nicht gleichgültig sein, wer einmal als Gatte der Baroneß sein Herr wurde, ganz abgesehen davon, daß er sie mit einer bei allem Respekte schier väterlichen Zuneigung umfing und ihr in allen Stücken die unerschütterliche Treue zu erweisen gedachte, die er schon ihren Vorfahren gehalten hatte ... Also, nachdem er sich den Plan in kurzem zurechtgelegt hatte, nach dem er das arglos neben ihm schnürende Füchslein zu fangen gedachte, blieb er stehen und blickte nach dem vollen Mond empor: »Ja, was ich nämlich sagen wollte, gnädigste Baroneß, es wird bald Zeit, daß wir wieder zu buddeln anfangen. In acht Tagen haben wir das letzte Viertel, und, wenn dann Mond und Morgenstern in einer Linie gerade über dem Ostrokoller Kirchturm stehen, dann ist es Zeit. Die andre Richtungslinie ist ja leider Gottes verloren gegangen, von der alten Torfscheune am Bruchrand sind nicht einmal mehr die Fundamente vorhanden, und von den drei Linden an der Klein-Lipinsker Ecke steht nur noch ein einziger morscher Stumpf, ich aber meine immer, auch so müßte der alte Kasten sich wiederfinden lassen. Nur, natürlich, eine sogenannte Zufallsbuddelei hätte keinen Zweck, sondern systematisch müßte man vorgehen, bei der richtigen Himmelskonstellation die eine Richtungslinie ordentlich festlegen und dann durch die ganze Wiese einen tiefen Graben ziehen. Das Geld wär' nicht verloren, denn man könnte mit dem Graben ja eine Drainageanlage verbinden und, wenn auch der Herr Wisotzki immer dagegen redet, ich sage, wir würden zum mindesten hundertundfünfzig Fuder Heu mehr ernten als jetzt. Wenn sich aber bei dieser Arbeit das bewußte Dokument finden sollte – und ich sage, es findet sich, denn der alte Verbrecher, der Gärtner Tyrol, hat mir doch auf dem Sterbebett die ganze Geschichte eingestanden – also dann wäre doch kein Gold der Welt dafür zu teuer! Die Baroneß mit dem gnädigen Fräulein Schwester brauchten nicht in der Angst zu schweben, hier eines schönen Tages womöglich doch noch 'rausgesetzt zu werden, denn wie diese Herren in Berlin entscheiden werden – also nichts Genaues weiß man nicht. Allenberg und Königsberg, das ließ ich mir gefallen, denn da waren womöglich noch Bekannte von Ihrem Herrn Großvater selig darunter, denen er es vielleicht erzählt hatte, daß nämlich sein Herr Vater wiederum mit Zustimmung der in Betracht kommenden Instanzen das Majorat in ein Kunkellehen umgewandelt hätte. Wenn aber ein Gericht so weit weg ist, wie dieses Kammergericht, dann trau' ich dem Frieden nicht recht! Wie wenn dieses Gericht nun herkommt und dreht den Spieß um? Nicht du, Herr von Linde auf Klein-Lipinsken, führ den Nachweis, daß deine klägerische Behauptung wahr ist, sondern du ... pardon, natürlich, ich wollte sagen, Sie, gnädigste Baroneß, als die Beklagte, produzieren Sie einmal das bewußte Dokument! Na, und dann stehen wir da mit unsern Talenten. Das Original ist angeblich mit verbrannt, als nämlich im Jahre neunundsechzig das Allenberger Landgericht abbrannte, aber kein Mensch kann mehr beschwören, es wirklich gesehen zu haben, und das Duplikat soll in einer eichenen Lade liegen, die der Gärtner Tyrol mit seinem Helfershelfer, dem Hufschmied Martschinowski, in den Lipinsker Wiesen eingebuddelt hat. Auch nur ›soll‹, denn die Dokumente, in die die beiden Spitzbuben das Silberzeug einwickelten, damit es in dem eichenen Kasten nicht klappern sollte, hatten sie natürlich nicht gelesen. Und beim Auswickeln, als sie nach Jahr und Tag daran gingen, die gestohlenen Kostbarkeiten nach Polen über die Grenze zu schaffen, erst recht nicht, alles was der alte Tyrol wußte, war nur, daß eins dieser Schriftstücke auf einem Papier gestanden hätte, wie Schweinsleder so dick und mit einem handgroßen Siegel daran. Damals nämlich wären sie beinahe mitten in der schönsten Arbeit überrascht worden, hatten gerade die Rasenstücke wieder über die Grube gedeckt, als am Waldrande, hoch zu Pferd, der Herr Verwalter Wisotzki auftauchte ... Kaum daß sie gerieten, sich platt auf den Bauch zu werfen, und wenn der Herr Verwalter, statt 'nem großen Mundwerk, bessere Augen gehabt hätte, hätte er die beiden Kerle spitz kriegen müssen, denn er ritt keine dreihundert Schritt weit an ihnen vorüber. Die aber noch in derselben Nacht mit dem Silberzeug, heidi, über die Grenze. Hundert Taler nur haben sie dafür gekriegt, zehnmal so viel Tage und Nächte aber hat das Gewissen an ihnen gefressen, denn der Hufschmied Martschinowski wanderte nach Amerika aus, und der Gärtner Tyrol ging herum, wie sein eigener Schatten. Und wie ich – jetzt sind's gerade drei Jahre her, und Baroneß waren damals noch in der englischen Pension – also wie ich an seinem Haus vorbeigeh', sitzt er auf seiner Gartenbank und läßt sich die Sonne auf den Magen scheinen. Das heißt, so dachte ich, als ich ihn von weitem sah, in Wirklichkeit konnte er sich nicht rühren, denn der Tod hatte ihn beim Mistbeetjäten überfallen, und die Nase stand ihm schon ganz spitz im Gesicht...

»Tyrol,‹ sage ich, ›Menschenskind, mit Ihnen ist Matthäi am letzten, und wenn ich noch ein Paar richtig gehende Augen im Kopf hab', hat Sie der Deuwel schon am Schlafittchen!‹

»Ja,‹ stöhnt er, ›Ahrens, es geht aufs Ende, nur ich kann noch nicht sterben, erst muß ich etwas von mir geben, wegen dem Papier nämlich, das jetzt auf einmal gesucht wird!«...

Elsbeth von Linde, die der alten, wohl ein paar dutzendmal schon erzählten Geschichte nur mit halbem Ohr zugehört hatte, hob die Hand.

»Ach, Ahrens, das weiß ich ja schon alles! Und damit kommen wir ja nicht einen einzigen Schritt weiter!«

Im Prozeß vielleicht nicht, dachte der Alte, aber wenn ich dich, Füchslein, richtig einkreisen will, darfst du doch gar keine Ahnung haben, wo der Schlitten mit dem Jäger, der fern am Wiesenrand auftaucht, um nachher immer enger in der Runde zu fahren, eigentlich hin will ... Und laut fügte er hinzu: »Na ja, gnädigste Baroneß, stimmt und ist richtig. Aber ich meine, wenn man die alten Geschichten wieder mal so gründlich durchspricht, kommt man vielleicht auf ganz neue Gedanken! Also, wie ich nun zu dem Gärtner Tyrol sage: ›Mensch, Sie wissen was von diesem unglückseligen Papier und geben jetzt erst Hals, wo Ihnen schon, sozusagen, die Puste ausgeht...‹«

Die Baroneß unterbrach ihn schon wieder. Sie griff ihm über den Arm und deutete mit der Rechten in die Wiese hinaus, wo vor einem durchsichtigen Weidengebüsch zwei Rehe standen, den Kopf hoch aufgeworfen, den Körper aber scharf angezogen, um im nächsten Augenblick in jäher Flucht davonzubrechen...

»Da, Ahrens, und schreien Sie doch nicht so, da steht ja der Lipinsker Grenzbock, den wir im vergangenen Jahr nicht gekriegt haben, und sehen Sie nur, wie hoch er schon jetzt ›geschoben‹ hat. Das Gehörn im Bast steht ihm ja schon eine Spanne lang über die Lauscher hinaus!«

»Auch das stimmt und ist richtig, gnädigste Baroneß, der bravste Bock, der auf zehn Meilen in der Runde auf seinen Schalen geht, und vielleicht kriegen wir ihn im kommenden Mai, vielleicht auch nicht. Wahrscheinlicherweise aber das letztere, denn acht Jahre kenn' ich ihn nun schon, war vielleicht schon hundertmal auf ihn aus, aber jedesmal stand er auf der andern Seite der Grenze. Dem Klein-Lipinsker Herrn ging's ebenso, und – weiß Gott – manchmal kam ich auf den Verdacht, die unvernünftige Kreatur wüßte was von dem Prozeß und machte sich die Feindschaft zwischen den beiden Nachbargütern zu nutze. Das aber wiederum brachte mich auf die Idee, ob man nicht wenigstens in Jagdsachen zu einer Verständigung kommen könnte, unbeschadet natürlich aller sonstigen Feindschaft«...Der alte Herr hielt einen Augenblick lang inne, ob das Füchslein nicht vielleicht schon diesen ersten, gewissermaßen zufällig ausgestreuten Brocken annehmen würde, aber nichts dergleichen geschah. Die Baronesse ging gelassen weiter, schien sich für die ganze Frage schon gar nicht mehr zu interessieren, denn als der Bock mit der Ricke jetzt in hohen Fluchten absprang, wandte sie kaum den Kopf danach. Also erhob er seine Stimme, um ihre Gedanken, die anscheinend in irgendwelchen entlegenen Gründen spazieren gingen, zur Wirklichkeit zurückzurufen, denn ein zerstreut daherbummelndes Füchslein war natürlich nicht anzukirren...»Ja, und da meine ich, ob wir nicht so etwas wie gegenseitige Jagdfolge vereinbaren könnten, das heißt nämlich, wenn man ein Stück Wild krank geschossen hat, und es bricht erst jenseits der Grenze zusammen, daß man es da ruhig holen kann, ohne erst vorher einen großen Schreibebrief nach Klein-Lipinsken schicken zu müssen, oder umgekehrt. Aber der jetzige Zustand, wo das arme Wildbret einfach verkommt oder vom Raubzeug zerrissen wird, weil Adlig-Groß-Lipinsken und dito Klein-Lipinsken nur im Gerichtswege miteinander verkehren – also, gnädigste Baroneß werden mir zugeben – da muß sich einem gerechten Weidmann doch das Herz im Leibe umdrehen!«

Das Mittel hatte geholfen, das Füchslein fing an, aufzumerken.

»Hat Ihnen Herr von Linde etwa einen Auftrag gegeben, mir einen solchen Vorschlag zu unterbreiten?«

»Nein, gnädigste Baroneß, ich bin ganz von selbst darauf gekommen, als Sie nämlich von dem Grenzbock anfingen!«

»Und haben Sie sonst irgend einen Anhaltspunkt, daß Herr von Linde auf Adlig-Klein-Lipinsken ein solches Abkommen wünscht?«

»Auch nicht, gnädigste Baroneß. Ich weiß nur, daß er ein ganz weidgerechter Jäger ist, ein Jäger nach dem Herzen Gottes« – bei diesen Worten sah der Alte seine junge Herrin scharf von der Seite an, aber keine Regung in ihrem, von der kalten Luft geröteten Gesichte zeigte an, daß dieses zweimal unterstrichene Lob ihres Gegners irgendwelchen Eindruck auf sie machte – »na ja, und da dachte ich mir eben, ihm dürfte der gegenwärtige Zustand auch nicht angenehm sein. Genaues aber weiß ich natürlich nicht, denn ich komm' ja mit keiner Menschenseele aus Klein-Lipinsken zusammen!«

»Also dann brauchen wir uns über diese Frage ja auch nicht weiter den Kopf zu zerbrechen!«...

Hm, dachte der Alte, auf dem Weg geht's nicht! Gerade von dem Loblied, das er auf die jägerischen Qualitäten des Klein-Lipinskers sang, hatte er sich etwas versprochen, denn daß zwischen diesem und der Jagdpassion seiner jungen Herrin irgend ein geheimnisvoller Zusammenhang bestehen mußte, stand für ihn fest, wenn die Baroneß auch nicht, wie er eigentlich erwartete, bei dem Loblied mit den Achseln gezuckt hatte: »Der und ein weidgerechter Jäger?«...

Aber noch war der Abend ja nicht zu Ende, und den Köder, von dem er sich erst die richtige Wirkung erhoffte, hatte er noch nicht ausgelegt! Also nahm er seine unterbrochene Geschichte wieder auf, schilderte mit allen Einzelheiten das Geständnis des Gärtners Tyrol, und wie er eben nur noch geraten hätte, ihm die beiden Richtungslinien abzufragen, als mit einem Male der Tod seine Hand aufhob und dem reuigen Sünder den Mund verschloß. »Gerade will ich sagen: Tyrol, und wenn ich Sie nun jetzt auf einen Wagen laden und nach den Wiesen 'rausfahren würde, möchten Sie sich da zutrauen, den Platz wiederzufinden, wo Sie mit dem Martschinowski den Kasten vergraben haben? ...Da streckt er sich nur so ganz lang auf der Gartenbank aus, der Kopf fällt ihm auf die Brust, hinüber war er. Und ein paar Tage vorher hatte ich noch den schlechten Witz gemacht, der alte Tyrol könnt' überhaupt nicht sterben, weil ihm nämlich die große Nase so weit über den Mund hing. Da meinte ich, seine Seele hätt' keinen Ausweg, müßte aus dem Mund durch die Nase wieder in den Leib zurück. Und nun war er wirklich tot, kein Schütteln und Anschreien half, hatte das wichtigste Teil von seinem Geheimnis mit ins Grab genommen! ...Also frage ich mich manchmal, warum hat ihn der liebe Gott, der doch mit den Menschen immer nur das Beste vor hat, damals nicht noch ein bißchen länger leben lassen, bis er mir wenigstens die Stelle auf der Wiese gezeigt hatte? Auf die paar Stunden wär' es doch wahrhaftig nicht angekommen! Dann aber wären Baroneß aller Sorgen ledig gewesen, und Menschen, die sich auf dieser Welt doch eigentlich die nächsten sein sollten, könnten in Frieden miteinander leben, statt sich...«

Jetzt sprang das Füchslein auf den Brocken ein, die Baroneß blieb stehen und hob die Hand.

»Halt, Ahrens, und kein Wort mehr weiter! Hab' ich den Prozeß angefangen oder er?«

»Er natürlich, gnädigste Baroneß, der Herr Baron von Linde auf Adlig-Klein-Lipinsken, aber ...«

»Kein Aber, bitt' ich mir aus,« und etwas weniger schroff fügte sie hinzu: »denn mir scheint nämlich, Sie und Tante Lieschen stehen im Komplott, sie liegt mir auch mit allerhand Versöhnungspredigten in den Ohren. Daran aber, daß er den ganzen Prozeß sozusagen nur aus Prinzip angefangen hätte, um im obsiegenden Falle auf das Streitobjekt großmütig zu verzichten, wie Tante Lieschen in einem akuten Anfalle ihrer himmelblauen Romantik neulich meinte, also daran glaub' ich nicht, dafür hab' ich nur ein Lächeln! Wie Sie aber, Ahrens, als ein sonst so verständiger Mann, in dasselbe Horn blasen können, ist mir einfach unbegreiflich! Adalbert von Linde auf Adlig-Klein-Lipinsken, darin liegt doch der ganze Prozeß, mein Recht und überhaupt alles!« ...Und als sie sah, daß der Alte anscheinend nicht recht verstanden hatte, gab sie zu den letzten, etwas rätselhaften Worten eine Erläuterung. »Na ja, denken Sie doch bloß ein bißchen nach. Sein Urgroßvater und der meinige waren Brüder, und Adlig-Groß-Lipinsken und Klein-Lipinsken ein einziges Majorat. Mein Urgroßvater, als der ältere Bruder und

Inhaber des Majorats, hatte wohl drei Töchter, aber noch immer keinen männlichen Erben. Also da ging er her und schlug seinem jüngeren Bruder ein Abkommen vor: Komm her, willig ein, daß ich aus dem Majorat ein Kunkellehen machen darf, ich aber werde dir und deinen Nachkommen sechstausend Morgen für ewige Zeiten abtreten. Wenn du nicht willst, soll es mir auch recht sein, denn noch klappert ja der Storch auf dem Lipinsker Scheunendach, kann mir immer noch einen Jungen bringen! Na, und der jüngere Bruder überlegte sich den Fall, schlug ein, und das feierliche Abkommen wurde geschlossen, zu seinem Glück, denn im Jahr darauf wurde mein Großvater geboren. Und jetzt denken Sie noch ein Endchen weiter: Auch die Urkunde über diesen Akt der Abtretung, in der doch sicherlich die Gründe angeführt waren, ist spurlos verschwunden, war trotz sorgfältigster Durchsuchung in dem Klein-Lipinsker Archiv nicht zu finden. Nicht zu finden, obwohl es dort weder gebrannt hatte, noch ein Diebstahl vorgekommen war! Und da sage ich Ihnen« – die Baronesse streifte mit einem kurzen Ruck die Lodenkapuze zurück und ihre Augen sprühten ordentlich – »es war vielleicht sein Glück, daß dieser Gärtner Tyrol nicht noch ein paar Stunden länger gelebt hat. Wer weiß, was er in der Todesangst noch alles verraten hätte!«

»Gnädigste Baroneß, um Gottes willen!«

»Na was denn, Ahrens? Und seit wann so zimperlich? Er schilt mich in allen Prozeßschriften eine Lügnerin, die sich ein erlogenes Recht anmaßt, und eine Diebin, die ihn um sein zukommendes Erbe bestiehlt, und da soll ich vielleicht ängstlich verstecken, was ich über ihn denke? Wer so habsüchtig ist, daß er sich mit sechstausend Morgen Wald, Wiesen und Weizenboden nicht zufrieden gibt, dem ist ja wohl noch Schlimmeres zuzutrauen! Und jetzt Schluß, ein für allemal. Ihnen sage ich es heute, morgen werde ich es aber durch Herrn Wisotzki allen denen, die es im Schlosse angeht, als meinen ausdrücklichen Befehl ankündigen lassen, daß in meiner Gegenwart von jetzt an über diesen Klein-Lipinsker Herrn nicht mehr gesprochen wird. Das Kammergericht wird entscheiden, wer von uns recht hat, er oder ich, bis dahin aber: basta!«

Sie führte mit dem leichten Jagdstock einen pfeifenden Hieb durch die Luft, als wollte sie jede Einrede von vornherein abschneiden, der Alte aber schwieg bekümmert, denn sein so schlau angelegter Plan hatte just das Gegenteil von dem gezeitigt, was er sich erwartet hatte.

An dem Verbot, über den Klein-Lipinsker Herrn in Zukunft nicht mehr zu sprechen, hätte er sich weiter nicht gestoßen, aber daß die Baroneß ihrem Prozeßgegner so schlimme Sachen zutraute, zerstörte ihm das ganze Konzept. Und er hatte nur die Mühe, sich weiter den Kopf darüber zu zerbrechen, wer nun eigentlich dieser rätselhafte »Er« sein mochte. Wen ein junges Mädchen »habsüchtig« schalt, den konnte es wohl hassen, aber dieser Haß konnte niemals in Liebe umschlagen, sondern immer nur in Verachtung... Und jammerschade war es eigentlich um all die Luftschlösser, die er in seiner leichtbeweglichen Phantasie auf dem ersten, plötzlichen Einfall aufgebaut hatte. Der Prozeß wär' mit einem Schlage zu Ende gewesen, die beiden Güter mit ihren achtzehntausend Morgen wieder vereinigt, er auf seine alten Tage noch als Oberförster über dem Ganzen, sein Todfeind, der Verwalter Wisotzki, natürlich zum Teufel gejagt, und überhaupt, wenn er seine junge Herrin so ansah, wie sie in Kraft, Selbstbewußtsein und Jugendherrlichkeit neben ihm herschritt – alles federte nur so an ihr, wie bei einem Edelfohlen, das vor lauter stolzem Blut nicht wohin wußte mit all der übermütigen Kraft – also dann konnte er sich keinen andern neben ihr denken, als den Klein-Lipinsker Herrn!... Bei der Frühjahrskontrollversammlung in Allenberg hatte er ihn zum letztenmal gesehen – wie er da in seiner Kürassieruniform auf dem Markte stand, den langen Hans Heinrich von Mechow noch gut um einen halben Kopf überragend, und dabei nichts Hochmütiges in dem freundlichen Gesicht. ...

»Grüß Gott, Ahrens,« rief er über den weiten Platz und winkte mit der Hand, als er im Schlitten an dem aufgestellten Landwehrbataillon vorbeifuhr, und »was machen dies Jahr bei euch die Böcke?« ...Ganz, als wenn es gar keinen Prozeß, noch Erbschaftsstreit gegeben hätte, bei dem Meinung gegen Meinung und Aussage hart gegen Aussage standen ...Wenn er als der Groß-Lipinsker Gutsförster der Wahrheit gemäß für seine junge Herrin aussagte und offenkundig seinen ganzen Eifer daran setzte, das verschwundene Dokument wieder herbeizuschaffen, trug's ihm der Herr der Gegenpartei so wenig nach, daß er ihm vor allen Leuten die Ehre antat, zuerst zu grüßen! ...Und solch ein leutseliger, freundlicher Herr, dem die Wahrhaftigkeit sozusagen auf der Stirn geschrieben stand, sollte sich aus schnöder Habsucht mit Dieben und Einbrechern gemein machen? Mit treulosen Knechten, die nächtlicherweile die Silberkammer ihrer Herrschaft aufsperrten, weil der Hufschmied, wie das so auf dem Lande zu gehen pflegt, das in Unordnung geratene Schloß repariert und sich bei dieser Gelegenheit, von den alten Kostbarkeiten verblendet, einen zweiten Schlüssel zurechtgefeilt hatte? Nein vielmehr, der führte den Prozeß wirklich nur des Prinzipes halber und weil hinter ihm noch ein ganzes Dutzend von Vettern stand, das ihn drängte, lauter hungrige kleine Leutnants in allerhand Infanterieregimentern, die sich alle sagten: Laß ihn doch prozessieren! Wer weiß, vielleicht hab' ich das Glück, daß mir alle näher Erbberechtigten fortsterben – zerdrücke ein Tränlein im Auge – und ich bin an der Reihe! Auf dem Klein-Lipinsker aber, als dem Karnickel, das da angefangen hat, bleibt der ganze Groll sitzen?!

So sinnierte der Alte, und als er an den Schluß seiner Gedankenreihe gelangt war, seufzte er tief auf. Haß war zu tilgen, wenn man aber dem andern Habsucht, Schlechtigkeit und Ehrlosigkeit zutraute, da hinüber führte keine Brücke! ...

Seine junge Herrin aber – sie waren mittlerweile von der offenen Wiese her in den Hochwald gekommen, und ab und zu nur glänzte durch die dicht verschlungenen Wipfel ein heller Mondstrahl auf den leicht verschneiten Weg – deutete den tiefen Seufzer anders; als den Ausdruck ungerechtfertigter Kränkung, die sie ihrem Getreuesten angetan hatte, durch den schroffen Ton, in dem sie auf seine, sicherlich doch nur gut gemeinten Vorschläge erwidert hatte. Und ihr gütiges Herz trieb sie an, den unfreundlichen Eindruck wieder gut zu machen, die vermeintliche Verstimmung zu beseitigen, kaum daß sie erst Wurzel gefaßt hatte...

»Na ja, Alter, bei meinem Befehl bleibt es natürlich, aber Sie wollte ich damit nicht kränken, mein Zorn geht vielmehr auf die andern. Die sitzen jetzt zu Haus um den Teetisch herum, die beiden Tanten an der Spitze, und von wem tralatschen und sprechen sie? Von dem bösen Vetter auf Adlig-Klein-Lipinsken!! Was er zu dem gesagt hätte und zu dem, wo er gestern zu Besuch gewesen wär' und wo vorgestern – ein ganzes Heer von freiwilligen Berichterstattern müssen die beiden lieben Tanten mobil gemacht haben, sonst wären ihre Wissenschaften unerklärlich – und so geht es, ohne abzureißen, den ganzen geschlagenen Tag! Überall im Hause schwirrt sein Name, beim Frühstück, beim Mittag- und Abendessen werden seine Äußerungen, Ansichten und Angelegenheiten groß und breit erörtert, fehlt nur noch, daß er höchstpersönlich zur Tür hereinkommt, um sich auch in Wirklichkeit auf den allerobersten Platz zu setzen, den er in den Gedanken und Gesprächen meiner Tischgenossen längst schon einnimmt! Ich aber sage mir: Schließlich lebe ich doch mein Leben, nicht aber das des Klein-Lipinskers. Wenn wir alle Vierteljahr mal durch das Gericht voneinander hören, ist es gerade genug! ...Schon der bloße Name macht mich nervös, und wenn jemand in meiner Gegenwart das Wort ›klein‹ ausspricht, fange ich an krabbelig zu werden, denn ich muß sofort ›Lipinsker‹ hinzudenken. Darum also der Ukas, den ich morgen erlassen werde, ich will endlich einmal meine Ruhe haben!«

»Zu Befehl, gnädigste Baroneß,« sagte der Alte und hob die Hand an den Mützenschirm, »über mich werden Sie in dieser Hinsicht nicht zu klagen haben. Nur für jetzt möchte ich gehorsamst gebeten haben, mir noch eine einzige kleine Ausnahme gestatten zu wollen!« Er sah fragend zu seiner Begleiterin hinüber, denn während sie ihre lange Rede hielt, war ihm plötzlich der Gedanke gekommen, noch eine allerletzte Probe auf das Exempel von vorhin zu versuchen; irgend etwas nämlich in dem Ton ihrer Stimme, das seinem scharfen Ohr wie Übertreibung klang, hatte ihn stutzig gemacht, ließ ihn an dem ersten, so betrüblichen Ergebnis seiner Spürarbeit wieder irre werden. Diesmal aber konnte es nicht fehlschlagen, denn er gedachte als Fangbrocken eine gar gröbliche Lüge auszuwerfen, die er im Augenblicke arglistig ersonnen hatte. An der Art, wie sie aufgenommen wurde, wollte er dann ganz genau erkennen, wie seine junge Herrin in Wirklichkeit gegen ihren Prozeßgegner gesonnen war...

Die Baroneß zuckte mit einem leichten Seufzer die Achseln.

»Na, denn schon vorwärts, Ahrens, sonst drückt's Ihnen am End' noch das Herz ab!«

Der Alte strich sich den Bart, und seine unter buschigen Brauen versteckten Äuglein funkelten ordentlich vor listiger Erwartung.

»Ja, da könnten Baroneß schon recht haben, denn es ist nämlich eine ganz riesig interessante Neuigkeit!«

Das Füchslein schnürte näher.

»Eine Neuigkeit, Ahrens? Eine wirkliche Neuigkeit?«

»Ja, gnädigste Baroneß, und ich hab' sie auch erst heute früh gehört. Also, man erzählt sich, der Klein-Lipinsker Herr würd' sich demnächst verloben!« ...Bems, da lag der Brocken. Wenn jetzt die Frage kam: »Mit wem?« dann war das Eisen zugeschnappt, und das Füchslein saß fest, konnte hinterher alles mögliche erzählen, verbieten und befehlen, er wußte Bescheid.

Aber es gab eine gewaltige Enttäuschung, die erwartete Frage kam nicht. Die Baroneß sah nur einen Augenblick lang so ein bißchen versonnen vor sich hin, dann lachte sie laut auf: »Wird sich demnächst verloben?« ...Und mit einem, anscheinend aus tiefstem Herzensgrund kommenden Erleichterungsseufzer fügte sie hinzu: »Gott sei Dank! Und was wird Tante Lieschen für eine ›Freude‹ haben, wenn Sie ihr das erzählen. Aber sofort, bitt' ich mir aus, wenn wir nach Hause kommen!«

»Zu Befehl,« sagte der Alte, »und sehr gerne natürlich, gnädigste Baroneß,« machte aber ein Gesicht dazu, als wenn ihn jemand genötigt hätte, ein Glas Grog ohne Rum zu trinken. Da hatte er sich ja etwas Schönes angerichtet mit diesem so fein angelegten letzten Versuch, die wahre Herzensmeinung seiner jungen Herrin zu ergründen! Und schon jetzt trat ihm der Angstschweiß aus allen Poren, wenn er an das Kreuzverhör dachte, das mit ihm in einer knappen halben Stunde angestellt wurde. Tante Lieschen, die an der Spitze der »Versöhnungspartei« stand, während Tante Amalie für den Krieg bis aufs Messer war und im stillen für eine Verheiratung ihrer Nichte mit dem Mechower Hans Heimich agitierte, die ließ nicht locker und setzte ihm mit so viel Fragen zu, daß es eigentlich am geratensten gewesen wäre, seiner jungen Herrin jetzt gleich, so lange es noch Zeit war, ein offenes Geständnis abzulegen, zu sagen, er hätte – weiß Gott, nicht in schlechter Absicht – nur eine kleine Schnurre erzählt! Aber das ging leider nicht an, das hätte ja seine ganze Reputation untergraben, ihm womöglich einen scharfen und nur zu gut verdienten Verweis eingetragen. Also mußte er schon wohl oder übel daran gehen, sich für das zu erwartende Verhör zu präparieren, etliche Details zu seiner ursprünglichen Lüge zu ersinnen, vor allem aber als Urheber und Gewährsmann des angeblichen Gerüchtes über die bevorstehende Verlobung des Klein-Lipinsker Herrn eine Persönlichkeit erfinden, mit der Tante Lieschen selbst beim besten Willen nicht zusammenkommen konnte; denn das über die Maßen resolute alte Freifräulein hätte es fertig bekommen, sich womöglich noch am selben Abend in den Wagen zu setzen, um diesem Gerüchte, das ihr sicherlich allerhand stille Lieblingspläne kreuzte, an der Quelle selbst auf den Grund zu gehen. Aus den Äußerungen seiner jungen Herrin war ja ziemlich deutlich zu entnehmen gewesen, worin wohl das letzte Ziel von Tante Lieschens Versöhnungspolitik bestehen mochte ...Und bei dieser anstrengenden Gedankenarbeit vergaß er ganz, wie eifrig er am Werke war, dieser doch von ihm selbst nicht minder herzlich gewünschten Versöhnung der streitenden Parteien einen ganz unnützen und hinderlichen Knüppel in den Weg zu werfen! ...Elsbeth von Linde aber zog in hellem Zorn die Augenbrauen zusammen, denn soeben hatte sie in ihren Gedanken sich schon wieder auf der Frage ertappt, die der alte Ahrens erwartet und die sie, kaum ein paar Minuten war es her, nur mit dem Aufgebot ihrer ganzen Willenskraft unterdrückt hatte! Was ging sie denn jetzt noch an, ob der Klein-Lipinsker Vetter sich verloben wollte, und was kümmerte es sie, wie seine Auserkorene wohl heißen und aussehen mochte? Die Zeiten der törichten Kinderträume waren doch vorbei, die Zeiten, in denen ein halbwüchsiges Pensionsmädel die verblaßte Photographie eines preußischen Kürassierleutnants in der Rocktasche trug, um sie in jeder unbeobachteten Minute hervorzuholen und heimlich zu küssen, bis von dem ganzen Bild nur noch der vielfach eingeknickte Pappkarton übrig geblieben war? ...Die Zeiten, in denen sie sich eingebildet hatte, sie brauchte dem Vetter nur von Angesicht zu Angesicht gegenüber zu treten, um den häßlichen Streit, den er nach dem jähen Tode ihres Vaters begonnen hatte, mit einem kurzen Wort aus der Welt zu schaffen? …Von dieser Einbildung hatte er selbst sie doch so gründlich kuriert, daß an die Stelle der schwärmerischen Liebe Zorn und Haß getreten waren, zugleich aber auch der brennende Wunsch, ihn überall, wo es nur anging, ihren Haß fühlen zu lassen, bis allmählich auch dieses Gefühl sich gewandelt hatte. In Gleichgültigkeit, gemischt mit jener kühlen Verachtung, wie sie einem mit so unlauteren Mitteln kämpfenden Gegner zukam! Also was war denn nur heute auf einmal in sie gefahren, daß sie ihre Gedanken nicht von ihm losreißen konnte? …Mit dem glücklichen Schuß auf den Gabelweih hatte es angefangen, ganz als wenn sie noch in dem Beginn ihrer Jägerlaufbahn steckte und bei jedem Jagdgange den Verhaßten zu ärgern gedachte, und weitergegangen mit dieser törichten Verlobungsgeschichte, auch als wenn es niemals jenen verhängnisvollen Abend gegeben hätte, an dem sie – nicht viel hätte es gefehlt – im Lipinsker See immer weiter nach der Tiefe zugehen wollte, um all ihr Herzeleid in seinen stillen Wassern zu versenken! …Ihr Stolz schon mußte es ihr verbieten, sich um diejenige zu kümmern, die jetzt den Platz in seinem Herzen einnahm, von dem sie in längstvergangenen Kindertagen geträumt hatte, aber so sehr sie sich auch zwingen mochte, ihren Gedanken eine andre Richtung zu geben, immer wieder kehrten die ungehorsamen Gesellen auf das verbotene Gebiet zurück! Da überfiel sie ein gewaltiger Ärger über sich selbst, zugleich aber auch – bei ihrer gewohnten Aufrichtigkeit mußte sie es sich eingestehen – über den alten Ahrens, der gegen alle sonstige Gepflogenheit einen ihrer Befehle ganz streng befolgte! Als es um die alten, schon dutzendmal gehörten Geschichten ging, hatte er kein Aufhören gefunden, jetzt aber, wo er wirklich etwas Interessantes zu erzählen gehabt hätte, wurde er mit einem Male stumm wie ein Karpfen! Sie aber konnte doch nicht hergehen und ihn anstoßen: »Die Hauptsache, Alter, sind Sie mir noch schuldig geblieben, wie heißt sie und wie sieht sie aus?…«

So gingen sie schweigend nebeneinander her, ein jedes mit seinen eigenen Gedanken beschäftigt, und tiefes Schweigen ringsum in dem regungslos stehenden Hochwald, nur der gefrorene Schnee knirschte leise unter ihren Füßen …Elsbeth von Linde aber tröstete sich mit dem Gedanken, daß sie in einer knappen halben Stunde auf dem Umwege über Tante Lieschen ja doch alles Wissenswerte erfahren würde, dabei aber den großen Vorteil hatte, nach inzwischen erfolgter innerlicher Sammlung die näheren Einzelheiten mit aller, durch die Umstände gebotenen und erforderlichen eisigen Kälte entgegenzunehmen. Und da es danach ja doch unwiderruflich und für alle Zeiten aus war und aus sein mußte mit allem, was sie einst gehofft und geträumt hatte, ließ sie noch einmal, gewissermaßen zum Abschied, ihren Gedanken frei die Zügel schießen, fing ein Träumen an wie damals, als sie noch – lang, lang war es her – die verblaßte Photographie in ihrer Rocktasche und in ihrem Herzen getragen hatte…

Und wie fast immer, wenn sie durch den Hochwald schritt, knüpfte sie ihren Traum an ein Gemälde, das über dem Schreibtisch ihres verstorbenen Vaters hing…

»Schweigen im Walde« hieß es und zeigte einen Jüngling, der auf einem gehörnten Fabelwesen durch den hochstämmigen Tann zog, sie aber hatte es umgetauft und »das Glück« genannt …So träumte sie immer, sollte ihr einmal das Glück begegnen, ganz unvermutet und auf verschwiegenem Pfad! Und je länger sie ihrem Traume nachhing, desto mehr pflegte sich vor ihren inneren Augen das Bild zu verwandeln, aus dem gehörnten Fabelwesen wurde ein ruhig dahinschreitender Trakehner, der nackte Jüngling aber fing an, sich immer mehr zu bekleiden, bis er schließlich die Uniform eines Königsberger Kürassierleutnants trug, in neuerer Zeit aber, seit der Klein-Lipinsker nämlich seinen Abschied genommen hatte, einen schwarzen Reitrock mit hellen Beinkleidern dazu. Und der Reiter verhielt mit kurzem Zügelgriff sein Roß, schwang sich aus dem Sattel und …»allmächtiger Gott!« schrie sie laut auf, denn ihr Traum war mit einem Male Wirklichkeit geworden. Hinter einer Biegung des Weges tauchte ganz plötzlich der Klein-Lipinsker auf, genau so wie sie ihn soeben vor ihrem inneren Auge erschaut hatte. Unwillkürlich – weshalb, wußte sie sich später niemals mehr zu erinnern – griff sie nach dem Gewehr, Unkas aber, der Hund, der zwischen ihr und dem alten Förster Ahrens trottete, mißverstand sie, faßte Ausruf und Bewegung seiner jungen Jagdgefährtin als ein fröhliches Angriffssignal auf und fuhr rasch wie der Blitz dem hochbeinigen Gordonsetter, der neben dem fremden Reiter trabte, an die Kehle. Überrannte ihn natürlich in rasendem Ungestüm, wickelte ihn und warf ihn zwischen die Hinterbeine des Gaules, der ohnedies schon in jähem Schreck die Vorderhand hoch in die Luft gehoben hatte. Und da geschah das Entsetzliche: der nervöse Trakehner versuchte auch hinten auszuschlagen, kriegte auf dem glatten Boden das Gleiten, überschlug sich nach rückwärts, seinen Reiter unter sich begrabend, rollte im Schnee, sprang wieder auf, raste den Weg entlang, schleifte den mit einem Fuße im Bügel hängenden Herrn hinter sich her, um nach kaum vier oder fünf Galoppsprüngen wiederum ein Rad zu schlagen, diesmal aber wie ein flüchtiger Rehbock, der den Blattschuß gekriegt hatte. ... Als Unkas sich eben in aller Gemütsruhe anschickte, seinem überwundenen Gegner nach uraltem Hunderecht die Kehle durchzubeißen, auf den Schuß aber natürlich den Kopf hob, um sich erforderlichenfalls zum Importieren bereit zu halten, sah er gerade noch, wie die Hinterbeine des Gauls im Kreise durch die Luft flogen, danach aber ein menschlicher Körper, der mit dumpfem Aufschlag auf den hartgefrorenen Boden fiel. Seine junge Jagdgefährtin aber stand mit dem Gewehr in der Hand, aus dessen Mündung die leichte Rauchsäule stieg, war blaß geworden bis in die Lippen und sprach immerfort das eine Wort »um Gottes willen« vor sich hin, »um Gottes willen, um Gottes willen« ... bis der alte Herr, der sich über den abgeworfenen Reiter gebeugt hatte, den Kopf hob und ausrief: »Nein, Gott sei Dank vielmehr müssen wir sagen, gnädigste Baroneß, denn noch schlägt sein Herz, noch ist er halbwegs lebendig. Ob er sich was gebrochen oder überhaupt Aussicht hat, mit dem Leben davonzukommen, das wird der Doktor ’rauskriegen. Was aber den Schuß anlangt, Donnerwetter noch mal und nichts als Donnerwetter! Nicht, daß er abgezirkelt auf’m Blatt gesessen hat, das hätt’ schließlich auch ein anderer fertig gebracht, aber die Geistesgegenwart!! Ich alter Esel spring’ an die Seite, bin eben dabei, über die unverhoffte Begegnung mit unserm Erbfeind den Mund aufzureißen, da knallt es bei der gnädigen Baroneß auch schon! Und sitzt! ... Himmelkreuzmillionendonnerwetter, und vor einer halben Stunde noch hatt’ ich den Größenwahn, bildete mir ein, es wär’ unbedingt notwendig, daß ich ... na also, ausgelernt! Reden wir nicht mehr davon!« ... Bei diesen Worten hatte der alte Herr sich den dicken Flausrock ausgezogen, wickelte ihn um den regungslos daliegenden Reiter, lehnte dessen Kopf gegen den Leib des Trakehners, sagte mit aufgehobener Hand: »Achtung Unkas, und down, bis ich wiederkomm’,« und lief in Hemdsärmeln davon, so schnell, wie er ihn noch nie hatte laufen gesehen, der Schnee stöberte ordentlich wie eine Wolke hinter ihm her ... Unkas aber ließ von seinem Gegner ab, ging zu dem jungen Mädchen hinüber, auf das sein alter Herr immer »gnädigste Baroneß« sagte, und das noch genau so dastand wie vorhin, mit dem abgesetzten Gewehr zwischen den Händen, stieß ihr mit der Nase gegen das Knie, was so viel heißen sollte, als: »Auf Befehl meines Herrn steh’ ich dir jetzt zu Diensten,« und setzte sich. Danach ließ auch das junge Mädchen sich nieder, auf einem alten Tannenstubben, der am Wege stand, legte ihm die Hand auf den Kopf und sagte: »Na ja, ist schon gut, Unkas, und du kannst schließlich nichts dafür!« Die andre Hand aber deckte sie über die Augen und fing leise an zu weinen. Weshalb, war ihm unerfindlich, denn sie hatte ja nicht vorbeigeschossen, war vielmehr von seinem Herrn wegen des Treffers belobt worden. Und da sie ihre Hand von seinem Kopfe nicht forttat, ließ er es ruhig geschehen, daß der langhaarige Feigling, der Gordonsetter, zu seinem Herrn hinüberkroch, um ihm die schlaff herabhängende Rechte zu lecken. ... Eigentlich nämlich hätte diesem ausländischen Köter noch ein ganz derber Denkzettel gehört, denn nur seine Feigheit hatte es verschuldet, daß der Gaul sich so über die Maßen erschreckte. Der Zweikampf selbst war natürlich unvermeidlich gewesen, aber man hätte ihn schon ein gutes Ende früher ausfechten können, denn der andre war doch in günstigem Wind gegangen, hätte ihn trotz der Wegkrümmung schon auf fünfzig und mehr Schritte Entfernung wittern müssen! Statt ihm nun da sofort mit gesträubtem Nackenhaar und herausforderndem Geläute entgegenzufahren, hatte er sich feig zwischen den Beinen des Gauls verkrochen! ... Aber vielleicht tat er dem Langhaarigen auch unrecht, vielleicht war das gar kein richtiger Hühnerhund, sondern nur ein ganz gewöhnlicher Fixköter von äußerst dunkler Herkunft? Wem das hervorstechendste Merkmal des edlen Hundes, die »Nase«, fehlte, der konnte sich auch keines reinen Stammbaumes rühmen. Er aber zählte nach den Angaben seines alten Herrn Namen wie »Maitrank« und »Waldow I« unter seinen Vorfahren, stammte mütterlicherseits in gerader

Linie von der berühmten »Blonde« Trautmannsdorf« ab und hatte deren vornehmste Tugend ererbt, nämlich den im Kartoffelkraut laufenden Rebhühnern durch einen plötzlich ausgeführten Bogenschlag den Weg zu verlegen, also war es wohl unter seiner Würde, sich um den dunklen Langhaarigen noch weiter zu bekümmern. Und da jetzt auch das junge Mädchen die Hand von seinem Kopfe entfernte, rollte er sich zusammen, um noch ein Weilchen zu überschlafen. Bis sein alter Herr mit dem Schlitten wiederkam, konnte gut noch eine halbe Stunde vergehen.

*

Elsbeth von Linde hatte sich ein wenig beruhigt, die nach dem jähen Nervenstoß sich einstellenden wohltätigen Tränen hatten ihr über die erste Aufregung hinweggeholfen, und, wenn ihr auch die Hand, mit der sie sich das Gesicht trocknete, noch immer ein bißchen zitterte, so vermochte sie jetzt doch wenigstens schon den Gestürzten anzusehen, ohne daß die immer wieder hervorquellenden Tränen ihr den Blick verdunkelten. Gott sei Dank, er lebte noch, sie sah deutlich, wie seine Brust sich hob und senkte, nur die Augen hielt er noch immer fest geschlossen, als wollte die tiefe Ohnmacht, die seine Sinne umfing, ihn nicht mehr wieder freigeben. Da überlegte Elsbeth, ob sie ihm nicht ein wenig von dem Rotwein einflößen sollte, den Tante Lieschen ihr sorgsam vor dem Fortgehen in das Feldfläschchen gefüllt hatte, aber sie zog die Hand, die sich schon nach der kleinen Jagdtasche an ihrem Gürtel ausstreckte, wieder zurück. Nach dem Trunk hätte er vielleicht die Augen aufgeschlagen, gesehen, wie sie als barmherzige Samariterin sich um ihn bemühte, und das dünkte ihr, wie die Sachen nun einmal lagen, unerträglich. Gewiß, sie trug an seinem Unfalle einen Teil der Schuld, denn ohne ihren erschreckten Ausruf hatte Unkas den Gordonsetter vielleicht nicht angenommen. Dafür aber hatte sie ihm das Leben gerettet; wenn sie nicht die Geistesgegenwart besessen hätte, den rasend gewordenen Gaul zu erschießen, wäre er unweigerlich zu Tode geschleift worden. Damit waren sie quitt geworden, der Zwischenfall erledigt, und ihre Beziehungen kamen wieder in das alte Geleise. Höchstens daß sie noch verurteilt werden konnte, ihm den getöteten Gaul zu ersetzen, aber das erschien ihr wenig wahrscheinlich, denn er hatte sich ja widerrechtlicher- und ganz unbefugterweise einer Grenzüberschreitung schuldig gemacht, war, ohne vorher ihre Erlaubnis einzuholen, auf Adlig-Groß-Lipinsker Terrain geritten. ...Aber vielleicht klagte er diesmal gar nicht – sie hatten außer dem Hauptprozesse ja fast übergenug Nebenprozesse gegeneinander anhängig gemacht – jedenfalls sollte von ihrer Seite aus nichts geschehen, was ihm vielleicht hätte Gelegenheit geben können, noch kurz vor der Entscheidung des Kammergerichts, die ja unter allen Umständen gegen ihn ausfallen mußte, den Großmütigen zu spielen: Du, Elsbeth von Linde, hast mir das Leben gerettet, dafür schenk' ich dir dein Gut ...nein, dazu wollte sie ihre Hand denn doch nicht bieten! Bis zu Ende sollte der Prozeß gehen, und wenn's noch eine Instanz über dem Kammergericht gegeben hätte, auch durch diese, denn aus eignem Recht wollte sie in ihrem ererbten Besitz stehen, nicht aber durch die Großmut eines andern!

Und überhaupt, so fiel ihr plötzlich ein, was hatte er eigentlich auf Groß-Lipinsker Grund und Boden zu suchen? Dazu noch auf dem Wege, der nach den Wiesen führte? Nach den Wiesen, in denen der Kasten mit dem Dokumente vergraben lag, dem Dokumente, das den ganzen Rechtsstreit mit einem Schlage zu seinen Ungunsten entscheiden mußte? Doch sicherlich nur, um das Terrain für eigene Nachgrabung zu rekognoszieren – zu welchem Zwecke, brauchte man nicht erst lange zu raten – oder vielleicht hatte er durch irgend einen Zufall bessere Kunde erhalten als der alte Förster Ahrens, war nur heute, bei hellem Mondschein hinausgeritten, die Stelle zu bestätigen, um später in stichdunkler Nacht über dem unauffällig eingetriebenen Merkpfahl den Einschlag zu machen?

Da verflog die Regung des Mitleids, das sie einen Augenblick lang angetrieben hatte, den hilflosen Gegner da drüben zu laben, der finstere Groll stieg wieder in ihr auf und färbte ihre Augen dunkel. Zugleich aber überfiel sie jählings die Erinnerung an den Abend, an dem dieses Gefühl seinen Anfang genommen, aus einem töricht dahinträumenden Kind ein hassendes Weib gemacht hatte...

Der Mond schien wie heute, sie aber teilte mit kräftigen Armen das Wasser des Lipinsker Sees; nach dem weiten Spaziergange über die verstaubten Felder hatte sie schier unwiderstehlich das Verlangen verspürt, die erhitzten Glieder in der lockenden Flut zu baden. Keine Menschenseele weit und breit an den flachen Ufern, da schlüpfte sie rasch aus den Kleidern, barg sie unter einem niedrigen Weidenstrauch und warf sich ordentlich übermütig in das hochaufspritzende Wasser. Ein Schoof Enten fuhr prasselnd und quakend aus dem dichten Geröhricht, die erschreckten Wasserhühner pfiffen und tauchten mit lautem Glucksen, sie aber fochten diese unheimlichen Geräusche, die jeder andern vielleicht die kalten Frieseln über den Rücken gejagt hätten, nicht an. Furchtlos eilte sie durch das raschelnde Schilf und schwamm in weitem Bogen über die grundlose Tiefe, bis ihr plötzlich ein lähmender Schreck durch die Glieder fuhr, als hätte sie der Topiélec mit seiner eisigen Hand bei den Füßen erwischt, das rätselhafte Fabelwesen, halb Fisch, halb Mensch, das auf dem Grunde des Wassers haust, um arglos badende Menschenkinder in die Tiefe zu ziehen ... mit einem Male nämlich, während sie in ruhigen Stößen dahinschwamm, waren Männerstimmen an ihr Ohr gedrungen! Und diese Stimmen sprachen von *ihr*!! Der auf dem ruhigen Wasser sich ungehindert fortpflanzende Schall trug ihr jedes einzelne Wort zu. Da griff sie mächtig aus, stieß mit den Füßen hinter sich und ruhte nicht eher, als bis sie wieder festen Boden unter sich spürte, mit den Händen in das dichte Schilf greifen konnte ...

»Sie, Linde, mit dem Enteneinfall wird es heute abend nichts, da badet ja wer!« Und die andre Stimme, die ihres Klein-Lipinsker Vetters, darauf: »Schwerenot nochmal, und der Deuwel soll den Kerl holen, ich hab's doch noch gestern ausdrücklich verboten! Also scher dich 'raus, infamer Dackel, mach, daß du nach Hause kommst, du störst uns ja hier die Jagd!« Sie aber natürlich stand darauf ganz regungslos, wagte kaum zu atmen.

Und die erste Stimme wiederum: »Sehen Sie doch mal her, Linde, was Ihr Tory« – derselbe hochbeinige Köter, dem der brave Unkas die damalige Freveltat heute so gründlich heimgezahlt hatte – »aufgestöbert hat. Das ist ja gar kein Er, das ist ein Mädchen!«

»Na ja, ich sag's, wieder einmal eine von diesen nichtsnutzigen Scharwerksmargellen! Morgen früh werd' ich auch denen durch den Voigt gründlich Bescheid sagen lassen. Sollen an die Viehtrift gehen, wenn sie sich durchaus abtümpeln wollen!«

»Scharwerksmargell? Sie, Linde, seit wann tragen Ihre ›Hofdamen‹ seidene Jupons und dito Strümpfe?«

»Was, Donnerwetter?« Und eine Pause danach, in der sie mit dem Kopfe vor Scham unter Wasser tauchte, um nicht mit ansehen zu müssen, wie ihre allerintimsten Kleidungsstücke von den beiden rohen Menschen durchmustert wurden. Leider aber ging ihr nur gar zu bald die Luft aus, sie mußte den Kopf wieder hochheben. Und wenn die Unterhaltung der beiden von jetzt an auch in gedämpftem Tone weitergeführt wurde, so verstand sie bei der tiefen Abendstille doch jedes einzelne Wort.

»Hm ... aber wer denn nur?«

»Weeß nich. Is mir auch, offen gestanden, ziemlich *toute-même-chose*!«

»Sie, Linde, ich hab's! Ihre verehrliche Komparentin von der andern Cotéseite!«

»Wahrhaftig, die siebenzinkige Krone mit einem *E* darunter!« Und jetzt kam das Entsetzliche. »Na ja, auch die einzige, der man's auf zehn Meilen in der Runde zutrauen konnte. Überspanntes kleines Frauenzimmer!«

»Ja, wieso denn?«

»Ach, hält sich 'n ganzen Hofstaat drüben! 'N langmähnigen Maler, 'nen geschniegelten Bengel dazu, der sie mit Liebesliedern andichtet, fehlt nur noch, daß sie sich ein eignes Hoftheater einrichtet, im Männersattel reitet und auf die Jagd geht!«

Der andre lachte auf. »Na, na, Linde, Sie echauffieren sich ja so, als wenn ...«

»Ach, Unsinn, mir direkt unsympathisch!«

»Na, das legt sich vielleicht bei näherer Bekanntschaft! Und denken Sie mal nach: es wär' schließlich die beste Lösung!«

»Also Schluß!« sagte der Klein-Lipinsker, und seine Stimme klang ordentlich ärgerlich. »'N Mädel, das mir gefallen soll, muß aus anderm Holze sein. Ein süßer blonder Pussel, der sich darum sorgt, ob meine Jagdsocken keine Löcher haben, ob die Schmandsoße zum Sonntagslepus auch richtig mit sechs Kaddickbeeren abgeschmeckt is, na und so weiter!«

»Werden Sie lang' suchen können unter den jungen Damen *up to date*, Linde!«

»Is egal. Hab' ja Zeit! Aber eine, die zwanzig Schritt von der offenen Landstraße badet. ... Komm, Tory, laß den Plunder liegen!« Pfiff seinem Hunde und ging mit dem andern Kumpan weiter, am Seeufer entlang ...»Ob sie wohl etwas gehört hat ...is mir *auch* egal ...Prozeß ... Reichsgericht...« waren die Worte, die sie noch verstanden hatte, dann verklangen die Stimmen, ihr aber drohten die Sinne zu schwinden. Und ihre erste Empfindung war, mit geschlossenen Augen wieder zurück nach der Tiefe zu gehen, die Arme fest an den Leib zu pressen, bis sie den Boden unter den Füßen verlor, vielleicht daß dann der jähe Schmerz ein Ende nahm, der wie ein scharfes Messer in ihrem Herzen wühlte, und die brennende Scham, die ihre Wangen trotz der Kälte des Wassers purpurn färbte. Schon hob sie den Fuß, schloß die Augen, als ihr jählings ein Gedanke durch den Kopf schoß, der sie in ihrem Beginnen innehalten ließ ...über kurz oder lang kamen die beiden am Seeufer zurück, fanden mit Hilfe des Hundes wiederum ihre Kleider, fingen natürlich an zu suchen, fischten ihren entseelten Körper vom Grunde des Sees und ...sie konnte den entsetzlichen Gedanken gar nicht zu Ende denken. Schon jetzt kam sie sich fast wie entehrt vor ...Da faßte sie eine unsinnige Angst, sie stürzte ans Ufer, wickelte ihre Kleider in ein Bündel und rannte wie ein gehetztes Stück Wild querfeldein zu einem dunklen Fichtengebüsch, von dem sie sich Deckung erhoffte. Dort erst warf sie sich mit zitternden Händen die Kleider über, ein Schuh und die Strümpfe waren bei der eiligen Flucht verloren gegangen, was lag daran, nur weiter in der Richtung, in der der dunkle Schloßturm ragte ...die Füße schmerzten und bluteten, wohl ein dutzendmal schrie sie laut auf, weil sie im hastigen Lauf gegen einen Stein gestoßen hatte, aber nur weiter, weiter! Endlich das Schloß und die Gartenmauer ...Da erst kam ihr allmählich die Besinnung wieder, die Überlegung, daß sie sich in diesem Zustande unmöglich vor einem der Schloßinsassen sehen lassen durfte. Da schlich sie wie eine Diebin an das Portal, drehte mit einem raschen Griff die Flurbeleuchtung ab und hetzte im Dunkeln die Treppe zu ihren Zimmern hinauf. Und da erst, als sie schon die schmerzenden Füße im Waschbecken kühlte, versuchte sie sich zu vergegenwärtigen, was eigentlich geschehen war. Aber kein einziger klarer Gedanke, nur Scham, wie glühendes Feuer brennende Scham, danach aber ein riesengroß in ihr aufsteigender Haß, ein Haß, der ihre ganze Seele füllte, und zugleich der Wunsch, von jetzt an alles aufzubieten, um noch in weit höherem Grade als bisher sein Mißfallen herauszufordern...Am andern Morgen ging sie zu ihrem Förster und bestellte sich das Gewehr, um fortan auf die Jagd zu gehen; das andere, wovon er gesprochen, das Theater, erschien ihr denn doch zu kostspielig, sie wußte auch nicht recht, wie man so etwas anfing...Das Reiten im Männersattel aber, ach du mein lieber Gott, wenn er das haben wollte – alle Tage! Aber sie hatte das so oft schon in England ausprobiert und an andern gesehen, daß es weder gut aussah, noch irgendwelche Vorteile bot – im Gegenteil, beim Hürdenreiten gab's häufig einen Rumpler, denn der Gaul war nun mal dran gewöhnt, nur von der einen Seite die Hilfen zu kriegen – also wenn ihm das so besonders emanzipiert erschien, zeigte er bloß seine eigne sportliche Unbildung, darüber konnte man einfach zur Tagesordnung übergehen ...Nur für die Worte »direkt unsympathisch« gab es leider Gottes keine Revanche. Sie konnte ihm doch nicht schreiben: »Werter Herr, ich habe alles gehört, was Sie heute abend am Ufer des Lipinsker Sees sprachen. So benimmt sich kein Gentleman. Im übrigen aber beruhen unsre Gefühle ganz auf Gegenseitigkeit?...« Die Photographie verbrennen, war noch das einzige, aber das tat ihm leider nicht weh!...

Alle diese Bitternisse kostete Elsbeth noch einmal in der Erinnerung durch, während sie dem Verhaßten gegenübersaß, kaum weiter von ihm entfernt als damals, nur mit dem Unterschied, daß *er* jetzt der Hilflose war. Und merkwürdig, fast wollte es ihr scheinen, als wenn sich auch ihre Gefühle gegen damals verändert hätten. Die Scham brannte nicht mehr so arg, und aus dem glühenden Haß war Mißachtung geworden, fast gemischt mit Gleichgültigkeit.

So änderten sich eben, wenn man älter wurde, im Laufe der Zeiten die Gefühle. Das Weidwerk zum Beispiel betrieb sie ja jetzt auch nicht mehr, um ihn zu ärgern, sondern weil sie mittlerweile wirklich die ganz hohe und echte Passion zu fühlen begonnen hatte. Und unwillkürlich mußte sie daran denken, was aus ihm wohl ohne diese, in seinen Augen so unweibliche Passion geworden wäre! Vielleicht flog er noch jetzt als ein zerfetzter und blutender Klumpen hinter dem rasenden Gaule her, bis der vor Erschöpfung zusammenbrach oder mit dem Kopfe gegen einen Kiefernstamm rannte. … Wenn der Klein-Lipinsker dann später einmal kam, seinen Dank abzustatten, konnte sie ihm vielsagend antworten: »Bedanken Sie sich bei sich selbst, Herr von Linde!« Oder besser noch, sie empfing ihn überhaupt nicht, sondern ließ ihm durch Tante Lieschen sagen: »Meine Nichte Elsbeth bedauert sehr, aber sie wüßte nicht, wodurch sie sich Ihren Dank verdient hätte. Was sie getan hat, war einfache Christenpflicht, im übrigen war es ihr höchst gleichgültig, wer auf dem durchgehenden Gaule saß, oder vielmehr von ihm geschleift wurde. Daß sie aber hinterher bei Ihnen die Wache hielt, war auch nur Christenpflicht. Genau dasselbe hätte sie an jedem Bettler getan, den sie in Todesnöten im Chausseegraben gefunden hätte!« … Und noch viel, viel besser, sie beauftragte nicht Tante Lieschen mit dieser Mission, sondern die dürre Tante Amalie. Die brachte das alles, weil sie den Klein-Lipinsker auch nicht leiden konnte, viel spitzfindiger und mit der gehörigen demütigenden Betonung heraus!…

Als sie aber so weit gekommen war in ihren Gedanken, erschien es ihr ganz selbstverständlich, daß sie aufstand und das Feldfläschchen herausholte, um den Verunglückten da drüben zu laben. Genau dasselbe hätte sie doch wirklich bei jedem andern getan! Außerdem aber schien ihr sein Gesicht mit einem Male ganz beängstigend verändert. Die Nase war ordentlich spitz geworden, und hinter der emporgezogenen Oberlippe blinkten die weißen Zähne. Ganz höhnisch sah er aus, oder vielmehr – sie schrie fast auf – wie einer, nach dem der Tod seine Hand ausstreckte. Da kniete sie neben ihm nieder, nahm seinen Kopf in den linken Arm und, während sie ihm das Fläschchen mit sanfter Gewalt zwischen die Zähne schob, fing sie laut an zu beten: »Hilf, himmlischer Vater, hilf!«…

Unkas, der Hund, war mit ihr aufgestanden, reckte gähnend und mit krummem Buckel die steifgewordenen Glieder, mit einem Male aber hob er ein zorniges Knurren an und fuhr mit gesträubtem Haar ins Dunkle.

Eine heisere Stimme kam hinter den Stämmen hervor: »Liebes Fräulein, rufen Sie doch den Hund zurück! Und Sie brauchen keine Angst zu haben … ein armer Stromer auf der Wanderschaft, bin selbst froh, wenn man mich in Frieden läßt!«

Elsbeth hielt in ihrer Samariterarbeit inne.

»Unkas, down,« rief sie, griff aber doch nach dem Gewehr und schob die Sicherung zurück. Von der nahen polnischen Grenze kam zuweilen allerhand zweifelhaftes Volk herüber…

Der Fremde trat auf den Weg hinaus, ein ungeschlachter alter Mann in verschlissenem, vielfach geflicktem Kittel. Ein grauer, ungepflegter Bart stand ihm im Gesicht, das linke Auge war von dem herabhängenden Lid halb geschlossen und gab ihm ein unheimlich lauerndes Aussehen.

Er zog den verbeulten Hut, und über sein verwittertes Gesicht flog ein Lächeln.

»Liebes Fräulein, ich tu' Ihnen wirklich nichts. Und, nicht wahr, Sie sind die Baroneß von Adlig-Groß-Lipinsken?«

»Ja, aber…«

Der Fremde schnitt ihr das Wort ab.

»Und Sie geben dem da zu trinken? *God bless you, Miss*, um das zu sehen, mußte ich tausend Meilen wandern…!« Sprach's und wandte sich kurz. Grüßte noch einmal und war nach wenigen Schritten im Dunkel der hohen Tannen verschwunden.

Elsbeth aber hatte keine Zeit, über die seltsame Begegnung nachzudenken, der Verunglückte bedurfte ihrer Hilfe nötiger denn zuvor. Der Kopf war ihm haltlos zur Seite gesunken, und sein Atem ging schwer. Da kniete sie rasch nieder, umfing ihn wieder und führte von neuem das Fläschchen an seinen Mund. Er aber trank mit durstigen Zügen, und als sie ihm danach mit ihrem seidenen Tüchlein den kalten Schweiß von der Stirn trocknete, flog es wie ein dankbares Lächeln über sein blasses Gesicht. ...Da zog sich ihr vor jäh einfallender Bitternis das Herz zusammen, denn das Lächeln galt ja nicht ihr, sondern einer andern, die er in seinen Träumen natürlich um sich wähnte. Aber sie hielt tapfer aus, rieb ihm die Schläfen, erlahmte nicht in ihrem christlichen Werke, und schon nach kurzer Zeit sah sie zu ihrer Genugtuung, daß in seine blassen Wangen wieder ein Schimmer von Farbe trat. Da durfte sie sich sagen, daß sie ihn zum zweiten Male gerettet hatte ...für die andre! Und weil es unter diesen Umständen doch nie und nimmermehr ein Wiedersehen gab, durfte sie wohl ohne Scham und Reue einen ganz leisen Abschiedskuß auf seine Lippen hauchen. Nur einen einzigen, und der andern geschah damit ja lein Abbruch. Er wußte nichts von sich, ihr aber war es wie ein Abschied von törichten Kinderträumen. Und zugleich eine Art von Erfüllung, denn sie entsann sich genau, in längstvergangenen Tagen den heutigen Vorgang ahnend vorausgeträumt zu haben. Nur unter ein wenig veränderten Umständen. Sie eine barmherzige Schwester, er aber wurde todwund aus der Schlacht getragen. ...Da trank sie auch sein letztes Lächeln von den blassen Lippen, und eine schmerzlichsüße Wollust war es ihr, daß es eigentlich einer andern gegolten hatte...

Von fernher klangen rufende Stimmen, Fackelglanz breitete sich unter der schweigenden Decke der Tannenwipfel. Da stand sie auf, warf das Gewehr über die Schulter und war wieder die stolze, unnahbare junge Herrin. Und so oft sie sich auch später die verflossene halbe Stunde ins Gedächtnis zurückrief, genau wußte sie es nicht zu sagen: Hatte der kühl abwägende Kopf die Oberhand behalten oder das pochende und unruhige Ding da drinnen, das genau noch so töricht war, wie vor jenen längstvergangenen Zeiten? – – –

Zweites Kapitel

Im Groß-Lipinsker Schlosse gärte es wie in einem Bienenschwarm, in den sich eine Hornisse verflogen hatte. Die Stubenmädchen flogen treppauf und treppab, um in aller Hast das im ersten Stock gelegene »Königszimmer« in Stand zu setzen, das sonst alle Jahre nur wenige Tage benutzt wurde, wenn nämlich zur Manöverzeit der kommandierende General darin wohnte, und das seinen Namen daher trug, weil es einmal, vor jenen fünfzig oder sechzig Jahren, den König Friedrich Wilhelm IV. für eine Nacht beherbergen sollte. Dazu aber war es nicht gekommen, denn der hohe Herr hatte die für seine Rundreise durch die Provinz getroffenen Dispositionen leider in letzter Stunde geändert. Trotzdem es also damals seinen eigentlichen Zweck gewissermaßen verfehlt hatte, war ihm der ehrende und es vor den andern Fremdenzimmern im Schlosse auszeichnende Name in der Tradition erhalten geblieben, vornehmlich wohl wegen der prunkvollen Ausstattung, die ihm Elsbeths Großvater, der damalige Herr von Lipinsken, gegeben hatte. Ein wahrhaft königliches Bett mit vergoldeten Pfosten und einem seidenen Himmel darüber, reichgeschnitzte Eichenstühle, an der Längswand einen Gobelin, vor allem aber eine Waschtoilette, die damals eine Kostbarkeit und ein wahres Prunkstück darstellte, denn sie trug eine echte weiße Marmorplatte und darauf eine Waschschüssel aus Meißner Porzellan von zu jener Zeit ganz ungewöhnlich großen Dimensionen. Dazu natürlich ein reichliches Zubehör von Näpfen und Schalen, und über dem Ganzen, den Raum zwischen den beiden Fenstern fast vollständig ausfüllend, ein geschliffener Kristallspiegel mit zwei schwervergoldeten Armleuchtern.

Bei der im ganzen Schlosse herrschenden peinlichen Ordnung und Sauberkeit war nun das Instandsetzen eine verhältnismäßig geringfügige Arbeit. Das Bett frisch überziehen, im Ofen ein ordentliches Feuer anmachen, Kanne und Schüssel des Waschtisches mit Wasser füllen, und das Königszimmer wäre zur Aufnahme seines Gastes genau so bereit gewesen, wie vor jenen fünfzig oder mehr Jahren. Daß für diese Vorrichtungen ein Dutzend Hände in Bewegung gesetzt wurde, lag nur an Tante Lieschen.

Der Förster Ahrens, der mit seinem Bericht über das seltsame Zusammentreffen auf dem Wiesenweg und Elsbeths Heldentat wie eine Bombe in die friedliche Tafelrunde am abendlichen Teetische hineingeplatzt war, hatte noch nicht recht ausgesprochen, noch saß alles wie in einer Erstarrung, da hatte die rundliche alte Dame auch schon das Kommando übernommen.

»Sie, Ahrens, lassen sofort einen Schlitten anspannen und schicken einen reitenden Boten mit 'nem Handpferd zum Doktor nach Ostrokollen…«

»Ist beides schon besorgt, gnädiges Fräulein.«

»Na schön, um so besser! Du, Fränzchen« – sie wandte sich zu der jüngeren Schwester der Haus« Herrin – »sorgst für reichlich warm' Wasser, denn das wird in solchen Fällen immer gebraucht, ihr beiden, Lisette und Dorette, macht euch über das Königszimmer her, lüften, Staub wischen, Ofen heizen, aber das muß alles wie der Blitz gehen; Sie, Friedrich, springen zum Verwalter hinüber, holen Verbandzeug und Karbolsäure aus der Gutsapotheke, ich aber werde für warmes Bettzeug sorgen, damit der arme Mensch nicht friert, wenn er verbunden ist!«

»Na, und was bleibt für mich übrig?« fragte das Freifräulein Amalie von Linde, Tante Lieschens jüngere Schwester.

»Die Kritik, wie üblich, meine Teuerste,« war die schlagfertige Antwort.

Tante Amalie rückte die Haubenbänder zurecht.

»Also gut! Weißt du denn überhaupt, ob Elsbeth ihn hierher transportieren lassen wird?«

»Das ist doch ganz selbstverständlich!«

»Na schön, aber dann das ›Königszimmer‹! Ganz, als wüßten wir uns vor Freude über die uns widerfahrene Gnade nicht zu lassen!«

Tante Lieschen machte eine energische Handbewegung, denn in ihre Rechte als oberste Leiterin des gesamten inneren Haushaltes ließ sie sich nicht dreinreden.

»Also es bleibt dabei! Und ›Gnade‹? Das natürlich nicht, aber vielleicht eine Fügung. Wenn je der liebe Gott seine Hand aufgehoben hat, ei nadiehrlich, und lach nich so höhnisch, Amalie« – jedesmal nämlich, sobald sie ein wenig in Erregung geriet, verfiel sie in einen leicht sächselnden

Dialekt, den sie in ihrer Jugend während der Dresdner Pensionszeit erlernt hatte – »ja also, die Hand aufgehoben, um uns armsäl'gen Erdenwürmern einen Fingerzeig zu geben, so is es diesmal geschehen. Aber darüber können wir uns ja später am Abend noch in aller Gemütlichkeit aussprechen, nich wahr?« Und draußen war sie, tummelte sich wie ein Brummkreisel mit ihrer kurzen und rundlichen Figur über Korridore und Stiegen und vergaß ganz an ihr Asthma zu denken, das ihr sonst das Treppensteigen zu einer beschwerlichen Arbeit machte.

Tante Amalie, die im Gegensatz zu ihrer freundlichen und allzeit zu einem muntern Scherzworte aufgelegten Schwester niemals mit dem Verkleinerungswort angeredet wurde, wohl, weil ihre hagere und steife Würde von vornherein jede Vertraulichkeit ausschloß, war mit dem Königsberger Malprofessor allein im Zimmer zurückgeblieben. Sie hob die spitzen Schultern und ordnete die braunen Löckchen, die zu beiden Seiten der sorgfältig gekrausten Spitzenhaube herunterhingen, zu braun, um echt zu sein...

»Ja also, Herr Professor, was sagen Sie nun bloß dazu? Sie sind doch jetzt lange genug im Haus, um über die ganzen Verhältnisse auch ein Urteil zu haben, also ›Königszimmer‹? Muß da der Klein-Lipinsker, wenn er hereingebracht wird, nicht gleich denken, wir warteten bloß auf ihn? Und sich umgucken, ob nicht auch womöglich schon der Pastor da ist, um die Nottrauung zu vollziehen?«

Der Angeredete, ein blonder Hüne mit langwallenden Künstlerlocken, die auf ein verschlissenes Samtjakett fielen, hatte sich nach der unwillkommenen Unterbrechung schon längst wieder über die rosige Gänsebrust hergemacht, von der er sich beim Eintritt des Försters Ahrens einen wohl zwei Finger breiten Kampen heruntergeschnitten hatte. Er ließ die Gabel sinken und antwortete diplomatisch: »Na, vielleicht ist er immer noch bewußtlos und merkt das nicht so?«

In seiner etwas eigentümlichen Stellung im Schlosse lag es, mit jedermann gut Freund zu sein, es mit keinem zu verderben. Im vorigen Frühjahr nämlich, kurz nach ihrem Regierungsantritte, hatte ihn Elsbeth eines schönen Tages draußen auf der Fohlenkoppel beim Skizzieren angetroffen und kurzer Hand eingeladen, für ein paar Wochen ihr Gast zu sein. ...In ihrer Freude über das endliche Wiedersehen mit der Heimat hatte sie gewissermaßen das Bedürfnis, jedem, der ihr begegnete, etwas Gutes anzutun. Und der Königsberger Meisterschüler, der mit überschmalem Beutel eine Ferienstudienreise machte, nahm nur zu gern an. In der Folge aber gefiel ihm das sorglose Wohlleben so, daß er nicht mehr ans Fortgehen dachte. In der ersten Zeit nahm er zwar alle vier Wochen einen schüchternen Anlauf, sein längeres Bleiben zu begründen, sagte: »Gnädigste Baronesse, *eigentlich* dürfte ich ja Ihre Gastfreundschaft nun nicht länger mehr in Anspruch nehmen, aber ich hätte im Interesse meiner künstlerischen Entwicklung noch so viel nach der Natur zu skizzieren...« Da aber darauf jedesmal eine erneute freundliche Einladung erfolgte, so unterließ er nach und nach diese Erinnerungen, daß er im Lipinsker Schlosse nur zu Gaste war. Und eines Tages begab es sich, daß die junge Herrin ihn in einer etwas peinlichen Unterhaltung mit dem Allenberger Gerichtsvollzieher betraf, der durchaus nicht einsehen wollte, daß Staffelei, Leinwand, Pinsel, Farben und Palette zu den unantastbaren Reservatgütern eines der Malkunst beflissenen Jüngers des heiligen Lukas gehören sollten. Da schlichtete sie lächelnd den Streit, indem sie den Schergen des Königsberger Schneiders anwies, die eingeklagte und erstrittene Schuldsumme an der Gutskasse zu erheben, dem »Professor« aber setzte sie stillschweigend ein auskömmliches Taschengeld aus, das ihm allmonatlich von dem Verwalter Wisotzki als »Gehalt« ausgezahlt werden sollte. Beim ersten Male sträubte er sich ein wenig, hielt seiner gnädigen Schutzherrin eine feurige Dankesansprache, in der er sie »Mäcena« titulierte, in der Folge aber unterließ er auch diese Ansprachen, ebenfalls aus dem bereits oben angeführten Grunde. Nicht aber aus Undankbarkeit. Als Sohn armer Schneidersleute, die kaum den Speck erschwingen konnten, um die täglichen Kartoffeln abzuschmälzen, war er eines Tages tief aus dem Posenscheu nach München auf die Wanderschaft gegangen, weil er den Gott in seiner Brust fühlte und den Drang, ein großer Maler zu werden; hatte sich dort ein paar Semester durchgefrettet, indem er nächtens für ein Herrengarderobegeschäft Gehröcke nähte, tagsüber aber zeichnete und malte, solange die nachts müde geprickelten Hände und Augen vorhalten wollten, bis ihm ein vom heimatlichen Pastor erwirktes kleines Stipendium an der

Königsbergs Kunstschule ein etwas menschenwürdigeres Dasein ermöglichte. Schließlich aber als ein unverhofftes Gnadengeschenk des Himmels hier diese großzügige, echt ostpreußische Gastfreundschaft, gewissermaßen eine Belohnung für treues Ausharren im Dienste der Kunst! Brauchte sich nicht zu kümmern, ob der liebe Gott Winter oder Sommer sein ließ, drei-, viermal am Tage ein mit allerhand guten Sachen gedeckter Tisch, und von Morgen bis Abend keine andre Frage, als, was male ich jetzt und was zeichne ich nun. ...Da war es ihm nicht zu verdenken, wenn er im Verkehr mit den maßgebenden Schloßinsassen sich ein wenig »politisch« verhielt und darauf aus war, sich seine Stellung nicht zu verderben. Draußen fing wieder das Hungern und Zigeunern an. Noch mehr aber: tagtäglich fühlte er sein Können wachsen und reifen. Noch eine nicht allzu lange Zeit, und er konnte aus der Stille als ein Meister hinaustreten in die große Welt, die da draußen, weit hinter den Lipinsker Wäldern lag. ...In Wirklichkeit aber hätte er um seine Stellung nicht so ängstlich zu sorgen brauchen. Wenn er eines Tages vor die junge Schloßherrin getreten wäre und hätte in allem Ernste gesagt: »Gnädigste Baroneß, jetzt muß ich aber wirklich und unwiderruflich Abschied nehmen,« hätte sich ein allgemeines Wehklagen erhoben, denn im Laufe der Zeit war er allen Schloßinsassen mit seinem heitern und freundwilligen Wesen unentbehrlich geworden. Bei der abendlichen Tafelrunde aber war er die Seele des ganzen Kreises. Da brach nach geschehener Arbeit und unter dem wohligen Gefühl, für den andern Tag keine Sorgen zu haben, sein fröhliches Künstlertemperament durch, er erzählte Schnaken und Schnurren, hänselte sich mit dem »Bruder in Apoll«, dem dichtenden Hauslehrer der Verwalterskinder, oder führte das Schloßpersonal in wohlgelungenen und komischen Schattenbildern vor. Wenn aber gar an einem besonders lustigen Abend Tante Lieschen auf allgemeines Verlangen mit den Kellerschlüsseln klimperte und die junge Herrin fragte, ob ausnahmsweise eine Flasche deutschen Schaumweines spendiert werden dürfte, holte er die »Klampf'n« hervor, seine ebenfalls aus den Klauen des Gerichtsvollziehers gerettete Gitarre, und sang Münchener Schnadahüpfeln.

> »Maler san lust'ge Leut', malen zum Zeitvertreib,
> Haben kan Geld im Sack, rauch'n Tobak!
> Wanns gar kan Geld mehr ham, gehn's an die Eisenbahn,
> Da komm'n noch mehr z'samm', die a kans ham!
> Duliäh, diäh, dulioh dio o ho ho!«

Schloß mit einem kunstvollen Jodler, und die ganze Tafelrunde stimmte mit ein, sogar die saure Tante Amalie gab, von der allgemeinen Lustigkeit angesteckt, ein krähendes Piepsen von sich, das aber in einem Hustenanfall zu endigen pflegte. Worauf sie regelmäßig erklärte, sie hätte ihre einstmals sehr schöne Stimme leider Gottes nach den Masern verloren...

Nach der diplomatischen Antwort des Malers durchmaß sie das Zimmer mit großen Schritten, die knochigen Hände auf dem Rücken ineinander geschlagen.

»Na ja, Sie haben recht, Herr Professor, vielleicht merkt er's gar nicht. Und nachher können wir ja irgend eine Ausrede erfinden, die andern Zimmer wären meinethalben alle besetzt gewesen. Oder würden neu tapeziert, das wär' vielleicht noch besser! Aber wozu in aller Welt nur diese Eigenmächtigkeiten? Lieschen hätte doch vorher sagen können: Liebe Amalie, nachdem diese wichtige Frage an uns herangetreten ist, wo bringen wir ihn unter? Wir beide nämlich, Herr Professor« – sie blieb stehen und reckte ihre dünnen Schwurfinger zur Bekräftigung dem Maler vor das Gesicht – »wir *beide* sind doch vom Familienrat als Beschützerinnen unserer Nichte Elsbeth eingesetzt worden, mit gleichen Rechten und Pflichten, also woher nimmt sich meine Schwester da immer das ›Prä‹?«...

Die Geschichte von der Einsetzung durch den Familienrat war eine kleine Lüge, um vor Fernerstehenden ihren dauernden Aufenthalt im Schlosse zu beschönigen. In Wirklichkeit aßen die beiden aus einer verarmten Seitenlinie der Lindes stammenden Freifräuleins von Linde, da sie wegen Überfüllung in dem adligen Stifte von Königsberg bislang keine Unterkunft gefunden hatten, im Lipinsker Schlosse auch ein Stückchen Gnadenbrot. Nur mit dem Unterschiede, daß Tante Lieschen sich nützlich machte und dieses Brot nicht umsonst aß, während Tante

Amalie fast immer »eine Kur gebrauchte«, deren Befolgung ihr die Tätigkeit in der Wirtschaft unmöglich machte.

Auch diesmal wußte Hans Haffner, der Maler, sich geschickt aus der Schlinge zu ziehen.

»Aber, ich bitte Sie, gnädiges Fräulein, das ist doch nun mal nicht anders. Bis zu einem gewissen Grade muß die Jugend sich unterordnen. Und wo Ihr Fräulein Schwester doch mindestens fünfzehn bis sechzehn Jahre älter ist als Sie...?«

Er sprach den Satz nicht zu Ende, sondern benutzte die Gelegenheit, sich den Rest der Gänsebrust, ein halbhandlanges Ende, auf den Teller zu legen. Tante Amalie aber lächelte geschmeichelt.

»Sie übertreiben ein wenig, lieber Professor, Sie übertreiben! Ganz so groß ist der Altersunterschied zwischen mir und meiner Schwester denn doch nicht« – in Wirklichkeit betrug er nämlich nur anderthalb Jahre, »aber wenn ich auch weitaus die jüngere bin, in solchen Fragen, die gewissermaßen die ganz hohe Familienpolitik angehen, muß meine Stimme auch gehört werden. Und da sage ich, diese Versöhnungspolitik mit dem Klein-Lipinsker ist ein Unsinn! Er denkt nicht daran! Gleich am andern Tag, als mein Vetter Bernhard beim Schnitzeljagdreiten mit den Allenberger Dragonern verunglückt war und der Justizrat Kersten im Namen der unmündigen Elsbeth das Erbe antreten wollte, fand er den Klein-Lipinsker schon auf dem gleichen Wege. Kaum daß er ihn um eine Viertelstunde abschneiden und vor seinem Eintreffen ein juristisches *fait accompli* herstellen konnte, sonst wären die beiden armen Würmer, die Elsbeth und Fränzchen, die damals noch in ihrer englischen Pension saßen, rein heimatlos geworden. So aber mußte *er* klagen und ist ja nun, Gott sei Dank, in zwei Instanzen glücklich abgewiesen worden. Und von Rechts wegen! Denn nämlich die berühmte Stelle in dem Tagebuche seines Urgroßvaters: ›Heinrich erscheint mit neuen Propositions, habe aber refüsiert in Ansehung ohnedies getroffener väterlicher Bestimmungen,‹ ist vom Allenberger und Königsberger Gericht mit Recht als belanglos angesehen worden, nämlich als auf einen andern Fall bezüglich, es gibt eben, Gott sei Dank, noch Richter in Ostpreußen!«

Und die alte Dame vertiefte sich in die umfangreiche Vorgeschichte des langwierigen Prozesses, bewies haarscharf, daß die Klein-Lipinsker von jeher entschlossen gewesen wären, das feierliche Abkommen bei der ersten sich bietenden Gelegenheit zu brechen; beleuchtete gebührend den merkwürdigen Diebstahl des Silberzeuges und zeichnete zum Schluß den gegenwärtig regierenden Baron Adalbert in den schwärzesten Farben, als einen wahren Ausbund von Habsucht und Rachgierigkeit, dem Versöhnungsgedanken zuzutrauen eben nur Tante Lieschen fertig bekäme! ...Hans Haffner, der Maler, aber, der den ganzen Tag mit dem Skizzenbuch hinter den Jährlingsfohlen her gewesen, hatte von der Arbeit einen gewaltigen Hunger heimgebracht, ohne die Gelegenheit zu finden, ihn endlich zu stillen. Die grobe Schnitte Gänsebrust war nichts als eine kleine Abschlagszahlung gewesen, und von Zeit zu Zeit hob er den Kopf und sah sehnsüchtig nach der Mitteltür hinüber, ob Tante Lieschen nicht endlich wiederkäme, denn Tante Amalie war eine unbequeme Erzählerin. Alle Augenblicke spitzte sie ihre Rede zu einer rhetorischen Frage zu, die mindestens ein zustimmendes Brummen verlangte, zuweilen aber unterbrach sie sich und heischte eine direkte Meinungserklärung: »Also, liebes Professorchen, was sagen Sie nun dazu?« Und da gab es denn ein störendes Kopfzerbrechen, um eine möglichst neutrale und zu nichts verpflichtende Antwort zu finden, namentlich seit sie auf ihr Lieblingsthema gekommen war, weshalb nämlich wohl ihre Nichte Elsbeth den Mechower Hans Heinrich so wenig aufmunternd behandelte, während doch gerade in dieser Verbindung nicht nur das Heil der Zukunft läge, sondern eine kluge Rückversicherung, für den Fall nämlich, daß das Kammergericht in Berlin wider alles Erwarten einen unbilligen Spruch fällen sollte. Er konnte der alten Dame doch nicht sagen: »Mein gnädigstes Fräulein, ich bin ein verdammt hellhöriger Bursche; abhängige Menschen, die sich winden und drücken müssen, lernen gar schnell, ihren Mitmenschen ins Innere zu sehen, als trügen sie eine Glasscheibe in der Brust. Also Ihr Wüten gegen den Klein-Lipinsker ist nichts andres als die Angst, hier das gesicherte und bequeme Plätzchen Altersversorgung zu verlieren, und in Ihren Plänen, die Baroneß Elsbeth mit dem Mechower zusammenzubringen, kann ich Ihnen erst recht nicht zustimmen, denn ich würde dadurch aufs gröblichste die Interessen meiner besten Freundin verletzen. Eines süßen, lieben, kleinen Kerls, dem ich in echter und selbstloser Freundschaft zugetan worden bin, nachdem ich ein paar Wochen den Größenwahn gehabt, mit dem Marschallsstab in meinem Tornister mir eingebildet hatte, ich dürfte den Arm nach dem Höchsten recken! Duck dich, Schneidergesell, und schluck's 'runter, um solche Früchte zu pflücken, muß man eine siebenzinkige Krone im Wappen führen, nicht aber einen Malerpinsel, hinter dem noch immer die aufgesperrte Schneiderschere blinkt, und die Alten sitzen noch immer im Posenschen, bei spärlichem Speck und reichlichen Kartoffeln.« ...Einmal vor jenen langen Monaten, als der Mechower Hans Heinrich wieder der älteren Schwester in seiner schwerfälligen Art den Hof machte, hatte er bei einem zufälligen Aufblicken ein zorniges Gesicht gesehen und ein Paar dunkle Augen, in denen Tränen schimmerten. Da hatte es ihm zuerst einen gewaltigen und schmerzhaften Stich ins Herz gegeben, dann aber hatte er ganz laut »Esel« gesagt. Und es war unentschieden geblieben, ob er sich selbst damit gemeint hatte oder den langen Hans Heinrich. Da hätte er nach mannhafter Selbstüberwindung seiner kleinen Freundin gern geholfen, aber er konnte den Mechower doch nicht kurzer Hand am Kragen fassen, umdrehen und ihm zurufen: »Falsche Fährte, Weidgesell, da drüben steht dein Glück?!«...

Und Tante Amalie sprach weiter und weiter. So gut hatte sie es schon lange nicht mehr gehabt: vor einem geduldigen Zuhörer einmal gründlich ihr Herz ausschütten zu dürfen, ohne daß ihr die ältere Schwester bei jedem Satze mit einer schlagfertigen Bemerkung ins Wort fiel. Daß diese Auseinandersetzungen nach Lage der Sache für den Gang der Ereignisse ohne jeden Belang waren, focht sie nicht an; die Hauptsache schien ihr zu sein, einmal ungehindert auch ihre Meinung aussprechen zu dürfen. Sie hatte sich dem Maler gegenübergesetzt, häufte ihm aus Dankbarkeit für sein Zuhören den Teller mit Rebhühnerpastete und andern Leckerbissen, wenn er aber zulangen wollte, legte sie ihm die Hand auf den Arm und fragte: »Also nicht wahr, liebes Professorchen, da müssen Sie mir doch recht geben?« Bis endlich, Gott sei Dank, die so lang ersehnte Unterbrechung in die Erscheinung trat. Aber nicht die erwartete Tante Lieschen, sondern der, von dem schon eine Viertelstunde lang in allen möglichen lobenden Tonarten die Rede gewesen war, der Hans Heinrich von Mechow auf Mechowen. Er öffnete nach einem kurzen Anklopfen die Mitteltür, sah sich suchend um und sagte die übliche Formel her, mit der er jedesmal seinen Besuch gewissermaßen zu entschuldigen pflegte: »Guten Abend! Nämlich ich ...also ich war sowieso unterwegs, und da dachte ich, wirst mal in Lipinsken ...aber wenn ich vielleicht stören sollte?«

Tante Amalie war aufgesprungen und hieß ihren Schützling strahlenden Antlitzes willkommen.

»Aber im Gegenteil, lieber Hans Heinrich, wie gerufen!«

Und als fürchtete sie, es könnte ihr jemand zuvorkommen, erzählte sie ihm in schier atemloser Hast, was sich nach der Meldung des Försters Ahrens zugetragen hatte, nicht ohne dabei zugleich auch ihrer lebhaften Befürchtung Ausdruck zu geben, daß Tante Lieschen mit ihrer Versöhnungspolitik nach dieser unerwarteten Wendung in den Groß- und Klein-Lipinsker Beziehungen womöglich Oberwasser bekommen könnte. Da fand Hans Haffner endlich die Muße, seinen durch die erduldeten Tantalusqualen ins Gewaltige gesteigerten Hunger zu stillen. Seinem scharfen Auge entging es aber dabei nicht, daß der Mechower merkwürdigerweise gar kein erstauntes oder betroffenes Gesicht machte, sondern zuhörte wie einer, dem man etwas längst Bekanntes erzählte. Und als er sich noch darüber verwunderte, betrat Baroneß Fränze, ebenfalls wie gerufen, das Zimmer und schien auch nicht weiter erstaunt zu sein, den Mechower vorzufinden, trotzdem sich dieser wegen des kränkelnden Zustandes seiner Mutter sonst am Abend selten sehen ließ. Da entsann er sich, daß seit einigen Wochen ja auch Schloß Mechow Telephonanschluß hatte, zugleich aber glaubte er den Gedankengang zu erraten, aus dem heraus seine kluge kleine Freundin den Nachbar herübergerufen haben mochte. Zu einer Art heilsamen Anschauungsunterrichts vielleicht: Da sieh her, wie sich meine Schwester um den Klein-Lipinsker hat, und wenn dir danach nicht die Augen aufgehen, kannst du mir leid tun...

Jetzt erschien auch Tante Lieschen, ein wenig außer Atem von dem vielen Treppensteigen, strich sich das nach Männerart kurzgeschnittene weiße Haar aus dem erhitzten Gesicht und ließ sich erschöpft in den nächsten Sessel fallen.

»So, das wär' geschafft, den weiteren Ereignissen können wir in Ruhe entgegensehen!« Und ein wenig verwundert fügte sie hinzu: »Nanu, Hans Heinrich, auch zu Wege?«

Der Mechower ließ in Verlegenheit die Gelenke an seinen langen Fingern knacken.

»Ja, guten Abend, Tante Lieschen ... ich war nämlich sowieso unterwegs und da dachte ich ...«

»Ich weiß,« sagte Tante Lieschen, »streng dich nur nicht zu doll an, mein Junge, es könnt' dir sonst vielleicht wirklich was einfallen,« und streifte mit einem Seitenblick ihre Schwester Amalie, als wenn sie hätte sagen wollen: Wer dich herzitiert hat, kann ich mir ungefähr denken!

Danach trat jenes beklommene Schweigen ein, das Ereignissen, von denen jeder etwas ganz Besonderes erwartet, vorauszugehen pflegt. Nur Tante Amalie fragte einmal inzwischen: »Hast du für den Mitteltisch im Königszimmer auch nicht die Kristallkaraffe vergessen, Lieschen, mit den vergoldeten Gläsern und der silbernen Tablette?« erzielte mit dieser spitzfindigen Anzapfung aber nur ein mitleidig-verächtliches Achselzucken. Da fügte sie noch hinzu: »Na ja, ich meine nur, daß unser Ehrengast sich nicht über mangelndes Entgegenkommen zu beklagen haben wird.« Als aber darauf ebenfalls keine Antwort erfolgte, versank auch sie in schweigsames Nachdenken.

Und endlich erklangen die Schellen auf dem Hofe, der Schlitten fuhr vor; der Verwalter Wisotzki öffnete dienstfertig die Mitteltür, und herein kamen Elsbeth und der Förster Ahrens; danach fuhr der Schlitten wieder in den Hof zurück, aber von dem eigentlich Erwarteten keine Spur.

Tante Lieschen verschlug's die Rede.

»Nanu, und?« war das einzige, was sie herausbringen konnte.

Elsbeth schien ganz ruhig, während der Verwalter und der Förster rote Köpfe hatten, als hätten sie eine jener lebhaften Auseinandersetzungen hinter sich, die zwischen den beiden alten Feinden nicht gerade zu den Seltenheiten gehörten. Der alte Ahrens sah zudem mächtig verärgert aus, während das wohlgenährte und glattrasierte Gesicht des Verwalters in unverhohlenem Triumphe glänzte. Die junge Schloßherrin gab dem Förster ihr Gewehr, legte Kapuze und Lodenjacke ab und trat in ihrer kleidsamen graugrünen Bluse an den Teetisch, ganz wie sonst, wenn sie von einem gewöhnlichen Jagdgange zurückkehrte.

»Professor, haben Sie mir noch was übrig gelassen? Ich hab' einen ganz barbarischen Hunger!« Setzte sich, um nach der Teekanne zu langen, und täuschte mit ihrer erzwungenen Ruhe alle, die im Zimmer waren, nur nicht den blonden Maler. Wenn er von Profession auch nur ein Tiermaler war: wer sich darauf verstand, in einem Pferdekopfe zum Beispiel, dem gewöhnliche Augen nichts ansahen, die ganz besondere Eigenart des Temperaments mit einigen wenigen Strichen zum Ausdruck zu bringen, las auch in einem Menschenantlitz schärfer und deutlicher als andre. Und da war ihm der nervös gespannte Zug nicht entgangen, der der jungen Herrin in der Gegend der Mundwinkel stand, ganz abgesehen davon, daß ihm auch die Augenlider so aussahen, als hätten daran vor nicht allzu langer Zeit ein Paar zornige Tränen gesessen ...

Tante Amalie hatte sich zuerst von der allgemeinen Enttäuschung erholt. Sie lachte spöttisch auf.

»Nein, Lieschen, was sagst du nun bloß dazu? Wie sich doch gewisse Ereignisse wiederholen. Auch vor jenen fünfzig Jahren kam der heiß Erwartete nicht, und das Königszimmer blieb leer!«

»Ach, laß mich doch zufrieden!« sagte Tante Lieschen und setzte sich verärgert in die dunkelste Ecke des Zimmers.

Elsbeth aber, die sich gerade eine Butterstulle strich, hob mit affektierter Gleichgültigkeit den Kopf.

»Was habt ihr denn eigentlich, ihr beiden?«

Und jetzt war für Tante Amalie der Augenblick des Triumphes gekommen. Sie trat einen Schritt vor und betonte jedes einzelne Wort mit einer ordentlich genießenden Spitzfindigkeit.

»Ach, nichts Besonderes, liebe Elsbeth. Meine Schwester hat nur geglaubt, du würdest den Klein-Lipinsker hierherschaffen lassen, und hat vor Freude darüber das Königszimmer in Stand gesetzt!«

Elsbeth sah mit einem rätselhaften Blicke nach der dunkeln Ecke hinüber, in der die schmollende Tante Lieschen saß.

»So, so, das Königszimmer! Das macht deinem guten Herzen alle Ehre, Tante Lieschen, aber er braucht es nicht, für ihn glücklicherweise. Eine leichte Gehirnerschütterung, ein paar gequetschte Rippen und ein Schlüsselbeinbruch, sonst ist ihm weiter nichts passiert; der Doktor meinte, in vierzehn Tagen würde er schon wieder, wenn auch etwas kräpelig, im Sattel sitzen, und da wollte ich dir, Tante Lieschen, für die kurze Zeit keine Unbequemlichkeiten machen. Außerdem wußte ich nicht, ob ihm die aufgenötigte Gastfreundschaft hinterher auch angenehm gewesen wäre. Herr von Linde war nämlich mit wenig lauteren Absichten auf Groß-Lipinsker Gebiet herübergeritten!«

Tante Lieschen fuhr auf.

»Wie willst du das wissen? Der arme Mensch war doch bewußtlos!«

Elsbeth aber lächelte, ein seltsam herbes Lächeln. »Wir haben die Beweise, liebes Tantchen. Herr Wisotzki, bitte!«

Der beleibte Verwalter, der mit dem Förster dicht an der Tür stehen geblieben war, schien auf das Stichwort nur gewartet zu haben. Er rückte die goldene Brille zurecht und trat einen Schritt vor.

»Ja, nämlich, meine Herrschaften, wir haben die Beweise, daß Herr von Linde sich auf unsern Wiesen mit dem aus Amerika zurückgekehrten Hufschmied Martschinowski ein Rendezvous gegeben hatte, um mit dessen Hilfe das gestohlene Dokument auszugraben!« Er mußte die Stimme erheben, denn in dem entstehenden Durcheinander drohten seine letzten Worte verloren zu gehen.

Tante Lieschen aber trat vor ihn hin und stemmte die Hände auf die rundlichen Hüften.

»Das hat Ihnen der bewußtlose Herr von Linde wohl alles auf die Nase gehängt, Herr Wisotzki?«

Der Verwalter verneigte sich respektvoll.

»Ja, gnädiges Fräulein, ich bin ja nur ein einfacher Landwirt, ich bilde mir nicht, wie gewisse andre Leute ein« – dabei streifte er den Förster Ahrens mit einem höhnischen Seitenblicke – »ich könnt' das Gras wachsen hören, wenn ich 'ne Rehspur von 'ner Hasenspur unterscheiden kann!«

»Reh *fährte*,« unterbrach ihn ärgerlich der alte Förster.

»Ist egal, Herr Ahrens, in diesem Falle kommt es nicht auf die Ausdrucksweise, sondern auf die Sache an! Also wie ich an die Unfallstelle komme, und der Doktor nebst der gnädigen Baroneß und dem Herrn Förster bekümmern sich um den Gestürzten, mach' ich so einen kleinen Rundgang. Und auf einmal stoß' ich auf ganz frische Fußspuren, sag', gnädigste Baroneß, war denn außer Ihnen und Herrn Ahrens noch jemand bei dem Unfall zugegen? ›Nein,‹ sagen die Baroneß, ›der, den Sie meinen, kam erst später, ein Stromer,‹ und beschreibt sein Aussehen. Ich aber darauf nur: ›Was, über dem linken Auge hing ihm das Lid halb herunter?‹ … sehe den Herrn Förster an, und beide sagen wir wie aus einem Munde: Martschinowski. Und daß der Kerl ein paar Brocken englisch gesprochen hatte, war nur ein Merkmal mehr, denn er ist ja mehr als vier Jahre drüben in Amerika gewesen!«

»Na ja, ist gut, Herr Wisotzki,« sagte Elsbeth, »und das weitere ergibt sich ganz von selbst. Es gehört kein großer Scharfsinn dazu, sich das übrige hinzuzudenken, denn, um zu glauben, der Klein-Lipinsker suchte nur deshalb nach dem Dokument, um es mir zur gefälligen Benutzung vor dem Kammergericht zu überreichen, da müßte man ja schon eine so unverbesserliche Idealistin wie unser gutes Tantchen Lieschen sein!« Und mit erhobener Stimme fügte sie hinzu: »Also, Herr Wisotzki, es bleibt bei dem, was wir abgesprochen haben. Von heute an werden auf den Wiesen Wachen aufgestellt, in acht Tagen aber wird Herr Förster Ahrens uns behilflich sein, nach der richtigen Konstellation von Mond und Morgenstern die Richtungslinie für den

Graben festzulegen. Und dann wird gebuddelt, denn Sie, Herr Wisotzki, haben vielleicht recht, der Klein-Lipinsker hat am Ende Beziehungen zum Kammergericht und weiß, daß die gestohlene Urkunde bei der Entscheidung eine Rolle spielen wird. Wenn er sie in sicherem Gewahrsam, womöglich gar vernichtet hat, können wir die ganzen Wiesen um und um graben, er aber lacht sich höhnisch ins Fäustchen ... e, einfach ekelhaft! Einem solchen Menschen hier in diesem Hause auch nur eine Stunde lang Obdach gewähren, da müßte man doch« ... sie brach ab, denn sie sah Tante Lieschens Äuglein in Tränen schwimmen und mochte die Gute nicht allzusehr kränken ... »also beruhige dich, Tante Lieschen. Du warst ja auf den Wiesen nicht dabei, konntest das alles nicht wissen. Und jetzt Schluß mit diesen unerquicklichen Geschichten! Eins nur noch« – sie reckte sich heraus und sah mit blitzenden Augen im Kreise – »von jetzt an wird in meiner Gegenwart der Name dieses Menschen ohne meine ausdrückliche Aufforderung nicht mehr genannt! Das ist mein unabänderlicher Wille, wer dem zuwiderhandelt, hat's mit meiner Freundschaft verspielt! ... Jetzt aber entschuldigen Sie mich, meine Herrschaften, wenn ich mich zurückziehe, die frische Luft hat mich müde gemacht. Gute Nacht allerseits, gute Nacht!«...

Elsbeth schritt mit einem kurzen Kopfnicken der Tür zu, die nach dem Treppenhause führte, als sie aber an Tante Lieschen vorüberkam, die mit ihren geknickten Hoffnungen wie ein Bild des Jammers dastand, empfand sie eine Regung des Mitleids. Sie schlang ihr den Arm um den kurzen Hals und flüsterte leise: »Außerdem ist er längst verlobt, also tröst' dich, gutes Tantchen. Wenn du's nicht glauben willst, frag den alten Ahrens!«

Von den Zurückbleibenden aber verspürte niemand ein Ruhebedürfnis, alles sprach und schwatzte erregt durcheinander, sogar der schweigsame Mechower war auf seine Art redselig geworden, das heißt, er setzte der kleinen Baroneß Fränze ohne allzu häufige Zuhilfenahme der Fingergelenke auseinander, daß der Unfall des Klein-Lipinskers doch nicht so leicht zu nehmen wäre, wie Elsbeth zu meinen schien. Mit einer Gehirnerschütterung zum Beispiel wäre nicht zu spaßen; manche bekämen das Stottern danach oder büßten zum mindesten die Fähigkeit ein, für ihre Gedanken den passenden und raschen Ausdruck zu finden. Nur der alte Förster schien die gleiche Müdigkeit zu empfinden, wie seine junge Herrin. Er griff nach seiner Mütze und versuchte, sich unauffällig nach der Ausgangstür zu konzentrieren, denn eine Ahnung sagte ihm, bei den letzten geflüsterten Worten der Baroneß Elsbeth wäre von ihm die Rede gewesen. Und fast wäre es ihm geglückt, denn Tante Lieschen sah ihrer Nichte mit einem ganz merkwürdigen Gesichtsausdruck nach, wie sein Unkas ungefähr, mußte er denken, wenn ihm der Wind eine Witterung an der Nase vorüberführte, und er konnte es im Augenblick nicht spitz kriegen, was es war, ob Huhn oder Schnepfe. ... Schon hatte er die Hand an der Klinke, als sie mit einem Male den Kopf nach ihm wandte. Da kam sie wie eine Kegelkugel auf ihn zugeschossen, faßte ihn bei der Rockklappe und sagte halblaut: »Halt, dageblieben, Ahrens. Und jetzt mal Farbe bekannt! Was sagt' mir eben meine Nichte, der Klein-Lipinsker wär' längst schon verlobt?«

Da wollte er es erst mit einer Ausflucht versuchen, daß es seiner Wissenschaft nach noch nicht so weit wäre, wenn auch die Leute allerhand munkelten, aber er bekam es nicht fertig, unter den klaren Augen der alten Dame die gröbliche Lüge zu wiederholen. Also versicherte er sich erst ihres ehrenwörtlichen Stillschweigens und bekannte sich dann zur Wahrheit. Daß er der jungen Baroneß die Schnurre nur erzählt hätte, um auszukundschaften, wie sie in Wirklichkeit gegen den Klein-Lipinsker gesonnen wäre; als Entschuldigungsgrund für dieses Beginnen aber führte er die seltsame Äußerung an, die sie beim Erlegen des Gabelweihen getan hätte.

»Hm,« machte Tante Lieschen nur darauf und sah noch einmal zu der Tür hinüber, durch die ihre Nichte verschwunden war, als suchte sie dort nach einer alten Spur, die mit dieser neuen zusammenzubringen wäre. Als aber der Förster Ahrens mit der Bitte schloß, sie möchte zusehen, der Baroneß allmählich und ohne allzu arge Bloßstellung seiner Person die Wahrheit beizubringen, sagte sie: »Nee, nee, lassen mersch lieber noch ein Weilchen. Wer weeß, wozu es gut is, denn nämlich alles auf der Welt is nur Fügung. Eins aber noch, Ahrens: Trauen Sie dem Klein-Lipinsker diese Schweinerei zu?«

»Nein, gnädiges Fräulein. Ich steh' vor einem Rätsel, aber ich meine, mit einem Kerl, der ins Zuchthaus gehört, läßt sich der Herr Baron von Linde nicht ein. Hat er's aber doch getan, dann gewiß nur in guter Absicht. Um endlich Klarheit zu schaffen!«

»Bravo!« sagte Tante Lieschen darauf ganz laut und entließ den Alten mit einem gnädigen und herzhaften Händedruck. Danach aber entsann sie sich, daß sie über aller Arbeit und Aufregung vergessen hatte, an sich selbst zu denken, setzte sich an den Teetisch und holte das Versäumte nach. Und es schien sie weiter nicht anzufechten, daß ihre Schwester Amalie noch immer mit dem Verwalter in der dunkeln Zimmerecke tuschelte. »Partei Wisotzki,« dachte sie nur geringschätzig, »und noch ist ja nicht aller Tage Abend!«

Dem Maler aber hatte sich aus allerhand leise tastenden Beobachtungen und keck zugreifender Phantasie ein Bild geformt. Während die andern sprachen, öffnete er sein Skizzenbuch und warf es mit flüchtigem Stift auf das Papier: Ein gestürztes Pferd und, mit dem Rücken dagegen gelehnt, den verunglückten Reiter. Über ihn aber beugte sich ein knieendes junges Mädchen im Jagdkostüm, hatte den Arm um seinen Hals gelegt und küßte ihn auf die Stirn … Als er damit fertig war, schrieb er »Liebet Eure Feinde« darunter und reichte es lächelnd Tante Lieschen hinüber, denn wußte, sie würde ihm den Scherz, der so sehr ihren stillen Wünschen entsprach, nicht verübeln. Zur Vorsicht aber fügte er hinzu: »Nur für Sie ganz allein, gnädiges Fräulein!«

Und Tante Lieschen stutzte zuerst, dann lachte sie laut auf: »Professor, Sie Frechdachs, das ist ja beinahe Majestätsbeleidigung! Aber ich gäb' was drum, wenn Sie recht hätten!«

Tante Amalie aber verabschiedete eilends den Verwalter, denn die plötzliche Heiterkeit ihrer Schwester beunruhigte sie.

»Nanu, Lieschen, auf einmal so vergnügt? Und darf man an deiner Freude nicht auch ein wenig teilnehmen?«

»Nee,« sagte Tante Lieschen kurz angebunden und klappte der Neugierigen das Buch vor der Nase zu, »allzuviel wär' ungesund, denn du hast die deinige ja schon gehabt!« Sprach's und schob das Skizzenbuch, um es vor jedem heimtückischen Angriff zu sichern, unter ihren gewichtigsten Körperteil.

Tante Amalie aber bildete sich ein, ihre geheiligte Person wäre von dem spottlustigen Maler zur Zielscheide eines respektlosen Witzes gemacht worden, und schwor Rache. Und als eine ganze Weile schon vergangen war, niemand mehr an den kleinen Zwischenfall dachte, fragte sie, scheinbar so ganz nebenher: »Pardon, lieber Herr Professor, wie lange sind Sie doch eigentlich jetzt schon bei uns in Lipinsken?«

Hans Haffner, der gerade mit dem Mechower in einer außerordentlich interessanten Erörterung über die Merkmale begriffen war, an denen ein Kenner das junge Edelfohlen vom Halbblut unterschied, wandte kaum den Kopf.

»Wie lange? Ich glaube, jetzt wird es bald ein Jahr.« Und, ein wenig aufmerksamer geworden, fügte er hinzu: »Aber, weshalb fragen Sie danach, gnädiges Fräulein?«

Und Tante Amalie, die sonst so vorsichtig lächelte, daß gerade nur die Spitzen ihrer schneeweißen »Mausezähnchen« sichtbar wurden, hob die schmale Oberlippe, so daß auch die beiden sonst sorgfältig versteckten »Einsiedler« im Lampenlichte gelblich erglänzten, an denen die Perlenreihe mit seinen Goldklammern befestigt war.

»Ach, nur so, lieber Herr Professor, ich meine nur, wie doch die Zeit vergeht!«…

Der Maler aber hatte verstanden, seine Zeit war um. Fragte sich nur, ob er gleich morgen sein Bündel schnürte oder abwartete, bis die alte Kreuzspinne, die er sich heute – Gott allein mochte wissen wodurch – zur Feindin gemacht hatte, es durch allerhand Ränke fertig brachte, daß auch die Baroneß Elsbeth ihm ein unfreundliches Gesicht zeigte. … Tante Lieschen versuchte zwar, mit einem Scherzwort die peinliche Situation zu retten, da aber der Maler in trübes Nachdenken versank, war die Stimmung unwiederbringlich dahin. Und da auch der Mechower Hans Heinrich, für den der Wirtschaftstag um vier Uhr morgens anfing, es mit dem Gähnen kriegte, trennte man sich früher als sonst, ein jedes mit seiner besonderen Verstimmung im Herzen. Der einzige, der sich fröhlich auf den Heimweg machte, war der lange Hans Heinrich. Der Klein-Lipinsker, gegen den er immer – weshalb, wußte er nicht recht zu sagen – eine stille

Eifersucht verspürt hatte, war nach dem heutigen Abend abgetan für alle Zeiten, jetzt fing sein Weizen zu blühen an! Nur noch ein paar Tage, Schonzeit sozusagen, dann wollte er seine Mutter bitten, für ihn auf die Freiwerbe zu gehen, denn er selbst befürchtete leider, bei der entscheidenden Frage stecken zu bleiben. Außerdem, Frauen untereinander brachten so etwas viel glatter zu stande, und wenn erst alles in Ordnung war, brauchte man auch nicht mehr so viel zu reden. Brautpaare küßten sich ja meistenteils. Dann aber sollte eine noch nie dagewesene Seligkeit anfangen, ein Tag immer schöner als der andre. Ausreiten wollten sie zusammen, zusammen auf die Jagd gehen und miteinander überlegen, wie Mechowen und Groß-Lipinsken am besten aus einer Hand bewirtschaftet würden. Da war nämlich viel zu sparen, und er hatte sich schon oft seine Gedanken darüber gemacht. Verschiedene Grenzschläge nämlich konnte man sehr gut, was Düngung und Bestellung anlangte, zusammenlegen, während jetzt die Grenze eine störende Scheidewand bildete, gleichmäßig gearteten Boden unnütz trennte und den verschiedenen Besitzern eine kleinliche Flickarbeit auferlegte, die bei gemeinschaftlichem Betriebe zu vermeiden war. ... So spann er sich in allerhand wohlige Zukunftsträume ein, ließ seinem alten Hunter Blacklock die Zügel hängen und merkte gar nicht, daß diese Träume weniger der jungen Herrin als ihrem Besitze galten, sich mehr um die Landwirtschaft als die Liebe drehten...

*

Die kleine Baroneß Franziska, der Schloßherrin jüngere Schwester, zog die Bettdecke über die Ohren und versuchte gerade, ihre Gedanken auf einen andern Gegenstand zu lenken, als den dummen Hans Heinrich aus Mechowen, als ihr mit einem Male auffiel, daß Elsbeth, die vor mehr als einer Stunde doch erklärt hatte, sie könnte sich vor Müdigkeit nicht mehr aufrecht halten, anscheinend noch nicht schlafen gegangen war. Aus dem Schlüsselloch der Verbindungstür zwischen ihren beiden Schlafzimmern drang ein seiner Lichtstrahl und flimmerte ihr gerade in die Augen. Da dachte sie zunächst, die Schwester hätte vor Müdigkeit vergessen, die Beleuchtung abzudrehen, und wollte sich schon auf die andre Seite legen, nachdem sie mit ihrem angeborenen Sparsamkeitssinn einen kleinen Kampf ausgefochten hatte, als ein unbestimmter Laut an ihr Ohr drang, fast wie ein unterdrücktes Weinen. Und da horchte sie erst ein Weilchen, ob sie sich nicht getäuscht hätte, als aber der Laut sich wiederholte, sprang sie auf, schlüpfte in die kleinen Pantoffeln und öffnete die Tür. Ganz leise, um die Schwester nicht zu erschrecken.

»Elsbeth, weshalb schläfst du denn nicht?« wollte sie fragen, aber die Worte blieben ihr in der Kehle stecken, denn ihren Augen bot sich ein ganz seltsames Bild. Die um drei Jahre ältere Schwester, zu der sie – abgesehen von dem ihr als Familienoberhaupt ohnedies zukommenden Respekte – mit zärtlicher Bewunderung emporblickte, einmal, weil sie fast einen ganzen Kopf größer war, zum andern aber, weil sie eine Ruhe und Sicherheit des Auftretens besaß, die ihr ein schier unerreichbares Ziel dünkten, also diese sonst so selbstsichere Schwester weinte schier fassungslos vor sich hin! Saß, noch immer in ihrem Jagdkostüm, an dem kleinen Mitteltische, hatte den Kopf in beide Fäuste gestützt und starrte mit Augen, aus denen unaufhaltsam die dicken Tränen rollten, in die kleine elektrische Lampe, die sie sich von dem Nachttische herübergeholt hatte. Vor ihr aber auf dem Tisch lagen zwei seltsame Gegenstände. Ein zusammengeknülltes, anscheinend blutbeflecktes Taschentuch und ein zerknickter Photographiekarton, auf dem früher einmal vielleicht ein Bild gesessen hatte, der jetzt aber nur ein paar unbestimmte Flecke zeigte.

Elsbeth fuhr auf, als wenn sie jemand bei einem Verbrechen ertappt hätte, deckte rasch die Hände über Bild und Tuch ...»wer ...was, wer ist da?« Als sie aber die Schwester erkannte, trat auf ihr Gesicht ein strenger, abweisender Zug.

»Franze, du? Was willst du hier und weshalb bist du nicht in deinem Bett geblieben?«

»Ach Gott, verzeih, Elsbeth,« sagte die Kleine schüchtern, »aber ich hörte dich weinen und da dachte ich. ich könnte dir vielleicht helfen!«

Elsbeth blies verächtlich den Atem durch die halbgeschlossenen Lippen.

»Weinen? Ich? ...Und helfen? Mir kann kein Mensch auf dieser Welt helfen!« Dabei aber brach ihr schon wieder die Stimme und sie sah mit tränenschimmernden Augen ins Leere. Und da kriegte Fränzchen es ebenfalls mit dem Weinen. Sie umfaßte die Schwester und schluchzte laut auf.

»Ach Gott, Elsbeth, sei doch nicht so abweisend zu mir, wir sind doch Schwestern! Und wenn du auch so viel älter, schöner, klüger und gesetzter bist als ich, vielleicht kann ich dir doch helfen, wie die kleine Maus dem großen Löwen, der in das Netz des Jägers geraten war!«

Und da die Schwester noch immer dasselbe abweisende Gesicht machte, hörte sie nicht auf mit Liebkosungen und Bitten, bis die andre sich endlich in ihrem starren Sinn erweichte. »Also, es ist gut,« sagte sie und strich sich mit dem Handrücken über die Stirn, »und du hast recht, wenn du mich daran erinnerst, daß wir Schwestern sind. Nicht, daß ich deshalb mit meinem Kummer auch dein junges Herz beschweren müßte, aber ich habe die Pflicht, dich zu erziehen und zu warnen, damit es dir nicht einmal ebenso geht wie mir! Aber vorher mußt du mir schwören und dein Ehrenwort geben, daß du von dem, was ich dir jetzt erzählen werde, keiner Menschenseele ein Sterbenswort verraten wirst!«

Klein-Fränze hob feierlich die Schwurfinger in die Höhe.

»Ich schwöre bei meinem allerheiligsten Ehrenwort!«

Und die Zähne klappten ihr aufeinander, einesteils vor Frost, denn sie stand noch immer in ihrem dünnen Hemdchen da, andernteils aber vor Erwartung der kommenden Mitteilungen, die ja ganz fürchterlich sein mußten, sonst hätte die Schwester doch nicht diese geheimnisvolle Einleitungsformel gewählt. Da sie aber nicht wußte, wie lange diese Enthüllungen dauern würden, zudem schon das Kribbeln des kommenden Schnupfens in dem Naschen spürte, hüllte sie sich in die dicke Decke des Diwans, muschelte sich in dem bequemen Sorgenstuhl am Ofen zurecht und schlang unter der Umhüllung die Arme um die Knie.

»So, jetzt fang' an, Elsbeth, und ich bin gespannt wie ein Flitzbogen!« Im nächsten Augenblick aber bereute sie schon, diese, wie sie jetzt selbst einsah, für den Ernst der Stunde wenig passende Wendung gebraucht zu haben, denn Elsbeth zag unmutig die Stirn zusammen. Also verbesserte sie sich rasch: »Das heißt nämlich, und ich wollte sagen, ich sterbe fast vor Neugier!«

Und der herbe Tadel blieb nicht aus, die Schwester zuckte mit den Achseln.

»Flitzbogen und Neugier – mit Kindern sollte man eigentlich nicht … na ja, es ist gut, du sollst ja auch erst lernen!« … Sie ging eine ganze Weile lang auf und ab, als kämpfte sie noch immer mit dem Entschluß, ihr Allerinnerstes zu entblößen, oder als suchte sie nach den passenden Einleitungsworten. Plötzlich aber blieb sie stehen und legte ihr die Hand auf die Schulter: »Sag, Fränze, und was glaubst du, darf man einen Unwürdigen lieben?«

Klein-Fränze, die so plötzlich von einer unwissenden Schülerin zur Schiedsrichtern avanciert war, sah ihre Schwester verständnislos an. Aus dem Klein-Lipinsker machte sie sich wirklich nichts, das hatte sie am heutigen Abend doch ganz klar und deutlich bewiesen, also wen konnte sie wohl damit meinen? Da sie aber doch irgend eine Antwort geben mußte, sagte sie: »Ja, das kommt ganz darauf an, was man darunter versteht. Wenn man zum Beispiel unwürdig auf einen sagen würde, nur weil er vor lauter Dummheit nicht merkt, daß jemand in ihn verliebt ist, oder er rennt meinetwegen einer andern nach, aber man hofft noch immer, ihn zu kurieren, ja, also das könnte ich so schlimm nicht finden!«

Elsbeth hatte kaum zugehört.

»Das sind natürlich Kindereien. Ich meine ganz etwas andres! Stell dir vor, es hätte dich jemand beschimpft, gekränkt und fast in den Tod getrieben. Er bekämpft dich mit den unlautersten Waffen, du hast die Beweise, daß er nicht mal vor einem Verbrechen zurückschreckt, um dich zu vernichten, außerdem aber ist er noch mit einer andern verlobt – also, jetzt frage ich dich noch einmal: Darf man einen solchen Menschen lieben?«

Fränze zerbrach sich den Kopf, auf welches Scheusal in Menschengestalt diese Beschreibung wohl zutreffen dürfte. Etliches paßte auf den Klein-Lipinsker, etliches aber auch wiederum nicht…

»Nun, und?« fragte Elsbeth ungeduldig.

Da entschloß sie sich kurz und antwortete mit einem klaren Nein!

Elsbeth ließ die Arme sinken und seufzte tief auf.

»Ja, du hast leicht sagen: Nein! Wenn man ihn nun aber *doch* liebt? ...Man glaubt, man hätte längst überwunden, alles! Die Liebe, den Haß und die Verachtung, nichts, bildet man sich ein, wär' übrig geblieben als eine stumpfe Gleichgültigkeit, und auf einmal kommt ein Tag wie der heutige, zeigt einem unbarmherzig, daß das alles nur Selbsttäuschung war, und man liebt ihn womöglich ärger denn je?«

»Ja, aber um Gottes willen, wen denn nun bloß?«

Elsbeth wurde ordentlich ärgerlich.

»Wen? Na, wenn du das bis jetzt noch nicht gemerkt hast...?«

»Den Klein-Lipinsker?« Sie schrie fast auf vor freudigem Schreck, wickelte sich aus der Decke und flog der Schwester um den Hals. »Den Klein-Lipinsker? Aber das ist ja herrlich, das ist ja famos, das ist...« Sie wollte gerade sagen »die schönste und beste Lösung für uns alle beide,« aber Elsbeth schob sie mit herbem Ausdruck von sich.

»So, findest du? Und ich verblute mich fast daran!«

Da senkte sie das Köpfchen und gestand beschämt ein, im ersten Augenblick aus sträflichem Egoismus an sich selbst gedacht zu haben.

»Verzeih, Elsbeth, ich sehe ein ...und es war auch nur wegen dieses dummen langen Hans Heinrich. Wenn ein Mensch so furchtbar dumm ist, und man gibt sich alle Mühe um ihn, er aber merkt absolut nichts, sieht nur immer dich und wieder dich, also verzeih noch einmal, aber da meinte ich, wo wir doch heute zum ersten Male so offen über solche Dinge sprechen, also da war ich eifersüchtig auf dich!«

Elsbeth mußte in all ihrem Kummer auflachen.

»Eifersüchtig, auf mich? Geh, du Dummchen! Und auf Herrn Hans Heinrich? ›Guten Tag ... knack ...ich war nämlich sowieso unterwegs ...knack ...und da dachte ich, knack...‹« und sie machte dem Mechower nach, wie er unter dem Knacken der Fingergelenke an der üblichen Begrüßungsformel druckste, bis ihn eine mitleidige Seele unterbrach.

Klein-Fränze aber wickelte sich, beleidigt, wieder in ihre warme Decke ein.

»Erlaube, liebe Elsbeth, dafür kann er nichts. Und deinem Klein-Lipinsker kann es genau ebenso gehen! Hans Heinrich hat es nämlich auch von einem Sturz zurückbehalten. Mit Gehirnerschütterungen ist nicht zu spaßen. Sonst aber ist er ein herzensguter Mensch, und wenn er mal etwas glücklich herausgebracht hat, dann hat es auch immer Hand und Fuß, denn im Denken ist er sicher noch lang so gescheit wie dein Klein-Lipinsker. Aber, ist ja auch egal, dir soll er ja gar nicht gefallen!«

Jetzt war die Rolle des Gekränktseins an Elsbeth.

»Fränze, ich verbitte mir diesen Ton, sonst schicke ich dich sofort wieder zu Bett! Ich will dich belehren, du aber, statt zuzuhören, benimmst dich wie ein kleines Pensionsmädchen!«

»Du fragst mich ja immer,« maulte Fränzchen zurück, »also muß ich doch auch wohl antworten, nicht wahr?«

»Na ja, aber nicht in dieser direkt kindischen Art und Weise! ›Dein Klein-Lipinsker!‹ Ich hab' dir doch gesagt, daß er längst verlobt ist!«

»So, so,« sagte Fränzchen, »mit wem denn?«

Aber eigentlich fragte sie nur so nebenher, um überhaupt etwas zu sagen, denn in Wirklichkeit mußte sie an ganz etwas andres denken. Wie sich nämlich in dieser kurzen Viertelstunde ihre Stellung zu der älteren Schwester verändert hatte. Wo hätte sie früher wohl den Mut hergenommen, ihr, als dem Familienoberhaupte, zu widersprechen? Alles in Groß-Lipinsken gehorchte ihr, sogar die beiden alten Tanten richteten sich ängstlich nach ihr, und es war recht so, denn sie war ja die Herrin. Also woher hatte sie nur den Mut genommen, dem Familienoberhaupte so keck die Meinung zu sagen? Und eine Ahnung dämmerte in ihrem jugendlichen Köpfchen, daß diese Respektlosigkeit angefangen hatte, als sie sehen mußte, daß die stolze Herrin von Adlig-Groß-Lipinsken auch nichts andres war, als ein rettungs- und hoffnungslos verliebtes junges Mädchen, das in seinen Herzensnöten genau so hilflos war als andre...

Elsbeth aber schien auf die Frage nur gewartet zu haben.

»Mit wem? Na, wie sie heißt, weiß ich noch nicht. Aber wenigstens wie sie aussieht! Ein süßer blonder kleiner Pussel, der ihm die Jagdsocken stopft und aufpaßt, ob seine Leibgerichte auch ordentlich gekocht werden, ob die Schmandsoße zum Beispiel auch richtig mit Kaddickbeeren abgeschmeckt ist.«

»Um Gottes willen,« sagte Fränze, »jetzt, schon während der Verlobung stopft sie ihm die Socken? Und ist es vielleicht seine ›Mamsell‹?«

»Ach, Unsinn, nein, er malt sie sich nur so aus!« Und da Fränze sie darauf ganz ratlos ansah, versuchte sie erst, zu erklären, wo und wann sie diese Äußerung gehört hätte; als sie damit aber auch nicht viel weiter kam – ganz natürlich, denn Fränze hatte von all diesen Geschehnissen keine Ahnung – sagte sie: »Also denn der Reihe nach! Aber hör hübsch zu und unterbrich mich nicht!« Und sie fing, so gut es gehen mochte, an zu erzählen, wie alles gekommen war. Wie es angefangen halte, seit sie den Klein-Lipinsker Vetter sich zum ersten Male mit Bewußtsein angesehen hätte vor jenen zehn Jahren, als er herübergekommen war, um sich ihrem Vater als neugebackener Kürassierleutnant zu präsentieren. Damals dachte ja niemand an den häßlichen Streit, und vielleicht war der verstorbene Papa an allem schuld. Als der Vetter Adalbert in seiner blanken Uniform vom Hofe herunterritt, stand sie neben dem Vater auf der Freitreppe und winkte mit dem Taschentuch. Er aber fragte: »Gefällt er dir, Elsbeth?« Und sie darauf: »Riesig, Papa! Den und keinen andern!« Der Vater aber lachte: »Na, meinen Segen habt ihr, und es wär', weiß Gott, das Gescheiteste!« Von dem Tage an hatte sie angefangen, sich als die Braut des Klein-Lipinsker Vetters zu fühlen, trotzdem er sich nur höchst spärlich in Groß-Lipinsken sehen ließ und sie auch kaum beachtete. Das war ihr nur ganz natürlich erschienen, denn er war doch schon Leutnant, während sie bis zur Verlobung noch ein tüchtiges Stück zu wachsen hatte ... Mit dem Verliebtsein aber hatte es so ganz richtig erst angefangen, als sie mit Fränze in die Pension nach Eastborne kam, sie natürlich mit dem Bilde des Klein-Lipinskers, das sie heimlich aus Papas Album entwendet hatte, in der Tasche. Dort in der Fremde hatte sie sich manchmal nach ihm gebangt, daß ihr zu Mute war, sie müßte barfuß aus dem Schlafsack fortlaufen, immer weiter, bis ans Meer, vielleicht daß sich dort ein mitleidiger Schiffer fände, der sie in die Heimat führte ...

»Gott, du Ärmste,« unterbrach sie Fränze, »was mußt du damals gelitten haben! Ich hab' dich manchmal stöhnen und seufzen gehört, aber ich meinte immer – wie kindisch – es ging' dir auch so wie mir. Ich konnte nämlich dieses gräßliche Orangenschaleneingemachte, das wir morgens und abends aufs Brot geschmiert bekamen, absolut nicht vertragen!«

Und Elsbeth erwiderte nachdenklich: »Ja ja, vielleicht wär' es überhaupt besser gewesen, ich hätte mich dir schon früher einmal anvertraut. Zu zweien trägt sich's doch leichter, überhaupt, wenn man sich nur einmal gründlich aussprechen kann!« ... Und sie fuhr fort zu erzählen. Von der ersten großen Enttäuschung, die sie erfahren hatte, als der alte Justizrat Kersten telegraphierte, der Vetter Adalbert erhöbe in seinem und der andern männlichen Agnaten Namen Anspruch auf den Groß-Lipinsker Besitz als freiherrlich Lindesches Majorat, bestreite die Existenz der Urkunde über die Errichtung des Kunkellehens! Wie sie damals trotzdem gehofft hatte, ihn beim Begräbnis zu sehen, und über sein Ausbleiben fast ebensoviel geweint, als über den plötzlichen Tod des Vaters. Und weiter schilderte sie das schreckliche Abenteuer am Lipinsker See, wie sie danach angefangen hatte, den Vetter zu hassen, später aber ganze Tage lang überhaupt nicht mehr an ihn dachte, so daß sie wirklich glauben konnte, er wäre ihr vollkommen gleichgültig geworden. Bis mit einem Male der heutige Abend kam, an dem sie genötigt wurde, ihm das Leben zu retten und hinterher Samariterdienste zu erweisen. »Und siehst du, Fränze, was das Allerschlimmste ist: Der Verwalter Wisotzki hatte mir eben bewiesen, daß Adalbert sich unter allen Umständen mit diesem schlechten Subjekt, dem Hufschmied Martschinowski, verabredet haben müßte, um den Platz festzustellen, an dem der Kasten mit dem Dokument vergraben liegt, und es hinterher natürlich zu unterschlagen; ich hatte schon den Befehl gegeben, den Klein-Lipinsker nach seiner eignen Wohnung zu schaffen, als es mir mit einem Male wie ein Stich durchs Herz ging: Wird er dort auch die richtige Pflege haben?«

»Hm,« sagte Fränze nachdenklich, »dieser Verwalter Wisotzki ist mir überhaupt von jeher unsympathisch gewesen. Wozu mußte er denn von dieser dummen Fußspur anfangen?«

Elsbeth zuckte unwillig mit den Achseln. Es wäre wirklich gescheiter gewesen, zu dem Kinde da von allen diesen traurigen Sachen nicht zu sprechen. Und sie hätte ja auch geschwiegen wie sonst, wenn es ihr nicht so unversehens in die weichmütige und ratlose Stimmung hineingeraten wäre...

»Närrchen, das war doch seine Pflicht, er *mußte* mich doch aufmerksam machen! Und darum handelt es sich ja auch gar nicht, sondern um mich. Daß ich, nachdem ich's gewissermaßen schwarz auf weiß hatte, welch ein unfairer und verächtlicher Gegner unser Vetter Adalbert ist, mich doch noch immer um ihn sorgen mußte! Du glaubst ja gar nicht, welch eine Anstrengung es mich gekostet hat, vor euch allen da unten die Gleichgültige und Gelassene zu spielen, während ich mich innerlich zersorgte: Wird er auch vorsichtig genug aus dem Schlitten gehoben, ist sein Lager ordentlich zubereitet, und überhaupt« – sie schrie fast auf – »lebt er noch? Siehst du, Fränze,« so schloß sie, »wenn ich daran denke, dann foltert mich die Angst und die Ungeduld, daß ich hier alles stehen und liegen lassen könnte, um zu ihm zu eilen!«

Sie schwieg und ging mit großen Schritten in dem lauschigen Zimmerchen auf und ab. Klein-Fränze aber dachte ein paar Augenblicke lang angestrengt nach.

»Hm, woher weißt du denn eigentlich, daß er verlobt ist?«

»Der alte Ahrens hat es mir gesagt, kaum zwei Stunden ist es her! Oder vielmehr verloben soll in der nächsten Zeit!«

»Na, dann ist's bestimmt nicht wahr,« entschied Fränze, »denn das weißt du doch, der Alte lügt wie gedruckt.«

Elsbeth blieb stehen.

»Nein, Kleines, was hätte er wohl für einen Grund gehabt, mich in einer so wichtigen Frage zu belügen? Aber verlobt oder nicht verlobt, ich muß endlich zu einem Entschluß kommen, ich für meine Person. Und wenn du mir natürlich auch nicht raten, nicht helfen kannst, die Aussprache hat wenigstens das eine Gute gehabt, daß ich mir klar geworden bin, was zu geschehen hat. Ein Ende muß gemacht werden!«

»Ja,« sagte Fränze eifrig, »vielleicht schickst du mal Tante Lieschen in hochdiplomatischer Sendung hinüber, um nachzusehen, wie es ihm geht? Vielleicht erfährt sie dann auch so hinten herum, wie er eigentlich gegen dich gesonnen ist?«

Elsbeth fuhr entrüstet auf.

»Fränze! Und glaubst du im Ernst, daß ich mich so entwürdigen könnte? Nach allem, was ich dir erzählt habe? Nein, mein Entschluß muß anders lauten: Ich will nicht verächtlich werden vor mir selbst! Darum aber reiße ich dieses schwächliche und verächtliche Gefühl jetzt aus meinem Herzen und werde den Klein-Lipinsker von nun an behandeln, wie es ihm gebührt und zukommt, als einen Feind, mit dem man – Gott sei's geklagt – nicht mal die ehrliche Klinge kreuzen kann, aus Angst nämlich, sie zu beschmutzen!«

»Elsbeth!« schrie Fränze auf.

Die aber hörte nicht, wie ein heiliges Feuer schien es in ihren Augen zu brennen.

»Das war der Anfang, und das ist das Ende!« Sie raffte den zerknitterten Pappkarton und das dünne Spitzentüchlein vom Tische, zerriß beides in kleine Fetzen und warf sie in das schwach glimmende Kaminfeuer. Fränze wollte noch zuspringen, um wenigstens die Reste der schmerzlichen Erinnerungen zu retten, aber es war zu spät, die Flammen züngelten aus den glimmenden Kohlen hoch auf, was äußerlich war von Elsbeths so hoffnungsloser Liebe, bildete nur noch ein paar Blättchen bräunlicher Asche. Und Elsbeth sah mit verschränkten Armen zu.

»So ...es ist aus! Von morgen an werdet ihr alle, er und ihr, eine andre kennen lernen! Damit du aber nicht glaubst, Kleines, ich würde von jetzt an versuchen, dir bei deinem – knack ... knack – Hans Heinrich gefährlich zu werden« – ordentlich ein verächtlicher Zug flog um ihre stolzgeschürzten Lippen – »also da schwöre ich vor Gott und dir, ich werde überhaupt nicht heiraten! Nur die Maibirsche will ich noch wahrnehmen, dann gehe ich auf Reisen, weiß Gott wohin, nur möglichst weit fort von hier. Dich aber setze ich zu meiner Erbin und Nachfolgerin ein, du magst deinen Hans Heinrich heiraten und hier in der Enge hausen! Noch gescheiter aber wär's, du gibst ihm auch den Laufpaß, denn die Männer, alle wie sie gewachsen sind, sind

falsch und roh und verächtlich. Also, wenn du willst, schwör mit. Wenn aber nicht, dann laß
es bleiben!«

Und da hob Klein-Fränze die Hand, schwor mit, denn sie mochte die Schwester, die am ganzen Körper bebend und mit ganz seltsam entgeistertem Ausdruck vor ihr stand, durch einen
Widerstand nicht noch mehr aufregen. Im stillen aber dachte sie schaudernd: Brr, noch eine
Auflage Tante Lieschen und Amalie, und kniff, zum Zeichen, daß der Schwur nichts gelten
sollte, hinter dem Rücken den linken Daumen ein, wie sie es vorzeiten von ihrer masurischen
Kinderfrau gelernt hatte. Danach schwor sie noch einmal auf ausdrückliches Verlangen, über
alles, was ihr anvertraut worden war, das allerstrengste und peinlichste Stillschweigen zu be-
wahren, diesmal aber ohne eingekniffenen Daumen und jeglichen Rückhalt. Und als Elsbeth,
deren Mitteilungsbedürfnis mit einem Male erschöpft schien, die Verbindungstür öffnete, ging
sie willig in ihr Schlafzimmer zurück, ließ sich zudecken und schlief so recht beruhigt ein. Fühlte sich fast als die Ältere und Besonnenere, nachdem die regierende Schwester gezeigt hatte,
daß sie im letzten Grunde auch nichts andres war, als ein töricht verliebtes junges Mädchen.
Irgendwie würde ihr schon zu helfen sein, wenn der ganze Fall für den Augenblick auch recht
trostlos und verworren aussah. Was sie selbst aber und ihren langen Hans Heinrich anlangte,
der lief ihr jetzt nicht mehr fort. Nur, da sie bisher mit Freundlichkeit und Liebenswürdigkeit
nichts ausgerichtet hatte – wenn sie ihm zum Beispiel die Kaffeesemmel so recht schön dick mit
Butter, Honig und Liebe schmierte, langte er ganz achtlos zu, sagte kaum danke schön – also
da wollte sie es auf dem entgegengesetzten Wege versuchen! Gleich von morgen an sollte er einmal kennen lernen, was schlechte Behandlung bedeutete, vielleicht daß ihm dann allmählich
die Augen aufgingen!

Drittes Kapitel

Hans Haffner, der Maler, zog auf der Landstraße dahin, die von Adlig-Groß-Lipinsken zunächst nach der Bahnstation Ostrokollen und von dort in die weite Welt führte, mit leichtem Gepäck, aber um so schwererem Heizen. Was er an irdischen Schätzen sein nannte – drei dicke Mappen mit Studienblättern, Malkasten, Schirm, Staffelei und ein schmales Köfferchen mit dem besseren Anzug, etlichen Jägerhemden und ein wenig weißer Wäsche – trieb ein Tagelöhnerjunge auf einem Schubkarren hinter ihm her, er selbst trug nur die Gitarre in wachstuchenem Futteral über dem Rücken und in der Rechten einen derben Knotenstock. Ganz wie er vor einem Jahre eingezogen war, zog er wieder aus, höchstens, daß ihm zum Unterschiede gegen damals der Beutel straff war von schier einer Handvoll an seinem »Gehalte« gesparter Dukaten; die ungewohnte Bürde drückte ihn ordentlich in der Hosentasche. Sonst aber? Wie ein Eroberer war er sich vorgekommen damals, und jetzt schied er von hinnen als ein lästiger Gast, dem man bedeutet hatte, er wäre zu lange geblieben! Welcher böse Geist hatte ihn aber auch getrieben, an jenem verschneiten Frühlingsabend vor vierzehn Tagen das kecke Bild zu zeichnen und, was die Hauptsache war, das Skizzenbuch, das Tante Lieschen so sorgsam geborgen hatte, vor dem Zubettgehen zu vergessen? Am andern Morgen, als er es im Teezimmer wiederfand, fehlten zwei Blätter. Das letzte und ein andres, von dem er im ersten Augenblick sich gar nicht entsann, welch eine zeichnerische Freveltat er wohl darauf begangen haben mochte, bis er's an dem Effekt merkte, den es hervorgebracht hatte. Als Tante Amalie beim Frühstück kaum seinen Gruß erwiderte und ihn mit eisiger Förmlichkeit behandelte, wußte er mit einem Male, wer die beiden Blätter aus seinem Skizzenbuche gerissen, zugleich aber auch, was auf dem andern gestanden hatte. In einem Centaurenkampf hatte er sich einmal versucht, und eine der Zuschauerinnen auf blumigem Hügel hatte unverkennbar Tante Amaliens Züge und hagere Formen gezeigt, eine dürre, abgetriebene Centaurenmähre, der man die Rippen unter dem struppigen Fell zählen konnte. Da überschlich ihn wieder das unbequeme Gefühl, daß seine Tage in Groß-Lipinsken gezählt wären; als aber weder am selben Morgen, noch in der nächsten Zeit ein direkter Ausbruch der Feindseligkeiten erfolgte, nahm er's auf die leichte Achsel, hatte auch keine Zeit, weiter daran zu denken. Am selben Morgen nämlich war ihm endlich das erste große Bild eingefallen, mit dem er als ein fertiger Meister vor die Öffentlichkeit zu treten gedachte, nahm all sein Sinnen und Trachten in Beschlag und verließ ihn nicht, weder im Schlafen noch im Wachen. Wie ein Fieber hatte es ihn gefaßt und, wenn er die Augen schloß, sah er's lebendig.

»Jugend« sollte es heißen und eine Herde Edelfüllen zeigen, die in tollendem Übermute über die frühlingsgrüne Wiese brauste, an der Spitze ein schneeweißer Hengst, und alles schäumende Kraft, pulsendes Leben und ungestüme, drängende Bewegung! Das getraute er sich alles auf die Leinwand zu setzen, daß der Beschauer unwillkürlich einen Schritt zurücktreten müßte unter der plötzlichen Befürchtung, das wilde Heer mit dem weißen Hengst an der Spitze könnte aus dem Rahmen brechen und ihn überrennen. Und gerade als er daran gegangen war, sich aus Königsberg die erforderliche Leinwand zu verschreiben, drei zu vier Meter, denn klein sollte das Bild natürlich nicht werden, ereilte ihn das Verhängnis, als wenn seine Feindin ihn erst in Sicherheit hätte wiegen wollen, ehe sie aus dem Hinterhalt den Streich gegen ihn führte...

Gestern abend war's gewesen, alles wartete auf die junge Herrin, die fast den ganzen Tag auf den Wiesen verbrachte, ganz, als wenn sie es gar nicht erwarten könnte, daß die Arbeiter beim Ausheben des Grabens auf die eichene Lade stießen, und es herrschte wieder einmal die unfrohe, bedrückende Stimmung, die seit dem verhängnisvollen Tage mit dem Sturze des Klein-Lipinskers angefangen hatte und seither fast zur Gewohnheit geworden war. Nur Tante Amalie schien merkwürdig aufgeräumt, hatte eine neue Spitzenhaube mit lila Bändern angetan und neckte sich mit dem Mechower Hans Heinrich, der am Nachmittag ausgeblieben und dafür am Abend herübergekommen war. Und sie war auch die erste, die die Heimkehr der jungen Herrin bemerkte.

»Aha,« sagte sie, »Elsbeth ist nach oben gegangen,« gab dem alten Diener Friedlich einen Wink, den Tee aufzutragen, und setzte sich mit einem seltsamen Lächeln in ihrem Stuhle zurecht. Ein paar Minuten danach betrat Baroneß Elsbeth das Eßzimmer, hatte sich merkwürdigerweise nicht umgezogen und trug in der zusammengeballten Rechten ein zerknittertes Blatt, ihre Augen aber sprühten vor Zorn. Da wußte Hans Haffner, daß sein Stündlein geschlagen hatte. Er stand auf und sagte: »Gnädigste Baroneß, ich weiß, ich bin ein großer Verbrecher und richte mich selbst, ich gehe. Es ist mir hier zu gut gegangen, und da hatte ich einen Augenblick die Schranken vergessen, war übermütig geworden, aber, glauben Sie mir, nicht in schlechter Absicht. Ich danke Ihnen für all Ihre Wohltaten aus tiefstem Herzen, aber wenn ich jetzt zum Abschied ganz ehrlich sein soll, ich gäb' was drum, wenn das Bild da in Ihrer Hand Wahrheit wäre!«…

So hatte er stolz und aufrecht gesprochen, einen Augenblick lang noch gewartet, ob die junge Herrin nicht ein einlenkendes Wort finden würde, als sie aber das Bild in ihrer Hand nur noch fester zusammenpreßte, war er gegangen. Hatte das Abendbrot verschmäht, das Tante Lieschens mitleidige Seele ihm auf das Zimmer schickte, seine paar Siebensachen gepackt und war mit grauendem Morgen gewandert…

»Auch keinem hat's den Schlaf vertrieben, daß ich am Morgen weitergeh',« mußte er unwillkürlich denken, als er sich an der Berglehne noch einmal umwandte, ehe der Weg sich im Walde verlor. Das Dichterwort paßte zwar in die wehmütige Abschiedsstimmung, aber es entsprach nicht ganz der Wirklichkeit, denn die gute Tante Lieschen, deren Zimmer an das seinige grenzte, war aufgestanden, als sie ihn am frühen Morgen rumoren hörte, und im Schlafrock auf den Korridor gekommen.

»Professor, seien Sie nicht so übereilt,« hatte sie gesagt, »ich werd's mit meiner Nichte schon in Ordnung bringen!« Als er aber nur mit dem Kopf schüttelte, weil ihm die Abschiedswehmut die Kehle zuschnürte, drang sie in ihn, doch wenigstens eine ordentliche Tasse Kaffee als Wegzehrung zu nehmen, damit er bis zum Bahnhofe vor leerem Magen es nicht mit der Ohnmacht bekäme. Und als er auch diese Einladung ablehnte, sagte sie »Dickkopf« auf ihn, »und paß auf, mein Junge, die Tasse Kaffee wird dir unterwegs noch fehlen. Aber eins nicht vergessen, Professor, Ihre Königsbergs Adresse, denn die ›Partei Wisotzki‹ wird ja nicht ewig am Ruder bleiben!« Danach schüttelte sie ihm die Hand und klopfte ihm, weil er vor unterdrückten Tränen einen Hustenanfall bekam, mütterlich-folgend den Rücken…

Und an Tante Lieschen und die verschmähte Tasse Kaffee mußte er denken, während er noch einmal von der Berglehne aus einen abschiednehmenden Blick nach dem Schlosse zurücksandte, denn der Magen kniff und drückte ihn, wie nur je in seinen allerhungrigsten Münchener Zeiten; so ungewohnt war ihm in dem vergangenen üppigen Jahre das Gefühl geworden, daß er es zunächst auf Rechnung des bitteren Abschiedswehs setzte. Als ihm jedoch zum Bewußtsein kam, daß dieses neue Gefühl erheblich tiefer seinen Ursprung nahm, fiel ihm glücklicherweise ein, daß er beim Packen – gewissermaßen aus Zerstreutheit, vielleicht aber auch nur aus Ordnungsliebe – die am Abend vorher verschmähten Gänsebrust- und Schinkenstullen eingewickelt hatte, zuunterst aber im Koffer eine wahre Labung und Herzstärkung mit sich führte, eine Flasche uralten Mechower Kornbranntweins, die der lange Hans Heinrich ihm im vergangenen Winter mit noch fünf andern als Vorbeugungsmittel gegen die böse Influenza dediziert hatte. Dreißig Jahre war er alt, schimmerte tiefgolden, und ein Gläschen nach dem Frühstück sollte genügen, den menschlichen Körper gegen jeden Anfall der heimtückischen Krankheit zu feien. Und weil die Seuche gar bösartig in der ganzen Umgegend grassierte, hatte er die fünf andern der Vorschrift gemäß verbraucht, die letzte aber war übrig geblieben…

Da setzte er sich an den Grabenrand, schloß den Koffer auf und fing im Angesichte des verlorenen Paradieses, wie er in seinen Gedanken das Groß-Lipinsker Schloß benannte, ein herzhaftes Frühstück an.

Aber eigentlich, wenn er sich's recht überlegte, war dieses Paradies in den letzten beiden Wochen ein recht ungemütlicher Aufenthalt gewesen! Die junge Baroneß ging herum, als wenn eine böse Fee ihr das Lachen verzaubert hätte, Klein-Fränze, sonst der Sonnenstrahl und die Freude des ganzen Hauses, kehrte eine stolze und abweisende Miene heraus, war wortkarg und unfreundlich geworden und ließ ihre veränderte Laune vor allen andern den Mechower Hans

Heinrich fühlen, ohne daß der Ärmste eine Ahnung hatte, weshalb. Der Pastor aus Ostrokollen und der Wisotzkische Hauslehrer hatten sich eines Abends aus nichtiger Ursache verzankt, blieben seither fort, weil keiner dem andern begegnen mochte, und Tante Lieschen, die sonst derartige Unstimmigkeiten mit einem Scherzwort oder freundlichem Zureden restlos aus der Welt zu schaffen pflegte, trug eine ganz merkwürdige Miene zur Schau. Rieb sich manchmal verstohlen die Hände, ganz als freute sie sich über die so traurig veränderten Zeiten, und von ihrer Schwester Amalie sprach sie nicht anders als der »Partei Wisotzki«! Wenn sie aber zusammen waren, erging sie sich in allerhand dunklen Redensarten, wie »Hochmut kommt vor dem Fall«, »Heute noch auf stolzen Rossen, morgen durch die Brust geschossen« oder »Wer zuletzt lacht, lacht am besten«. Und Tante Amalie wiederum lächelte dazu, ihr spitzfindigstes Lächeln, revanchierte sich ab und zu mit »Partei Klein-Lipinsken«, sonnte sich im übrigen in der offenbaren Huld der jungen Schloßherrin und hielt mit dem Verwalter Wisotzki lange Konferenzen ab, in denen jedesmal eine neue Niederträchtigkeit gegen den auf seinem Schmerzenslager liegenden Klein-Lipinsker ausgeheckt wurde. Und drei oder vier neue Prozesse. Einmal war das Klein-Lipinsker Vieh über die Grenze gelaufen – Pfändung und Schadenersatz. Ein andermal hatte sie mit dem Verwalter ausgeheckt, der Klein-Lipinsker hatte kein Recht auf Benutzung eines Holzabfuhrwegs, der von der Enklave an den Wiesen über Groß-Lipinsker Gebiet führte – Strohwiepen zum Zeichen des Verbotes, Prügelei zwischen den beiderseitigen Knechten, Streitigkeiten wegen der Krankenkasse und zum Schluß zwei Prozesse: einen um den gesperrtes Weg, den andern um die Kurkosten zweier eingeschlagener Zähne, die ein für die Partei Wisotzki fechtender Knecht aus Groß-Lipinsken bei dem Rencontre mit den Klein-Lipinskern eingebüßt hatte. ...Also es war herzlich ungemütlich geworden im Groß-Lipinsker Schlosse, von den fröhlichen Abenden mit Rundgesang und Saitenspiel keine Spur, keine harmlose Neckerei mehr, und, kaum daß man den abendlichen Tee mit den Butterbroten im Leibe hatte, trennte man sich und lief auseinander, ein jedes in seine einsame Kammer.

Da hätte er eigentlich gleichmütigen Herzens scheiden können, wenn nicht das geplante Bild gewesen wäre, das er gern in dem erstmals erschauten Rahmen der Lipinsker Fohlenkoppel festgehalten hätte, und das niederdrückende Gefühl, nicht freiwillig gegangen zu sein, sondern wie ein schimpflich Verabschiedeter, nicht zuletzt aber ein innerliches Verbundensein mit allen, die im Schlosse saßen, so daß er sich sein zukünftiges Leben ohne sie gar nicht recht vorstellen konnte. Wenn er sich's recht überlegte, glaubte er nicht einmal ohne die ränkespinnende Tante Amalie auskommen zu können, im Augenblick erschien sie ihm als ein untrennbarer Bestandteil alles dessen, was, so weit seine Erinnerung reichte, das Köstlichste seines Lebens ausmachte, und auch der Abschied von ihr tat ihm weh ...Da umflorte sich ihm der Blick, zugleich aber stieg in seinem Herzen der brennende Wunsch auf, allen diesen Menschen seine Erkenntlichkeit zu erweisen, irgend eine Tat des Dankes für sie zu vollführen, etwas, wovon sie in späten Tagen noch immer sagen müßten: Das hat der arme Malergesell für uns getan, dem wir damals so schnöd' die Tür wiesen. ...Daß er der Baroneß Elsbeth sein großes Bild »Jugend« schenkte, nachdem es auf der Berliner Ausstellung seine Schuldigkeit getan und seinen Namen aus dem Dunkel gehoben hatte, stand so wie so schon bei ihm fest als ganz selbstverständlich, aber was war damit geschafft? Das hängte sie an die lange Wand im großen Saal, in den ersten Wochen wurde es noch den Besuchern gezeigt: Wissen Sie, das ist von dem Maler, der sich fast ein ganzes Jahr lang bei uns aufgehalten hat, und er ist in Berlin dafür mit der großen goldenen Medaille ausgezeichnet worden – darunter tat er's in seinen Zukunftsträumen natürlich nicht – und dann wurde er so allmählich vergessen. Und, was die Hauptsache war, hatte nichts ausgerichtet, was in dem Herzen seiner Wohltäterin eine bleibende Spur dankbarer Erinnerung hinterließ. Um das zu erreichen, hätte schon gehört, daß er mit starker Hand in ihr Leben hätte greifen dürfen, ihr ein ganz köstliches Schicksal zu bereiten oder es aus der gegenwärtigen Wirrsal wenigstens zur Klarheit zu führen, aber wie sollte er das wohl anpacken und vollbringen? Ein armer Malergesell, der nichts vorstellte auf der Welt und nichts gelernt hatte als ein bißchen Gitarrespielen, Singen und Farbenklecksen? Und, während er so trübselig den letzten Happen Groß-Lipinsker Brotes in den Mund schob, schon den Koffer schloß, um weiter zu wandern, flog mit einem Male ein fröhliches Leuchten über sein Gesicht: Eine gab's doch vielleicht da unten im Schlosse, der er mit seinem bißchen Kunst helfen konnte! Da besann er sich nicht lange, griff nach seinem Skizzenbuche und begann, am Grabenrande sitzend, emsig zu zeichnen...

Die Sonne war schon ein ganzes Ende am wolkenlosen Himmel in die Höhe gestiegen, als er endlich fertig war. Da steckte er den Bleistift hinters Ohr, hielt das Bild auf Armeslänge von sich ab und winkte dem Jungen, der geduldig im Graben gesessen, einen Strohhalm zwischen den Zähnen.

»Da, Filuschek, komm her! Und kannst du erkennen, wer das alles sein soll?«

Dem Jungen, der ihm sonst Staffelei und Schirm auf der Fohlenkoppel nachgetragen hatte, war eine solche Aufforderung nichts Neues. Schon oft hatte er sagen müssen, das ist der »Ajax« oder die alte »Butterblume« mit ihrem Saugfohlen »Blandine«, und jedesmal, wenn er den Gaul nicht gleich wiedererkannte, war der Herr Professor unzufrieden gewesen, hatte verbessert und immer wieder verbessert oder gar angefangen, das ganze Pferd neu zu zeichnen. Diesmal aber stutzte er, denn er sollte sein Urteil nicht über Füllen abgeben, sondern über Menschen, dazu noch über die eigene gnädige Herrschaft...

»Na, Filuschek, sind sie nicht getroffen? Wenn sie nicht auf den ersten Blick zu erkennen sind, hat's keinen Zweck, und ich zerreiß' es lieber!«

Da hob er erschrocken die Hand.

»Gott behüte, Herr Professor! Lieber dann schon mir schenken, solche schöne Bild! Und ich konnte gleich nur nich so sagen, schäm' ich mir zu sehr vor Herrschaft!«

»So, so, aber erkannt hast du sie?«

Jetzt wurde Filuschek lebhaft und mengte im Eifer seine masurische Muttersprache mit dem in der Schule gelernten Deutsch durcheinander.

» *Ale naturalnie, Panie Prefessorszu!* Alles richtig! Wo reitet auf Pferd über Brücke, is Mechower Herr, auch Pferd is richtig, englische, und heißt Blechloch, hab' ich oft genug, wenn Pan Leutnant is gekommen zu Kaffee, gehalten. Auch kleine Panna Baroneßka is richtig, wo sich hat hingeschmissen auf Weg, und Pan Leutnant aus Mechowen will reiten über ihr!«

»Na, und die letzte?«

Filuschek grinste übers ganze Gesicht.

»Gesicht is richtig, aber andere weiß ich nich. Hab' ich noch nie nich gesehen gnädigste Baroneß' *w kozulim* wollt' sagen, in Hemde und barfuß auf Kugel tanzen, wie Mädchen in Buden auf Jahrmarkt!«

Da lachte Hans Haffner laut auf.

»Na, das schadet weiter nichts, wenn nur die Gesichter stimmen. Das Ganze ist nämlich ein Rebus, auf die Kleider kommt es dabei nicht an.« Er versah die Zeichnung mit einer Unterschrift und rollte es säuberlich in ein Zeitungsblatt. »So, mein Junge, vom Bahnhof aus gehst du damit nicht erst nach Hause, sondern gleich quer übers Feld nach Mechowen. Fragst dich bis zum gnädigen Herrn durch und gibst es ihm in die Hand. Aber, hörst du, Filuschek, nur ihm, dem Herrn Leutnant, zeigst es auch sonst keinem andern. Ich komm' nämlich bald wieder, und wenn du's nicht ordentlich gemacht hast, gibt's Katzenköppe. Für jetzt aber und richtige Besorgung eine ganze Mark!«

Filuschek steckte Geld und Bild strahlend in den Brustlatz.

»*Pan bog zaplac sto milioni razi, Panie Professorszu,* liebe Gott soll verzählen hundert Millionen mal, liebe Herr Professor!«

»Dank schön, mein Junge, ist 'n bißchen viel, aber ich könnt' es gebrauchen. Und jetzt dalli, an den Bahnhof, damit wir den Zug nicht versäumen!«

»Bannoch? Bannoch is all fort. Vorhin hat all gepfoffen, ganz lang, aber Pan Professor haben nich gehört, immer nur gemalen!«

Mit »Bannoch« meinte Filuschek den Zug, denn der Masur bezeichnet alles, was mit der Eisenbahn zusammenhängt, mit diesem, seiner Aussprache angepaßten Lehnwort. Nur die Gebildeteren machen einen Unterschied zwischen Feststehendem und Beweglichem und nennen das letztere »Heiserbann«.

Hans Haffner kratzte sich den Kopf und sah nach der Uhr. Wahrhaftig, der Junge hatte recht. Um sechs Uhr fünfzig Minuten ging der Zug, und jetzt waren es schon zehn Minuten über sieben, mehr als zwei Stunden hatte er zu dem Bilde gebraucht! Der nächste Zug aber fuhr auf der kleinen Klingelbahn erst am Nachmittag, und was in aller Welt mit der langen Zeit anfangen? Sich auf der kleinen Station hinsetzen und von neuem Trübsal blasen? Womöglich gar dem neugierigen und geschwätzigen Bahnhofswirt auf die Frage nach der Ursache seines Scheidens Rede und Antwort stehen? ... Oder ob er lieber den Ostrokoller Pastor aus den Federn warf und mit ihm eine Flasche trinkbaren Rotspons zum Abschiede ausstach? Aber der Mann Gottes hätte auch nur gebohrt und gefragt, was es mit seinem plötzlichen Abschied wohl auf sich hätte, und, wie er gestimmt war, mochte er kaum daran denken, geschweige denn davon sprechen. Also war es wohl am besten, er schickte den Jungen mit den Sachen an den Bahnhof, er selbst aber tat sich irgendwo im Schatten nieder, holte ein Stückchen versäumten Nachtschlafes nach, zeichnete vielleicht auch ein bißchen; unterdessen verging die Zeit, und er konnte sich so einrichten, daß er auf den Bahnhof kam, wenn der Zug sich nach zehn Minuten Aufenthalt so langsamchen zur Abfahrt anschickte. Der Bahnhofswirt reichte ihm das Gepäck in den Wagen: Nanu, Herr Professor, wohin denn die Reise? ... Ach, nur auf ein paar Tage nach Königsberg. Leinwand kaufen und ein bißchen Großstadtluft schnappen! ... Recht haben Sie, Herr Professor, für 'n Menschen, wo Bildung genossen hat, is hier ja nichts los, und Abwechslung will schließlich auch das liebe Vieh haben: Nach dem ewigen Häcksel auch mal wieder Grünfutter! ... Der Zug setzte sich in Bewegung, und Herr Pokroppa, der Bahnhofswirt, konnte denken, was er Lust hatte, wenn er später nicht wiederkam, wie verheißen. Die Hauptsache, er fuhr ohne das Fegefeuer lästiger Fragen von dannen, auf Nie- und Nimmerwiedersehen! ...

Filuschek, sein getreuer Schildknappe, war mit dem Schubkarren schon längst abgezogen, er selbst aber stand noch immer auf der Berglehne vor dem Ostrokoller Wäldchen, von der man den letzten Blick auf das Groß-Lipinsker Schloß hatte, und schaute hinüber, als wollte er sich sein verlorenes Paradies zum Abschied noch so recht fest einprägen.

Wie friedlich das ganze große Anwesen im Morgensonnenlichte dalag. Erst das Dorf der Instleute zu beiden Seiten der Landstraße, ein kleines Gärtchen vor jedem Haus, schmale, hochgeschichtete Brennholzstapel daneben, und aus jedem Schornstein ein seiner Faden bläulichen Rauches. ... Hinter dem Dorfe der eilige und im Sonnenglanze Funken werfende Bach, der die Dreschmaschinen trieb und die elektrische Beleuchtung speiste, der weite Platz mit den Hofgebäuden; Vieh und Menschen krabbelten darauf herum wie Spielzeug aus einer Nürnberger Schachtel, dann die schnurgerade Allee mit den gestutzten Lindenbäumen, an denen die ersten grünen Blättchen sproßten, und dahinter das Schloß. Ein hoher Sandsteinbau in einem Gemengsel von Stilarten, halb Rokoko, halb gotisch, während der ragende Turm, offenbar erst in den Siebzigerjahren daraufgesetzt, die Linien der sogenannten deutschen Renaissance zeigte, an der Auffahrtsrampe aber eine Reihe jonischer Säulen – der Allenberger Maurermeister, der zuzeiten von Baroneß Elsbeths Großvater den Bau aufgeführt hatte, schlief schon längst den Schlaf der Gerechten, konnte nicht mehr sagen, was er sich eigentlich unter dem Ganzen gedacht hatte. Trotz der so verschiedenen Baustile machte aber das Schloß merkwürdigerweise keinen unharmonischen Eindruck; wenn man sich nach der ersten Überraschung an seinen Anblick gewöhnt hatte, sah es sogar recht heiter und gefällig aus, ihm aber, der in seinen weiten Räumen die glücklichste Zeit seines Lebens verbracht hatte, kam es in der Abschiedsstunde vor wie das schönste Bauwerk der Welt, ein schöneres konnte er sich im Augenblick nicht denken. Zur Linken der Obstgarten mit den Hunderten weißblühender Kirschbäume, zur Rechten der in den Wald übergehende Park, davor aber ein bunter Teppich aus Krokus und blühenden Hyazinthen, die Farben leuchteten im Sonnenglanz ordentlich lockend zu ihm herauf, als wollten sie sagen: Kehr wieder um, du Narr, bitt ab, dann ist alles gut und vergessen ... Der Reitknecht führte an der jonischen Säulenhalle den weißgefesselten Schweißfuchs vor, aus der gläsernen Doppeltür trat die junge Herrin, im schwarzen Reitkleid und wehenden Schleier, streifte die Stulphandschuhe auf und schwang sich leicht wie eine Feder in den Sattel ... das Ziel des Ausritts kannte er: die Lipinsker Wiesen, auf denen ein Dutzend Arbeiter mit Hacke und Spaten den »Dokumentengraben« aushob. Mittags aber kehrte sie wieder, ließ sich kaum Zeit zum Essen, schwang sich von neuem auf den Gaul oder zog sich auch um und fuhr mit dem leichten zweirädrigen Sandschneider hinaus, immer aber mit dem gleichen versteinerten Gesicht, das kein Lächeln mehr kannte ... und dieses Gesicht glaubte er zu erkennen, trotzdem die schlanke Gestalt der jungen Herrin sich in der Entfernung kaum höher darstellte als sein kleiner Finger. Das war natürlich nur Unsinn und Einbildung, das mit dem Erkennen des Gesichts, aber die feige Regung, wieder um gut Wetter zu betteln, war vorüber. Und er zog in Gedanken den dicken Schlußstrich unter die Lipinsker Zeit, den doppelt unterstrichenen, unwiderruflichen, schulterte den Knotenstock und wandte sich zum Gehen. Aus, vorbei und erledigt ... schließlich, wer einen im Grunde so gutgemeinten und harmlosen Malerscherz übelnahm, dem war nicht zu raten, noch zu helfen!

*

Herr Adalbert von Linde, der Herr von Adlig-Klein-Lipinsken, der mit verbundenem Kopf, den linken Arm in der schwarzen Schlinge, aber sonst wieder leidlich zuwege, auf der Freitreppe seinen Morgenkaffee trank und mit dem Inspektor die Arbeit des eben angefangenen Tages besprach, wunderte sich nicht wenig, als er bei einem Aufblicken im Tor des weiten Hofraumes den langmähnigen Groß-Lipinsker Malprofessor stehen sah, anscheinend unschlüssig, ob er näher treten oder wieder umkehren sollte.

»Sie, Hildebrand, springen Sie mal 'runter und fragen Sie den Blondlockigen, was er will. Kommt er als Taube mit dem Ölzweig im Schnabel oder um uns nach dem letzten Treffen am Holzabfuhrweg die ganz große Fehde anzusagen? Zuzutrauen wär's dem verdrehten kleinen Frauenzimmer, dann aber wollen wir das Prävenire spielen. Vierzehn Mann an die Dreschsiegel, die Feuerspritze mobilisieren, den Rest mit Besen und die alten Weiber mit Scheuerlappen. Wer sagen Sie ihm gleich, Angst haben wir nicht hier in Klein-Lipinsken!«

Der Inspektor kam zurück und rapportierte: »Herr Baron, der Professor ist auf der Durchreise nach Königsberg begriffen und möchte Sie in dringlicher Angelegenheit ein paar Minuten sprechen.«

»Professor?« sagte der Klein-Lipinsker, »der Deuwel hat den jungen Dachs zum Professor gemacht oder meine ungnädigste Cousine, was so ziemlich dasselbe besagen will. Und wenn einer auf der Durchreise begriffen ist, fehlt ihm in der Regel das Reisegeld. Also zücken Sie schon ein Zwanzigmarkstück, Hildebrand, und winken Sie ihm, daß er näher tritt! ...«

»Na also, Herr Professor, setzen Sie sich. Stecken Sie sich zuerst mal einen Zimgarrn ins Gesicht, denn Menschen, die nicht rauchen, sind mir ungemütlich ... trinken Sie 'ne Tasse Kaffee mit, ja? ... Also bitte, lieber Hildebrand, sorgen Sie für 'ne dritte Tasse, und – um den Schmerz zwischen uns beiden abzukürzen, Herr Professor – wieviel führt Sie zu mir, und was gedenken Sie mir dafür von meiner bösen Groß-Lipinsker Cousine zu erzählen?«

Da wollte Hans Haffner zuerst aufspringen, entrüstet den Stuhl zurückstoßen und wieder seiner Wege gehen, aber ein gewisser, trotz aller kränkenden Worte jovialer und liebenswürdiger Zug in dem Gesicht da drüben hielt ihn zurück. Außerdem aber hatte er damit schlecht das Gelübde erfüllt, das er sich abgelegt hatte, als er an dem Kreuzwege, wo sich der Wegweiser mit dem langen Arm erhob: Nach Klein-Lipinsken zwei Kilometer, plötzlich auf den Gedanken gekommen war: Probier es mal und mach ihm ordentlich den Standpunkt klar – mehr, als auch dort 'rausgeworfen zu werden, kann dir ja nicht passieren! ... Nur zweierlei verschlug ihm noch vorderhand die Rede, einmal, daß die sorgfältig präparierte und bewegliche Ansprache bei dem Weg über den Hof spurlos verloren gegangen war, und zweitens, daß er in dem bösen Klein-Lipinsker einen so ganz andern kennen lernte, als er erwartet hatte. Einen verfrorenen, steifleinenen Granden hatte er sich vorgestellt, der mühsam und bleich an zwei Stöcken hinkte oder gar noch mit verbundenen Gliedern auf seinem Schmerzenslager lag, und jetzt saß ihm ein zu Scherzen aufgelegter, kräftiger Mann gegenüber, bis auf ein paar Kleinigkeiten ausgeheilt und breitspuriggemütlich, wie etwa der Mechower Hans Heinrich, wenn sie manchmal im Ostrokoller Krug mit dem Pastor zu dritt beisammensaßen, und der sonst so Schweigsame unter Männern und bei tiefem Trunk mit einem Male redselig wurde....

»Na also, schießen Sie schon los, Herr Professor, mit wie viel kann ich Ihnen ›auf der Durchreise‹ behilflich sein? Das übrige kann ich mir auch ohne Ihr Gebet denken: Mißverständliche Liebeserklärung, Entrüstung, plötzlicher Hinauswurf durch das vereidigte Ekel in Menschengestalt, Tante Amalie, und – *voilà* – da sitzen wir, einhundertsechsundachtzig Kilometer bis Königsberg, den Kilometer zu – na sagen wir mal – vier Pfennigen?«

Hans Haffner hatte mit einem Schlage die Sicherheit jener Stimmung wiedergefunden, in der er sich gesagt hatte, auf einen Hinauswurf mehr kommt es ja nicht an, und um zwei Uhr nachmittags geht dein Zug ... er griff mit der Linken in die offene Zigarrenkiste, mit der Rechten aber holte er den gefüllten Beutel aus der Tasche und hieb ihn auf den Tisch: »Da, Herr Baron, falls Sie wegen der Reise in die Königsberger Klinik in Verlegenheit sein sollten; dritter Klasse, wie Sie rechnen, brauchen Sie nicht zu fahren, es langt zu erster für uns alle beide!«

»Hoho,« sagte der Klein-Lipinsker und rückte sich im Stuhle zurecht, »bisher hab’ ich an Ihnen so was wie weiße Flagge respektiert, aber Unverschämtheiten ertrag’ ich nicht!«

»Ich auch nicht,« erwiderte Hans Haffner und steckte sich gelassen die Zigarre an. Wenn es wirklich ans Hinauswerfen ging, sollte der da drüben zuerst mitgehen, trotz seiner langen Gliedmaßen, denn einen doppelten Scheffelsack Weizen mit zweihundert Pfund Gewicht warf er sich noch immer wie ein Spielzeug auf den Rücken! Und als die Zigarre brannte, fuhr er fort: »So, Herr Baron, nachdem wir uns von mißverständlichen Voraussetzungen aus sozusagen aneinander gescheuert haben, eine kurze Frage: Wollen Sie Groß-Lipinsken haben oder nicht?«

Der andre lächelte spöttisch.

»Wenn Sie es zufällig bei sich haben sollten, Herr Professor, warum nicht? Also öffnen Sie die Falten Ihrer Toga und legen Sie’s auf den Tisch. Mein Inspektor kann es nachher hineintragen und in den Geldschrank schließen!«

»Nicht so ironisch, Herr Baron, sonst verzichte ich auf Ihren Kaffee und geh’ meiner Wege. Überhaupt wär’ es mir lieber, wenn Sie dem Herrn Inspektor einen kleinen Gang in die Wirtschaft vorschlagen wollten, damit wir beide ungestört und unter vier Augen sprechen können!« Der Klein-Lipinsker strich sich nachdenklich den Schnurrbart.

»Hm, na ja ... ich kann mir’s schließlich anhören. Das Kammergericht kann ja gar nicht anders, als ... na also, wenn Sie was Neues wissen, schießen Sie los, Herr Professor. Haben die da drüben die Kiste schon gefunden?«

»Vielleicht, Herr Baron,« erwiderte Hans Haffner diplomatisch.

»Na, und war was drin?«

»Fragen hilft bei mir nicht viel, Herr Baron. Erst erzählen Sie mal, weshalb das Kammergericht nicht anders können soll, als zu Ihren Gunsten entscheiden. Ich nehme nämlich an, daß Sie das meinten, als Sie eben mitten im Satze abbrachen.«

Der Klein-Lipinsker verneigte sich, noch immer ein wenig spöttisch.

»Und nicht ganz mit Unrecht, mein Herr!«

»Drüben ist man gegenteiliger Ansicht, Herr Baron.«

»Mag sein,« sagte der Baron von Linde, unwillkürlich ernsthafter geworden, »aber was Recht ist, muß Recht bleiben! Seit vier Jahren prozessier’ ich darum, und – so Gott will – werd’ ich es in ein paar Monaten in meinen Händen halten, ich bin in der Zwischenzeit ja auch nicht müßig gewesen. Aber, Professor, ehe ich weiterspreche, und nehmen Sie mir’s nicht übel: Wer garantiert mir, daß ich’s wirklich mit einem ehrlichen Kerl zu tun habe? Sonst gefallen Sie mir ja ganz gut, aber wissen Sie, ich lege gerade keinen besonderen Wert darauf, die Herrschaften drüben über meine An- und Aussichten aufs genaueste zu unterrichten. Und wenn Sie nun wieder nach Groß-Lipinsken zurückgehen?«

»Nach Groß-Lipinsken?« Hans Haffner lächelte trüb. »Das ist ausgeschlossen, Herr Baron. Und ein Zeugnis über meinen anständigen Charakter hab’ ich mir noch nirgends ausstellen lassen. Aber wenn Sie inzwischen mit einem ehrlichen Händedruck vorlieb nehmen wollen?«

Und der Baron von Linde schlug ein. Beim Zusammenfassen der Hände aber merkte er's, daß ihm ein braver Kerl gegenübersaß, denn hinterlistige Schleicher griffen nicht so fest zu, daß dem andern die Gelenke krachten.

»Also denn Professorchen, hören Sie, ich habe nämlich gegründete Aussicht, daß das Kammergericht den Spieß umdrehen wird! Ich habe den zweiten Teil von meines Urgroßvaters Tagebuch aufgefunden, und da steht von der Errichtung des Kunkellehens nichts drin! Dieses Buch aber, das ich bei meinen endlosen Nachforschungen auf dem untersten Grund einer Truhe mit Großmütterspielkram entdeckte, – wissen Sie, von Motten zerfressene Puppenbälge und dergleichen Zeug, aus Pietät wird so etwas in den Okelkammern bis ins zehnte Geschlecht aufgehoben, und kein Mensch guckt hinein – also dieses Buch liegt jetzt beim Kammergericht. Unter dem ersten Mai aber, dem entscheidenden Tage, von dem angeblich die Urkunde datiert sein soll, findet sich folgende Eintragung: ›Mit der Aussaat des Sommerwaitzens begonnen, weil nach niedergegangenem Gewitter und erfolgter Abkühlung das Wetter eine stabile Tendenz zeigt. Von sonstigen Ereignissen ist an diesem Tage nur zu vermelden, daß beim erstmaligen Austreiben der Herde sich eine schwarzbunte Holländerin, genannt Stafeta, in einem Torfloche verfallen hat und abgestochen werden mußte, wofür der Hirt Chila von mir mit einer angemessenen Tracht Prügel bedacht worden ist!‹ ...Also,« fuhr der Klein-Lipinsker fort, »von der an diesem Tage angeblich stattgefundenen Teilung des Besitzes zwischen den beiden Brüdern kein Wort, ebensowenig von der Errichtung eines Kunkellehens für Groß-Lipinsken. Die Stelle ist vielmehr ein bündiger Beweis für meine Behauptung, daß die Teilung bereits von dem Vater der beiden Brüder vollzogen worden ist, und zwar ohne jeden Vorbehalt für den älteren. Na, und an dieser Tatsache wird, wie mein Anwalt behauptet, das Kammergericht nicht vorbeigehen, sondern meiner gnädigsten Cousine drüben den Beweis auferlegen, daß die im Original angeblich verbrannte und im Duplikat ebenso angeblich gestohlene Urkunde wirklich existiert oder existiert hat, na und dann adieu Groß-Lipinsken!«

»Hm,« sagte Hans Haffner, »wie das Gericht urteilen wird, weiß ich nicht, ist mir auch gleichgültig. Die Hauptsache: Sind Sie von Ihrem guten Recht überzeugt, Herr Baron? Das heißt, ich meine nicht nur so, was man sonst vielleicht ›überzeugt‹ nennt, sondern ob Sie von Ihrem guten Recht auch innerlich so ganz durchdrungen sind, daß Sie daran glauben wie an ... na, sagen wir mal, an Ihre eigene Existenz?«

Der Klein-Lipinsker rückte unwillig mit dem Stuhl.

»Hätte ich sonst wohl den Prozeß angefangen, Herr?«

»Na ja, entschuldigen Sie nur, Herr Baron,« meinte der Maler begütigend, »ich will Ihnen ja gern glauben, aber auf mich kommt es leider nicht an. Andre Leute sind der Ansicht, Sie wollten im Bewußtsein Ihres eignen Unrechts nur eine für Sie günstige Konstellation ausnützen, um ein paar arme verwaiste Mädels aus ihrem väterlichen Besitz zu treiben!«

»Arme Mädels? Meine Cousinen haben von ihrer verstorbenen Mutter, einer Engländerin, eine Stange Gold geerbt! Und väterlicher Besitz? Lipinsken ist von Anbeginn an, seit meine Vorfahren hierher als Deutschordensritter kamen und diesen Boden hier mit ihrem Blut düngten, Lindesches Majorat – Lipinsken heißt nämlich auf deutsch Lindendorf, Herr Professor, falls Sie das noch nicht wissen sollten – und in einem Majorat haben Frauenzimmer nichts zu suchen. Da regiert der erbberechtigte älteste männliche Linde! Die Beinchen in Jagdpantalons stecken, hilft da nichts, auf die Beine kommt es an, ob männlich oder weiblich, und wenn ich mal heirat' und krieg' nichts als lauter Mädeln, muß ich mir's auch gefallen lassen, daß der nächstberechtigte Vetter, der jetzt irgendwo, bei den Tausendsiebenundzwanzigern meinetwegen, seine dreißig Männerchen exerziert, herkommt und zu meiner ältesten Tochter sagt: *Ote-toi, que je m'y mette*!«

»Ja ja, ganz recht, Herr Baron,« beschwichtigte Hans Haffner, »und regen Sie sich nicht auf, denn Sie sind ja noch in der Rekonvaleszenz. Und nur noch eine ganz kurze Frage: Wenn Sie von Ihrem guten Rechte so durchdrungen waren und an die Existenz der Urkunde nicht glaubten, weshalb haben Sie sich da mit dem Hufschmied Martschinowski auf den Groß-Lipinsker Wiesen ein Rendezvous gegeben?«

Der Klein-Lipinsker wurde rot bis unter die kurzgeschnittenen blonden Haare.

»Herr, ich steh' hier doch nicht vor 'nem Untersuchungsrichter!«

Hans Haffner lächelte freundlich. Wenn's weiter so gut ging, brachte er den Klein-Lipinsker bis zum Abgang des Nachmittagszuges noch dorthin, wo er ihn haben wollte.

»Nein, Herr Baron, sondern vor einem Menschen, der Ihnen gern helfen möchte. Also weiter. An der Tatsache selbst ist nicht zu zweifeln, denn dieser pp. Martschinowski hat sich bei der Baroneß Elsbeth, als sie bei Ihnen Wache hielt, gemeldet. Leider auch gleich auf Nimmerwiedersehen empfohlen, ist, trotzdem Himmel und Hölle, Landrat und Gendarmen in Bewegung gesetzt wurden, nicht mehr aufzufinden gewesen. Aber das nur nebenbei, Sie, Herr Baron, werden mir doch zugeben, daß dieses Rendezvous eine ganz unverzeihliche ... nein, Pardon, also ein taktischer Fehler war?«

Der Klein-Lipinsker ging mit großen Schritten auf der geräumigen Freitreppe auf und ab.

»Nein, nein, Professor, sagen Sie nur Dummheit, denn das ist das Richtige. Aber sehen Sie, der Kerl schreibt an mich aus Amerika, behauptet, er könne zu jeder Tages- und Nachtzeit den Platz wiederfinden, an dem er, kurz vor dem Tode meines Groß-Lipinsker Oheims, mit dem verstorbenen Gärtner Tyrol den ominösen Kasten eingebuddelt hätte, ich sollte ihm nur das Reisegeld schicken. Na, und da sagte ich mir, das ist das beste Mittel, dem ganzen Prozeß mit einem Schlag ein Ende zu machen, und schickte das Geld ab. Zu der Ausgrabung selbst hätte ich natürlich meine gnädigste Cousine nebst einer unparteiischen Gerichtskommission hinzugezogen.«

»Schade, Herr Baron, daß Sie von dieser Absicht nicht auch die Groß-Lipinsker Herrschaften vorher in Kenntnis gesetzt haben!«

Der Klein-Lipinsker blieb stehen.

»Weshalb schade, Herr Professor?« »Na, weil Ihnen das außer mir niemand glauben wird. Drüben zum Beispiel bildet man sich ein, Sie hätten sich mit der Absicht getragen, die Truhe heimlich auszubuddeln und die Urkunde natürlich zu vernichten.«

»Herr, das wär' doch aber eine Infamie?«

»Stimmt, Herr Baron, aber man traut sie Ihnen da drüben zu, und damit müssen wir rechnen. Also ich meine, es wäre am besten, Sie setzten sich in den Wagen und machten drüben in Groß-Lipinsken eine Dankesvisite, bei welcher Gelegenheit Sie ja so nebenher den erwähnten Verdacht zerstreuen könnten. Und Sie haben die schönste Veranlassung zu dieser Visite, nämlich sich bei Baroneß Elsbeth dafür zu bedanken, daß sie Ihnen das Leben gerettet hat.«

»Was sagen Sie da, Professor? Ich denke doch, *der alte Förster Ahrens* hat meinen verrückt gewordenen Gaul erschossen?«

»Bewahre, Herr Baron. Das ist Ihnen nur von dem Doktor vorerzählt worden, und zwar auf ausdrückliche Anordnung der Baroneß Elsbeth.«

»Hm,« sagte der Klein-Lipinsker, »dann wäre diese verrückte Jagdgeherei doch wenigstens zu etwas nützlich gewesen!«

»Ja, denn nämlich der alte Förster Ahrens hatte gar nicht diese fabelhafte Geistesgegenwart! Hinterher aber hat die Baroneß bei Ihnen gewacht, Ihnen Samariterdienste erwiesen wie eine barmherzige Schwester, vielleicht noch sogar mehr. Weil ich mich erfrecht hatte, diese Szene zu skizzieren, bin ich ja heute früh gegangen oder, richtiger gesagt, gegangen worden. Ich für meine Person wäre nämlich gern noch ein paar Monate geblieben, um mein großes Bild zu vollenden.«

Und als Hans Haffner auf dieses Thema gekommen war, wurde er lebhaft, vergaß im Augenblick den eigentlichen Zweck seines Besuches und schilderte mit weit ausgreifender Armbewegung und einzelnen, in die Luft gesetzten energischen Daumendruckern das geplante Bild in allen Einzelheiten, malte es ordentlich vor seinem Zuhörer. Der aber war ganz nachdenklich geworden, hörte nur mit halbem Ohr zu und sah mit versonnenen Augen vor sich hin, als suchte er in seinem Gedächtnis nach irgend einem verblaßten Eindruck, von dem er sich nicht mehr zu sagen wußte, ob er ihn erlebt oder nur geträumt hatte ...

»Na, und weiter?« sagte er, als der andere mit Reden aufhörte.

»Weiter?« fragte der Maler. »Na, wenn ich's fertig habe, stell' ich's natürlich aus, in Berlin. Anderswo hat's nämlich keinen Zweck!«

»Ach, Unsinn, Professor, ich meine, was soll denn bei dieser Visite für mich herausbraten?« Hans Haffner lachte herzlich.

»Ach so, und entschuldigen Sie, Herr Baron, ich war eben bei meiner eignen Zukunft. Also, Sie werden nach dieser ersten Visite eben weiter eingeladen, verlieben sich und heiraten. Aber noch ehe das Dokument gefunden wird oder das Kammergericht seinen Spruch fällt, sonst gibt's hinterher doch womöglich noch Verstimmungen.«

Der Klein-Lipinsker, der seine Wanderung wieder aufgenommen hatte, blieb stehen. »Ist das Ihre ganze Weisheit, Herr Professor? Und besteht in dieser Heirat das Mittel, mit dem Sie mir Groß-Lipinsken ausliefern wollten?«

»Ja, Herr Baron!«

»Na, dann entschuldigen Sie schon, dann habe ich Sie überschätzt. Das Mittel ist mir schon von andrer Seite ohne Erfolg angeboten worden.«

»Na ja,« sagte Hans Haffner kleinlaut, »und verzeihen Sie, Herr Baron, aber in meinem Überschwang, zu helfen, hatte ich ganz und gar vergessen, daß Sie ja bereits anderweitig verlobt sind.«

»Sie, Professor, ich glaube, nicht recht verstanden zu haben?«

»Doch, Herr Baron. Drüben wird es erzählt und geglaubt!«

»Aber es ist der bare, blanke Unsinn, ich denke ja gar nicht daran! Hab' überhaupt noch kein Mädel kennen gelernt, wo sich's verlohnt hätte, ernsthaft darüber nachzudenken, ob es wohl wert wäre, die Mutter meiner Herren Söhne zu werden!«

Hans Haffner war aufgesprungen.

»Nicht, noch nicht, Herr Baron? Na, dann ist ja alles in schönster Ordnung!«

»Ja, bis auf die beiden Hauptpersonen. Denn meine gnädigste Cousine hat es mir in den letzten Wochen ja deutlich genug bewiesen, wie sehr sie sich auch nach einer endgültigen Aussöhnung bangt!«

»Herrgott, Herr Baron, Sie sind älter als ich, aber haben Sie denn so wenig Menschenkenntnis, daß Sie nicht merken, weshalb das alles geschieht?« Und da der andre ihn verwundert anblickte, fuhr er eindringlich fort: »Herr, das liegt doch auf der Hand, dieser Haß ist nichts weiter als umgeschlagene Liebe! Wann hassen die Weiber? Wenn sie in einen verliebt waren, und der macht sich nichts aus ihnen! Was Sie aber angeht, Herr Baron, kennen Sie denn die Baroneß, daß Sie so obenhin sagen, Sie wollen nicht?«

»Hm,« sagte der Klein-Lipinsker nachdenklich, »seit sie aus England zurück ist, hab' ich sie immer nur so auf zwei- bis dreihundert Meter Distanz gesehen. Was mir aber aus der vergangenen Zeit in Erinnerung steht, ist so 'ne Art Sack voll Kuhhörner, überall Ecken und Kanten, ein Paar zu lange Arme und Beine daran und ein brauner Wuschelkopp oben drauf – braun ist überhaupt nicht meine Couleur. Auf ihr Gesicht aber besinne ich mich überhaupt nicht mehr, denn, wissen Sie, Professor, wenn man schon Leutnant ist, guckt man sich nach solchen halbwüchsigen Wesen doch nicht um?!«

»Na, dann werden Sie ja was erleben, Herr Baron!« Er legte dem Klein-Lipinsker die Hand auf die Schulter, und seine Augen leuchteten vor Begeisterung: »Herr, haben Sie eine Ahnung, was das für eine herrliche Schöpfung Gottes ist? So ein Mädel gelingt ihm alle hundert Jahre einmal; als ich es zum ersten Male sah, hab' ich bedauert, nicht Menschenmaler geworden zu sein – ein bißchen stümpere ich ja auch darin, aber wissen Sie, was einem zuerst als malerisch erscheint, das entscheidet in der Regel über die Richtung; zu Hause, als ich noch auf dem Schneidertisch saß, habe ich mit Vaters Kreide immer unsre alte Ziege abgezeichnet, die draußen vor dem Fenster weidete – ja, also, was wollte ich doch sagen? Gut, weiß schon wieder, also was soll ich Ihnen mit armseligen Worten schildern, was Sie, wenn Sie gescheit sind, noch heute mit eignen Augen sehen können? Aber warten Sie mal, Herr Baron, um Ihnen wenigstens einen schwachen Abglanz zu geben, ich hab' sie doch erst vor ein paar Wochen gezeichnet, sie war so gütig, mir eine Stunde zu sitzen, nur der Kopf, aber das dürfte für den Anfang ja genügen« – er fing an, eifrig in seinem Skizzenbuche zu blättern – »na also, es scheint, auch *das* Blatt hat die bittere Tante Amalie ausgerissen. Aber schadet nichts, Herr Baron, in einer halben Stunde können wir alles haben, Sie brauchen nur nach dem Bahnhof Ostrokollen zu schicken und meine Mappen holen zu lassen. Da hab' ich nämlich eine Ölskizze der Baroneß drin, und ich kann wohl sagen, mancher Menschenmaler könnte froh sein, wenn er das Eigenartige dieses jungfräulichen Angesichts so herausgekriegt hätte wie ich. Wissen Sie, Herr Baron, hier um die Augen herum sitzt nämlich das Charakteristische, unergründliche und herbe Augen, die Hauptsache aber ist der Nasenansatz, und ich sage Ihnen, Herr Baron, bei keinem arabischen Vollblutfohlen habe ich was Feineres gesehen!«

Der Klein-Lipinsker, der ihm beim Umblättern des Skizzenbuches über die Schulter gesehen hatte, ließ ihn ruhig ausreden, dann sagte er lächelnd: »Sie, Professor, lassen Sie mal einen Augenblick lang meine Verlobung und beantworten Sie mir eine Frage! Haben Sie das alles selbst gezeichnet?«

»Ja, glauben Sie denn, Herr Baron,« erwiderte Hans Haffner ein wenig verletzt, »ich ließe mir von irgend einem bei der Arbeit helfen?«

»Verzeihung, Professorchen, ich hab' mich eben nur ein wenig ungeschickt ausgedrückt,« begütigte der Klein-Lipinsker, »ich wollte nämlich eigentlich fragen, ob Sie das alles auch mit dem richtigen Verständnis gezeichnet haben, mit dem Verständnis nämlich, was damit zu verdienen ist?«

»Wie meinen Sie das, Herr Baron?«

»Na, wenn das nicht bloßer Zufall ist, daß Sie bei einem einjährigen oder noch viel jüngeren Füllen die Fehler in Fesselung, Kopfansatz, Bau und so weiter gewissermaßen hervorheben, Herr, dann haben Sie ein Vermögen in den Augen.«

»Ich wüßte nicht wie, Herr Baron?« sagte Hans Haffner. »Aber wenn ich bei einem Dreimonatsfüllen nicht auf den ersten Blick erkennen sollte, wo die Fehler sitzen, die es als ausgewachsenes Pferd einmal haben wird, müßte ich als professioneller Pferdemaler ja Prügel haben. Kommen Sie mit mir nach Trakehnen, Herr Baron, und führen Sie mich einen Tag lang unter den Mutterstuten und Vaterpferden herum. Am andern Tag aber lassen Sie uns auf die Koppeln hinausgehen, und ich will Ihnen alles, was da an Füllen auf dem grünen Rasen tollt, nach der Abstammung sondern. Der Direktor mit dem Gestütsbuch soll hinter uns gehen und nur immer ja sagen... das ist doch weiter kein Kunststück?«

Der Klein-Lipinsker hatte mit leuchtenden Augen zugehört.

»Da haben Sie recht, Herr Professor, wenn Sie nämlich das Jasagen meinen. Das andre hingegen ... aber warten Sie mal erst einen Augenblick!« Er steckte zwei Finger in den Mund und stieß einen gellenden Pfiff aus. In einer der Stalltüren auf dem Hofe zeigte sich ein struppiger Kopf. »Fix, Woytek, Beine in die Hand! ... So recht, mein Sohn, du spannst jetzt den Klapperwagen an und holst sofort das Gepäck des Herrn Professors ... entschuldigen Sie, Teuerster, aber wie heißen Sie eigentlich? ... So, Haffner? Also das Gepäck des Herrn Professors Haffner, es liegt beim Bahnhofswirt Pokroppa. Vorher aber spring zur Mamsell in die Küche, sie soll heute mittag was Feines braten und das grüne Zimmer neben dem meinigen richten. Ich hätt' einen lieben Gast bekommen, den ich für die nächsten paar Jahre nicht wieder fortzulassen gedächte!«

Hans Haffner richtete sich auf.

»Herr Baron, wenn Sie vielleicht glauben sollten, ich wär' mit *der* Absicht...«

Der andre aber fiel ihm ins Wort: »Na, was denn? Und weshalb so zimperlich, lieber Professor? Vielleicht, weil wir uns bisher einander noch nicht richtig vorgestellt haben? Also schön, das können wir ja jetzt in aller Form nachholen. Ich heiße Adalbert Linde, Sie aber haben mir Ihren Namen ja eben genannt: Haffner! Im übrigen glaube ich, haben wir beide uns in dieser Stunde besser kennen gelernt als manche, die zehn Scheffel Salz miteinander aufgefuttert haben!« Und er streckte dem Maler die Rechte entgegen.

Hans Haffner aber schlug nur ein. Sprechen konnte er nichts, denn die Kehle war ihm plötzlich zugeschnürt. Aber auch dem andern schien es ähnlich zu gehen, seine Stimme klang nicht ganz klar.

»Na ja, ist schon gut, Professor, man trifft so selten Menschen. Und da soll man festhalten, wenn man mal einen glücklich erwischt hat! Außerdem ist es krasser Egoismus. Sie malen Ihr Bild, in den Mußestunden aber fahren wir ins Litauische 'rüber und verlegen uns auf den Fohlenhandel. Brauchen kann ich es, denn dieser verfluchte Prozeß hat eine ganze Stange Gold gekostet!« – – –

Und am selben Tage noch flog ein illustriertes Brieflein auf verschwiegenem Pfad an Tante Lieschen nach Groß-Lipinsken hinüber. Die erste Seite zeigte die »Austreibung aus dem Paradiese«: Tante Amalie mit einem mächtigen Flügelpaar an den Schultern und einem Schwerte in der Hand stand vor der geschlossenen Gitterpforte des Lipinsker Schlosses, indessen der Maler weinend von bannen ging. Und die dürftige Figur in dem wallenden Erzengelgewand war wenig geschmeichelt, sogar die beiden »Einsiedler« in dem höhnisch lächelnden Mund waren nicht vergessen worden, ein jeder von ihnen hatte einen leichten Tupfen gelben Ockers als Tönung erhalten. Die zweite Seite aber zeigte »Das neue Land, in welchem Milch und Honig fließt«: Der Maler saß mit dem Klein-Lipinsker an einer reichbesetzten Tafel, und beide ließen die Gläser aneinanderklingen. Dann erst kam der eigentliche Brief.

»Verehrteste und teuerste Freundin, das Vorstehende bedeutet Morgen und Mittag in eines armen Tiermalers Erdenwallen. Nach Königsberg wollte ich, aber auf der zweiten Seite bin ich schon gestrandet. Oder in den Hafen eingelaufen, wie man's nehmen will!

Man wird mich bei Ihnen verleumden, ich wäre fahnenflüchtig geworden. Das ist eine infame Lüge, nach wie vor: Hie gut Groß-Lipinsken allewege! Nur der Erbfeind meinte, ich hätte Talent zum Pferdehändler. Ich aber glaube, er nährt eine Schlange an seinem Busen, denn meine Begabung gravitiert vielmehr nach der Seite der Heiratsvermittlung. Wovon Sie noch weiteres hören werden, und womit ich verbleibe als Ihr bis in den Tod dankbarer und getreuer

Hans Haffner.«

Viertes Kapitel

Der lange Hans Heinrich in Mechowen hatte gerade seinen Morgenrundgang durch Hof und Ställe beendigt, steckte sich die erste Zigarre an und überlegte zum so und so viel hundertstenmal in den abgelaufenen vierzehn Tagen, ob er bei dem bevorstehenden gemeinschaftlichen Frühstück nicht endlich das entscheidende Wort sprechen sollte: Liebe Mama, sei so gut, zieh dir heute mittag das Schwarzseidene an und fahr für mich nach Groß-Lipinsken auf die Freite. Frag die Elsbeth, ob sie mich haben will, und sie soll ja oder nein sagen, denn dieses Herumgezerge hab' ich jetzt satt. Tagelang existiert man kaum für sie, kommt sich vor wie ein Stück Luft, und ein andermal wiederum sieht sie einen so merkwürdig freundlich an, daß man sich einbildet, man braucht' nur die Hand auszustrecken: Na, Elsbeth, wie ist das nun mit uns beiden, und wann soll die Hochzeit sein? ... Also sie soll endlich sagen, wie sie gesonnen ist, denn vor lauter Grübeln und Nachdenken fang' ich schon an, meine eigne Wirtschaft zu versäumen. Hoffentlich wird sie einsehen, daß für einen ausgewachsenen Menschen das auf die Dauer ein unhaltbarer Zustand ist!...

Wenn er sich allein den gestrigen Abend vergegenwärtigte – das war so recht ein Musterbeispiel für dieses Aprilwetter jählings umspringender Launen gewesen! Zuerst, nachdem sie dem armen Kerl von Maler den Laufpaß gegeben hatte – Gott allein mochte wissen, weshalb, denn der gute Professor tat doch keinem was zu leide – saß sie mit zusammengezogenen Augenbrauen da, sprach kein Wort und hatte seinen Gruß kaum erwidert. Dann mit einem Male schien sie bemerkt zu haben, daß er ein herzlich unglückliches Gesicht machte, wurde plötzlich ganz lebhaft, fing mit ihm zu plaudern an, wie nur je in ihren freundlichsten Stunden, erkundigte sich nach dem Befinden seiner Mutter, wie weit er mit der Frühjahrsbestellung wäre und dergleichen. Und er glaubte sich nicht zu täuschen, wenn er aus allen diesen Fragen ein ganz besonders herzliches Interesse heraushörte und zugleich den Grund ihrer Fragen erriet: Wer sich mit dem Gedanken trug, einmal in Mechowen zu wohnen, der hatte natürlich auch ein Interesse daran, wie dort der Wirtschaftbetrieb ging! Da schickte er sich schon an zu sagen: Ja, liebe Elsbeth, dann kommen Sie doch mal nachmittags zu einer Tasse Kaffee herüber. Meine Mutter bangt sich schon ordentlich nach Ihnen, ich aber laß anspannen, zeig' Ihnen die Felder, und Sie werden Ihre Freude daran haben, wie gut alles durch den Winter gekommen ist. Meinetwegen können Sie dann auch gegen Abend meinen besten Rehbock abschießen, er ist jetzt noch so vertraut, daß man mit der Mütz' nach ihm schmeißen kann, wenn man vorbeifährt! Und zu dieser Einladung gedachte er sich zu versteigen, obwohl ihm innerlich Elsbeths unweibliche Jagdpassion gar nicht gefiel und er mit seinen Böcken sonst recht geizig war. Weil sie jedoch so ausnahmsweise freundlich zu ihm war, wollte er mal auch in dieser Hinsicht ein übriges tun! Während er sich aber die außergewöhnlich lange Ansprache im Kopfe zurechtlegte, geriet das bis dahin so lebhafte Gespräch ins Stocken, und als er gerade fertig war und loslegen wollte, ließ sich der Verwalter Wisotzki anmelden. Da stand sie plötzlich auf, verabschiedete sich mit flüchtigem Gruß und ging in ihr Schreibzimmer hinüber...

Danach aber kam er sich ganz vereinsamt und verlassen vor. Die beiden alten Tanten hatten sich in eine Ecke zurückgezogen und zankten sich dort, anscheinend um den Maler, denn es war von der Zeichnung die Rede, die Elsbeth, ohne sie jemand zu zeigen, zerknittert und in ihre Rocktasche geschoben hatte; Klein-Fränze aber, die sich sonst seiner anzunehmen pflegte, saß mit aufgestützten Armen am Tische und las in einem Roman. Da fragte er schüchtern, ob sie nicht vielleicht so gut sein wollte, ihm sein Lieblingsstück »La Paloma« auf dem Klavier vorzuspielen, erhielt aber die unfreundliche Antwort, sie wäre nicht in der Stimmung. Als jedoch eine Viertelstunde später der Wisotzkische Hauslehrer den Kopf zur Tür hereinsteckte, wahrscheinlich um erst nachzusehen, ob nicht etwa der Ostrokoller Pastor da wäre, sprang sie freudig auf, begrüßte ihn ganz besonders herzlich und machte ihm Vorwürfe, daß er sich so selten sehen ließe. Und als dieser geschniegelte Bengel mit zärtlichem Augenaufschlag erwiderte, er wäre nur wegen des Pastors ausgeblieben, heute aber wäre die Sehnsucht nach ein bißchen guter Musik doch zu mächtig gewesen, da war sie auf einmal »in der Stimmung«! Setzte sich, ohne erst noch eine weitere Bitte abzuwarten, ans Klavier und spielte fünf, sechs Musikstücke, aber » *La Paloma*« war nicht darunter! Lauter langweiliges Zeug, das er nicht leiden mochte, Walkürenritt, Feuerzauber und dergleichen, wobei kein vernünftiger Mensch eine Melodie herausfinden konnte. Da fragte er sich wieder einmal, woran wohl ihre früher so dicke Freundschaft in die Brüche gegangen sein mochte, aber konnte trotz allem Grübeln auf seiner Seite keine Schuld entdecken. Nur, daß Fränze ihn ärgern wollte, wurde ihm klar, denn sie kannte ja seine Ansicht über diese Art von Musik, die ihm Unbehagen verursachte und der er jede Berechtigung absprach, weil erst ein jahrelanges Fachstudium nötig wäre, um ihre angeblichen Schönheiten erkennen zu können. Der Wisotzkische Hauslehrer natürlich tat so, als wäre er ein Obersachverständiger, blätterte die Noten um, und bei einzelnen Passagen, die jedem andern direkt unangenehm in den Ohren klingen mußten, verdrehte er die Augen vor Entzücken und vollführte mit der Rechten allerhand seltsame Bewegungen in der Luft ... auch natürlich nur, um ihn zu ärgern, aber den Gefallen tat er dem Bengel nicht, hatte, weiß Gott, andre Sachen zu denken! Elsbeth hätte doch schon längst an der Konferenz mit dem Verwalter Wisotzki genug haben und an den Teetisch zurückkehren können, damit er seine geplante Einladung, die er sich mittlerweile zweimal überhört hatte, endlich glücklich anbringen durfte!... Aber dieser ölige Kerl redete und redete, als könnte er kein Ende finden, und Elsbeth hörte ihm mit einer Spannung zu, als handelte es sich um die interessantesten Fragen der Welt, während der ganze Vortrag sich vielleicht um irgend einen der Nebenprozesse mit dem Klein-Lipinsker oder ähnliche Bagatellen drehte...Leute, die um Nichtigkeiten ein ganzes Brimborium von Worten zu machen verstanden, waren ihm überhaupt unsympathisch, und wenn er erst einmal hier zu befehlen hatte, wollte er sich's doch noch gründlich überlegen, ob er diesen Herrn Wisotzki hier am Ruder ließ. Ein tüchtiger Landwirt war er ja, aber manchmal wollte es ihm fast scheinen, als wenn unter seinem Regime nicht die ganzen Erträgnisse in die Hauptwirtschaftskasse flössen, als wenn das Rohr an irgend einer Stelle gründlich angezapft wäre. Was verstand denn so ein junges Mädel von dem komplizierten Rechnungswesen eines großen Wirtschaftsbetriebes? Es sah im Hauptbuche nach, ob rechts und links unten die Zahlen stimmten und basta!...

Die beiden am Klavier hatten sich nebeneinander gesetzt, spielten ein neues Stück, vierhändig, und fast wollte es ihm scheinen, als wenn Herr Wellhausen, der Wisotzkische Hauslehrer, öfter über Fränzes Linke nach rechts hinübergriff, als nötig war, sich zuweilen mit der Schulter an sie lehnte und überhaupt seinen Sessel viel zu nahe an den ihrigen gerückt hatte. Da packte ihn ein gewaltiger Ingrimm, und nicht viel hätte gefehlt, so wäre er aufgestanden, um den widerwärtigen Burschen am Kragen zu packen: Verehrtester, wenn Sie mit der Baroneß von Linde vierhändig spielen wollen, setzen Sie sich mal erst anständig hin und nehmen Sie sich nicht solche Vertraulichkeiten heraus! Ordentlich an sich halten mußte er, um der plötzlichen Regung nicht nachzugeben, unterließ es nur, weil er ja hier noch nichts zu sagen hatte! Aber später!.. Und vorläufig wollte er mal Tante Lieschen oder besser noch Tante Amalie darauf aufmerksam machen, welche Unzuträglichkeiten aus diesem Vierhändigspielen entstehen konnten. Klein-Fränze natürlich war noch ein dummes Gör, dachte sich nichts darunter, dieser mit allen Hunden gehetzte Großstädter aber bildete sich womöglich ein, er könnte sich hier so mit Musikschwärmen und Verseschmieden die jüngere Baroneß Linde angeln! ...Aber auch die beiden alten Damen kümmerten sich nicht um ihn, waren so vereifert, daß sie alles um sich her vergaßen, nur ihre Debatte paßten sie der Musik an: Beim Piano flüsterten sie, beim Fortissimo aber erhoben sie ihre Stimmen. Und Elsbeth kam nicht und kam nicht, die Konferenz nahm kein Ende. Da schob er seinen Stuhl zurück, stand auf und sagte kurz adieu!

Elsbeth winkte ihm aus dem Schreibzimmer nur mit der Hand, Fränze wandte während des Spielens kaum den Kopf nach ihm, sagte nicht einmal auf Wiedersehen, auch Tante Amalie, sonst seine eifrigste Gönnerin, schien so angeärgert, daß sie von ihrem langen Strickstrumpfe nicht aufstand. Nur Tante Lieschen erhob sich, um ihm auf die Freitreppe hinaus das Geleite zu geben ...gerade Tante Lieschen, deren Klein-Lipinsker Gesinnungen doch sozusagen gerichtsnotorisch waren; wahrscheinlich hatte sie mit ihm in seiner Vereinsamung Mitleid empfunden. Ehe er sich in den Sattel schwang, schüttelte sie ihm die Hand.

»Hast recht, mein Junge, reit nach Hause, es ist ungemütlich geworden in Groß-Lipinsken. Und ein rechter Kuddelmuddel! Aber der muß noch viel, viel größer werden, sonst gibt's hier keine Klarheit!«

Und er ritt in die dunkle Frühlingsnacht hinaus, in ganz andrer Stimmung als vor vierzehn Tagen, als ringsum im Mondschein der weiße Schnee auf den Feldern lag. Allerhand geheimnisvolle Summen lockten und warben aus dem Dunkel, ziehende Kraniche, die nordwärts flogen, schrieen oben in der Luft, kannten ihr Wegziel trotz der rabenschwarzen Nacht, er aber wußte nicht, ob auch er erreichen würde, wonach er die langenden Arme reckte, ließ sein Rößlein im Schritt gehen und fühlte sich innerlich so recht verärgert und verschlagen...

Also diesem Zustande mußte ein Ende gemacht werden, so oder so! Gerade aber, als er mit seinem Entschluß im reinen war, die Kammerjungfer seiner Mutter trat schon auf die Freitreppe hinaus und sah sich suchend nach ihm um, zum Zeichen, daß die alte Dame bereits am Frühstückstisch saß, da kam durch das offene Hoftor ein Junge aus Groß-Lipinsken gerannt, der Filuschek, sein Pferdehalter, schrie schon von weitem: »Pan Leitnant, Pan Leitnant,« und schwenkte ein Papier in der Hand. Ihm aber strömte vor freudigem Schreck alles Blut zum Herzen, und er suchte in der Westentasche nach einem blanken Taler Botenlohn, denn woher sollte das Brieflein wohl kommen, als von Elsbeth? Sicherlich tat es ihr leid, daß er gestern mit so kurzem Abschied von dannen gegangen war, und sie schrieb ihm ein paar freundliche Worte?...

Filuschek, von einem ganzen, runden Taler begrüßt – so viel, wie er heute, verdiente seine Mutter kaum in einer ganzen Woche – und noch ganz außer Atem vor Erstaunen und schnellem Laufen, stotterte: » *Pan Professor, zo pojechal do Krolewca...*«

»Was, mein Sohn?« sagte der Mechower Herr, »und auf Deutsch, wenn ich bitten darf, wir sind hier nicht in Posen!«

»Tak, tak,« erwiderte Filuschek, denn er wußte wohl, der Herr Leutnant litt es nicht, daß seine Leute polnisch zu ihm sprachen, obwohl er ihre Sprache sehr gut verstand ...»Halso, Herr Professor, wo is heute früh gefahren nach Königsberg, und ich hab' Sachen an Bannoch gebracht, er aber fährt erst an Nachmittag, weil erste Bannoch schon war fort, und er hat immer gemalen, also er schickt diese Bild. Aber nur für Herr Leitnant, sollt' ich keine andre Mensch nich zeigen!«

»So so,« sagte Hans Heinrich erheblich enttäuscht, »das ist ja sehr nett von dem Herrn Professor, daß er noch zum Abschied an mich gedacht hat, und deinen Taler hast du weg; troll dich also und kauf dir meinetwegen ein Rittergut dafür!« Und er rollte das Bild auseinander.

Was diese Künstler doch immer für Flausen im Kopfe hatten! Da ritt er, Hans Heinrich von Mechow, im mittelalterlichen Landsknechtskostüm auf seinem alten Blacklock über eine Brücke, die sich merkwürdigerweise in einen schmalen, in die freie Luft hinausragenden Balken verlor – der Gaul mit seiner Ramsnase und dem wolligen Winterhaar war ganz bewunderungswürdig getroffen – er aber jagte ihm die Sporen in die Weichen und streckte die rechte Hand in die Luft. Auf dem äußersten Ende des Balkens aber eine rollende Kugel, darüber schwebte Elsbeth, in einer, hm, etwas leichten Gewandung, und wandte grüßend den Kopf nach ihm. So weit fand er das Bild ganz nett, und, wo dem Maler seine stille Verehrung für Elsbeth ja nicht verborgen geblieben war, als Abschiedsgeschenk sehr sinnig. Nur, was sollte es bedeuten, daß Klein-Fränze sich mitten zwischen ihnen beiden auf die Brücke geworfen hatte, gerade vor die Füße von Blacklock, und das Gesicht angstvoll nach oben gewandt? Sollte das heißen, sie wäre seiner Verbindung mit Elsbeth nicht günstig gesinnt, suchte sie womöglich zu verhindern? Nach der unfreundlichen Behandlung in den letzten vierzehn Tagen fühlte er sich fast versucht, dem Maler recht zu geben!

Das Merkwürdigste aber war die Unterschrift: »Mancher sieht den Wald vor lauter Bäumen nicht! Herzlichen Gruß, mein lieber langer Freund Hans Heinrich, und das Original hängt in der Berliner Nationalgalerie. Fahren Sie aber nicht nach dort, sondern reiten Sie nach Groß-Lipinsken. Gehorsamsten Handkuß an Ihre verehrte Frau Mama, die Ihnen das Bild vielleicht erklären kann, Hans Haffner.«

Da schüttelte Hans Heinrich den Kopf: »verrückt, total verrückt,« und weil die Kammerjungfer zum zweiten Male auf der Freitreppe erschien, begab er sich mit einigen langen Schritten
in das Frühstückszimmer, denn seine Mutter wartete nicht gern. ...Nach den üblichen Fragen,
wie sie die Nacht verbracht hätte und sich am Morgen fühlte, erstattete er kurzen Bericht über
den unerfreulichen gestrigen Abend und holte das Bild hervor, denn die Neugierde nach des
Rätsels Lösung ließ ihm keine Ruhe. Der Maler hatte ja geschrieben: »Ihre Frau Mama wird
Ihnen das Bild erklären können.«...

Und die alte Dame im Rollstuhl betrachtete es lange. Sie hob die schmale Hand, zum Zeichen, daß Kammerjungfer und Diener sich zurückziehen sollten, dann sagte sie leise: »Dieser
Herr Haffner ist ein großer Künstler und dein wohlmeinender Freund. Noch mehr sogar, mein
Junge, dein Wohltäter. Und rührend finde ich's, wie zartfühlend er dir seinen Rat erteilt hat,
nicht mit plumpen Worten, und doch so deutlich!« Und als Hans Heinrich mit dem Kopfe
schüttelte, fragte sie verwundert: »Ja, Junge, bist du denn niemals in der Nationalgalerie gewesen?«

»Ne, Mamachen. Immer nur auf 'n Sprung in Berlin, und dann Bilder besehen? Vormittags
Sitzung im Zirkus Busch, dann Frühschoppen, Mittagessen, Kommissionsberatung, Theater
oder Wintergarten, trallala, woher die Zeit nehmen und nicht stehlen?«

»Na, dann hör, mein Junge! Das ist eine Nachbildung der ›Jagd nach dem Glück‹ von Hen-
neberg, und der Maler will dir damit einen Wink geben, wo dein wahres Glück zu suchen ist!«

»Wie soll er denn das wissen, Mama?« Und er zuckte ordentlich mißachtend mit den Schultern.

»Na, na, mein Junge, Künstleraugen sehen manchmal viel, viel schärfer, als wir gewöhnliche
Sterbliche es uns träumen lassen! Und eine Frage: Wie stehst du eigentlich mit Fränzchen?«

»Na, bis vor zirka vierzehn Tagen glänzend! *En bon camerade*, und überhaupt ganz dicke und
turmhohe Freundschaft, fehlen nur die Telegramme und die Umarmungen bei Ankunft und Abschied, sonst genau wie bei Monarchenbegegnungen! In neuerer Zeit aber ist eine Abkühlung
eingetreten, fast könnte man sagen, direkter Wetterumschlag, sie behandelt mich ohne jeden er-
sichtlichen Grund miserabel!« Und er erzählte genau, wie Klein-Fränze ihm am gestrigen Abend
zunächst » *La Paloma*« abgeschlagen, dann aber mit dem Ekel von Wisotzkis Hauslehrer, diesem
blonden Schmachtlappen, lauter ärgerliche Sachen gespielt hätte, Wagner und dergleichen.

»So so,« sagte die alte Dame, »na, dann reit nur ruhig in die Wirtschaft. Nachmittags aber
laß anspannen und mir Tante Lieschen auf eine Tasse Kaffee herüberholen.«

Hans Heinrich stand auf.

»Mama, mir ist so allmählich aufgegangen, was du denkst. Aber, jetzt mal ganz im Ernst
gesprochen, du glaubst doch nicht etwa...«

Die alte Dame lächelte und hob die Hand.

»Mein Sohn, in diesen Dingen glaub' ich gar nichts! Dazu bin ich zu alt! Aber jetzt laß mich
mal eine Weile allein und für dich nachdenken. Reit du nur ruhig in deine Wirtschaft! Mich
hat das Bild da ein bißchen angegriffen, wenn du zurückkommst, können wir ja weiterreden!«

Da küßte Hans Heinrich seiner Mutter die schmale Hand, ging gehorsam auf die Freitreppe
hinaus, vor der sein alter Blacklock mit hängendem Zaum geduldig wartend stand. Und erst,
nachdem er eine ganze Weile lang in gestrecktem Galopp durch die Felder geritten war – eigentlich ziellos, wie er sich eingestehen mußte – fand er die Worte wieder, die er hatte sprechen
wollen, als ihn seine Mutter unterbrach: »Mutter, du glaubst doch nicht etwa, jemand, der die
Elsbeth heiraten will, könnte sich in die unbedeutende kleine Fränze verlieben?« Nur eins störte
ihn dabei, daß er bei diesem Gedanken den zornigen Wunsch verspürte, nach Groß-Lipinsken
zu reiten und den musikalischen Hauslehrer so lange am Schlafittchen zu beuteln, bis er sagte:
Lassen Sie's schon gut sein, Herr von Mechow, und ich will es bei Gott dem Allmächtigen
nicht mehr wiedertun! Natürlich nur, so sagte er sich, weil ihm eine solche Schwägerschaft
wenig behagt hätte, und weil er als zukünftiges Familienoberhaupt doch dafür sorgen mußte,
daß das unerfahrene kleine Tierchen sich nicht so weit unter seinem Stand verplemperte! ...

Aber auch dem Professor, wenn er ihn in greifbarer Nähe gehabt hätte, wäre es schlecht ergangen! Wie kam dieser Mensch dazu, sich in Dinge zu mischen, die ihn nichts angingen? Wenn dieses dumme Bild da nicht dazwischen gekommen wäre, hätte er seiner alten Mutter jetzt schon längst seinen Wunsch vorgetragen, und heute mittag wäre die Entscheidung dagewesen! So aber gab es nur einen höchst überflüssigen Aufenthalt, Beratungen mit Tante Lieschen, die zu nichts führen konnten, weil die Gute doch nicht mehr den geringsten Einfluß besaß, und Erörterungen, ob er nicht wider besseres Wissen eigentlich in die kleine Fränze verliebt wäre! ... Und er schlug sich vor innerem Zorn mit der geballten Faust auf den Schenkel, daß der alte Blacklock, dem er ein paar hundert Schritte ruhigen Paßganges vergönnt hatte, einen Schreck kriegte und in seinen stuckernden Halbtrab verfiel. Mit seiner Mutter sprach er doch geläufig, brauchte sich nicht zu genieren, wenn ihm mal das passende Wort für einen Gedanken fehlte, also weshalb hatte er da vorhin geschwiegen, als sie ihm mit dem vielsagenden Lächeln die Rede abschnitt? Und gleich auf der Stelle wollte er umkehren, ihr alles auseinandersetzen, was er sich auf seinem Ritte durch die Felder überlegt hatte, aber sicherlich saß sie nach der gehabten Aufregung jetzt im verdunkelten Zimmer, hatte ihre Migräne, und die Kammerjungfer mußte ihr den armen, schmerzenden Kopf halten, bis der Anfall so langsam vorüberging. Da wäre es eine unverzeihliche Roheit gewesen, sie von neuem aufzuregen, denn seinetwegen hatte die Mutter sich das quälende Leiden ja nur zugezogen. Damals, als er nach dem Sturz beim Allenberger landwirtschaftlichen Rennen für tot heimgebracht wurde, hatte es angefangen...

Aber wer war an diesem ärgerlichen Zwischenfall schuld? Nur dieser vertrackte Maler! Sicherlich hatte er sich auch bei Elsbeth in ähnlicher Weise mißliebig gemacht, ihr womöglich – er konnte den Gedanken, der ihm plötzlich aufstieg, kaum zu Ende denken – genau das gleiche Bild gezeichnet wie ihm...

Ihm wurde so heiß, daß er den Rockkragen aufreißen mußte. Das war natürlich das Ende! Wenn sie sich auch einbildete, er wäre eigentlich in die kleine Fränze verliebt. ...Und je mehr er grübelte, desto klarer wurde ihm, daß der Maler ihnen beiden dasselbe Bild gewidmet hatte. Den Laufpaß hatte sie ihm gegeben, weil er sich erfrecht hatte, sie in einem Kostüm zu zeichnen, das man kaum noch als »mythologisch« bezeichnen konnte, denn, soweit er sich aus seiner Schulzeit erinnerte, waren selbst die Göttinnen Griechenlands nicht so tief dekolletiert gegangen – ihm selbst war es peinlich, sich Elsbeth, die Stolze, in einer solchen Gewandung zu denken! Und er war doch ein aufgeklärter Mensch, der was vom Leben kannte: Hatte sein Jahr bei den Gumbinner Ulanen abgedient, danach vier Semester Landwirtschaft studiert mit gleichzeitigem Aktivsein bei den Königsberger Balten, einem Korps, bei dem stramm gefochten, flott kommersiert, nach den inoffiziellen Kneipen aber just nicht Trübsal geblasen wurde. Ganz abgesehen von den herrlichen Sonntagnachmittagen, an denen man *in corpore* und Farben erst den Renommierbummel auf die »Hufen« machte, sich von den jungen Mädchen bewundern ließ, um spät abends, in der »Dohle« natürlich, die nachmittags angesponnenen zarten Fädchen weiter zu drehen! Also, er kannte schon wirklich was vom Leben, und wie er sich jetzt den vergangenen Abend deutete, war es folgendermaßen zugegangen: Erst hatte Elsbeth sich über das unpassende Kostüm geärgert, dann aber war sie hinter die eigentliche Bedeutung des Bildes gekommen, und die ungewohnt liebenswürdigen Fragen waren gewissermaßen Fühlhörner gewesen, die sie ausstreckte, um sich zu vergewissern, ob dieser Maler doch nicht vielleicht recht hätte. Na, und da ihm im entscheidenden Moment natürlich wieder einmal die passenden Worte fehlten, er sich erst überhören mußte, um die so selbstverständliche Einladung herauszubringen, hatte sie die irrtümliche Schlußfolgerung gezogen, und das Erscheinen des Verwalters Wisotzki war ihr nur ein willkommener Vorwand gewesen, ihre Enttäuschung zu verbergen. So und nicht anders war es gewesen! Und jetzt wunderte es ihn auch gar nicht, daß sie ihm beim Abschied nur so lässig mit der Hand zugewinkt hatte. Ein junges Mädchen, dem man fast ein Jahr lang offensichtlich seine Huldigungen dargebracht hat, wird durch einen nichtsnutzigen Maler mit einem Male auf die Idee gebracht, das alles gilt nicht dir, sondern deiner Schwester! ... Der Mechower Hans Heinrich »schustert« sich bei dir nur, gewissermaßen, damit du als Familienoberhaupt nicht nein sagen sollst, wenn er um deine jüngere Schwester werben kommt;

sie sah sich mit ihren zweiundzwanzig Jahren sozusagen in der wenig erfreulichen Rolle einer Schwiegermama, der ein junger Mann, auf den sie selbst ein Auge geworfen hatte, der Tochter wegen mit liebenswürdigem und falsch gedeutetem Wurf nach der Speckseite den Hof machte! Dabei, wie es in dem seligen, einem auf der Prima durch die viele Syntax fast verekelten Horaz hieß: *Mater pulchrior filia?* ...

Aber dieses Mißverständnis sollte bald aufgeklärt werden! Noch war nach Filuscheks Aussage der Maler im Ländchen, und nötigenfalls transportierte er ihn mit Gewalt nach Groß-Lipinsken zurück, um dort die erforderlichen Aufklärungen zu geben: Ich hab' mir unter dem Bild nichts weiter gedacht, mir nur einen höchst unziemlichen Scherz erlaubt! ...

Unter Männern genierte er sich ja nicht, da fehlten ihm auch nicht im Ernstfälle die passenden Worte. Und – in der Wirtschaft war ohnedies nicht viel los, alles ging nach der ersten Anstellung am frühen Morgen seinen geregelten Gang – nach dem Bahnhof Ostrokollen waren es im schlanken Trab kaum fünfundzwanzig Minuten, dort aber oder irgendwo in der Umgebung mußte der Missetäter anzutreffen sein! Also gab er seinem alten Blacklock links die Hilfe, ließ ihn wieder in Galopp übergehen und wandte im langen Bogen querfeldein nach der Ostrokoller Landstraße, denn jähe Wendungen auf der Hinterhand vortrug der Gaul, der schon seinen Vater getragen hatte, nicht mehr. Er selbst aber hatte nach dem Sturze damals seiner Mutter in die Hand schwören müssen, nie mehr auf ein junges Pferd zu steigen ...

*

»Den Malprofessor, Herr Baron,« sagte der geschäftige Bahnhofswirt, »nein, den hab' ich selbst nicht gesehen. Erst hat der Filuschek – Sie wissen doch, Herr Baron, der jüngste Jung' von der alten Olschewskin – allerhand Mappen gebracht, gerade war ich mit meiner Frau dabei, die Bilderchen zu besehen – unsereins, wo zehn Jahre in Königsberg gewesen is als Zimmerkellner im Deutschen Haus und später als Zapfer bei Domscheit und hat immer die Kunstausstellungen im Moskowitersaal mitgemacht, also man traut sich schon ein Urteil zu über Kunstmalerei und so was. Dafür, daß es einem später schlecht gegangen, daß man auf so 'ner armsel'gen Bahnhofswirtschaft gestrandet is, kann man doch nichts – immer noch die ›Fahne der Wissenschaft‹, wie die Herren von der Baltia sagten, und, liebes Gottchen, was hab' ich gerade die Herren immer so gern bedient ...«

»Na, schon Schluß, Schluß,« sagte Hans Heinrich ungeduldig.

»Bin ja schon auf dem besten Wege, Herr Baron,« erwiderte Herr Pokroppa freundlich, »und entschuldigen Sie, auf 'nem Sekundärbahnhof, und es gehen gerade keine Blitzzüge ab, also da nimmt man es mit der Schnelligkeit nicht so genau. Und, pardong, wo waren wir doch gleich stehen geblieben?«

»Bei den Mappen des Herrn Haffner.«

»Richtig, Herr Baron, und wegen der Vergeßlichkeit bin ich auch bloß so weit gekommen, indem ich nämlich mit dem Herrn Domscheit in Streit geriet wegen lumpigen sechs Achtelchen Münchener, und das gab nachher eine Gerichtsverhandlung so mit Geisteszustand und dergleichen, und ich kam natürlich frei, aber ich seh' schon, Herr Baron, heut haben Sie keine Zeit, also meine Frau und ich besehen die Mappen! Gerade sag' ich: Siehst du, Mutter, dieser sogenannte Malprofessor is auch einer von diesen gemeinen Naturalisten, wo jetzt so viel in der Zeitung dagegen geschrieben wird. Statt die Fohlen so recht schön und anmutig zu malen, zeichnet er jeden Fehler, daß man bei seiner Bekanntschaft mit der Groß-Lipinsker Fohlenkoppel sofort den ›Berserker‹ 'rauserkennt mit dem zu langen Hals, die ›Irmgard‹ mit der Anlage zum Kronentritt, und in Wirklichkeit is einem das gar nich so aufgefallen! Also, ich will sagen, eine solche Kunst is doch sehr verwerflich, nich wahr, Mutter? Und da kommt auf eins der Woytek aus Klein-Lipinsken vorgefahren, sagt, er soll dem Maler seine Sachen abholen! Ich zu ihm: ›Mensch, is das auch kein Irrtum, du gehörst doch nach *Klein*-Lipinsken?‹ Er aber darauf: ›Tak, tat, Panie Pokroppa, und Maler, was früher is gewesen in *Groß*-Lipinsken, hat erst Kaffee getrunken, dann aber Herr Baron hat gesagt, er soll dableiben für zwei Jahre!‹ Ladet die Mappen auf und fährt fort, jetzt vielleicht vor 'ner Viertelstunde! Ich aber kann mich noch gar nich davon erholen: Ein Mensch, der es sich ein Jahr lang in Groß-Lipinsken hat gut schmecken lassen, und dann geht er mit einem Mal in das feindliche Lager über! Da steckt doch was dahinter, Herr Baron, sag' ich mir, und paß auf, Mutter, hab' ich zu meiner Frau gesagt, wir werden hier noch allerhand Sachen erleben, wovon die Welt sich nichts träumen läßt! Hab' ich nicht recht, Herr Baron?«

»Möglich,« sagte Hans Heinrich, denn auch ihm kam dieser Schritt des Malers ganz unbegreiflich vor, und im Augenblick wußte er nichts weiter dazu zu bemerken. Hans Haffner im Lager des Erbfeindes? Dahin konnte er ihm natürlich nicht nachreiten, obwohl er für seine Person mit dem Klein-Lipinsker nicht gerade feindlich stand; nur als zukünftiger Herr von Groß-Lipinsken hatte man eben gewisse Rücksichten zu nehmen! Als er aber bei dem Heimritte ganz unwillkürlich in den nach den Lipinsker Wiesen führenden Weg einbog – um diese Zeit pflegte nämlich Elsbeth schon längst bei den Erdarbeitern am »Dokumentengraben« zu halten – stellte sich ihm für das Verhalten des Malers, den er bislang für einen anständigen Menschen gehalten hatte, endlich die richtige Erklärung ein. Solchen Leuten, die aus dem Dunkeln kamen und wegen ihrer Künstlerschaft eine Art von Ausnahmestellung in der Gesellschaft einnahmen, war eben nie ganz zu trauen. Eine Zeitlang hielten sie sich auf dem Niveau, betrugen sich ganz stubenrein, und mit einem Male kam der gewesene Schneidergesell heraus! Da verübten sie dann solche zeichnerischen Pamphlete, weil sie wegen übermäßiger Verwöhnung den Maßstab verloren hatten, fuhren von dannen und lachten sich ins Fäustchen, daß sie an der Stelle, wo sie fast ein Jahr lang Wohltaten erfuhren, alles so recht durcheinandergebracht hatten!... Ihn und die kleine Fränze zusammenbringen, wie töricht und albern! Aber aus der Sphäre des geschmacklosen Scherzes erhob sich ein solches Beginnen in das Bereich des groben Unfugs, wenn Elsbeth die gleiche Zeichnung erhalten hatte. Und das wollte er durch eine geschickte Fragestellung an der entscheidenden Stelle bald herausbekommen, um dann natürlich mit einigen passenden Worten den frivolen Maler gänzlich *ad absurdum* zu führen. Fehlte nur, daß er diese »entscheidende Stelle« auch möglichst bald antraf, ehe sich bei ihr die Nachwirkungen des Bildes so festgesetzt hatten, daß ihr der einmal gehabte Eindruck nicht mehr auszureden war!

*

Und das Glück war ihm günstig. Schon von weitem sah er Elsbeth auf ihrem hochbeinigen Schweißfuchs hinter der Kolonne der Erdarbeiter halten, eine Karte in den Händen, neben ihr aber den alten Förster Ahrens und den Verwalter Wisotzki, die heftig gestikulierten und aufeinander einzureden schienen. Da setzte er seinem alten Blacklock die Sporen ein, nahm die letzten fünfhundert Schritte über die Wiese im Kurzgalopp, denn die Ansprache, mit der er sein Erscheinen zu entschuldigen gedachte, hatte er so oft memoriert, daß er sie fehlerfrei hersagen konnte. »Guten Tag, Elsbeth, und wenn Sie sich vielleicht wundern sollten, mich hier zu sehen: Ich hatte zufällig in Ostrokollen zu tun und da erfuhr ich, denken Sie sich bloß, daß der Maler, dem Sie gestern den Laufpaß gegeben haben, sozusagen mit klingendem Spiel in das feindliche Lager übergegangen ist!« Danach aber ergab sich das übrige ganz von selbst. Sie mußte doch irgend etwas antworten, und dann gedachte er mit einem geschickten Übergänge auf die taktlose Zeichnung zu kommen...

Aber, wie so oft im Leben, es kam wieder einmal anders. Elsbeth rief ihn schon von weitem an, ritt ihm ein Stück entgegen und ließ ihn gar nicht zu Worte kommen.

»Guten Tag, Hans Heinrich, und da, bitte, sehen Sie mal her, was die beiden Herren ›Sachverständigen‹ geschafft haben! Die ganze Arbeit ist umsonst.«

Wieso? wollte Hans Heinrich fragen, aber der Förster und der Verwalter, die ihrer jungen Herrin gefolgt waren, redeten fast gleichzeitig auf ihn ein. Der alte Ahrens, er hätte die Linie nach der Konstellation von Halbmond und Morgenstern über dem Ostrokoller Kirchturm ganz genau auf der Karte eingetragen, während der Graben mindestens zweihundert Meter zu weit nach Süden gelegt worden wäre, so daß er im ungünstigsten Falle nicht einmal zu Drainagezwecken gebraucht werden könnte; und der Verwalter verteidigte sich, er hätte ebenso genau nach den ihm gemachten Angaben gearbeitet, beide aber verlangten von ihm die Entscheidung, wer nun eigentlich recht hätte. Da jedoch diese Entscheidung im Augenblick nicht so leicht zu treffen war, denn weder Mond noch Morgenstern standen am Himmel, nur der schlanke Kirchturm mit dem runden Knauf ragte am Horizont in die Höhe, so beschränkte Hans Heinrich sich auf einige Bemerkungen allgemeiner Natur. Für die Drainage müßte ein genaues Nivellement vorgenommen werden, wenn's aber nur um die Lade mit dem Dokumente ginge, müßte man eben noch ein Ende weiter graben. Und weshalb man eigentlich die Nachforschungen nach dem Hufschmied Martschinowski nicht fortsetzte, denn das wäre doch die einfachste Lösung. Mit diesen Ausführungen aber hatte er es keinem von allen dreien recht gemacht. Die beiden Beamten versicherten, es wäre alles mögliche versucht worden, des so spurlos Verschwundenen habhaft zu werden, und bekamen es auch darüber von neuem mit dem Zanken, Elsbeth aber zuckte nur mit den Achseln, »wenn das Ihre ganze Weisheit ist, Hans Heinrich?!« ritt an die Spitze der Arbeiter, hielt dort unbeweglich und sah gespannt zu, wie Fußbreit um Fußbreit des weichen Wiesenbodens ausgehoben wurde, gleich als könnte sie den Spatenstich, der endlich auf die gesuchte Lade stoßen mußte, gar nicht erwarten...

Da ritt er ihr nach, und noch nie war sie ihm so schön vorgekommen als jetzt in diesem Augenblick. So recht als eine Herrin hielt sie aus dem edlen Trakehner, den Hut mit dem leicht vom Winde bewegten Schleier auf dem vollen braunen Haar, die schlanken Glieder in dem knappen Reitkleide und auf dem gegen früher etwas schärfer gewordenen, feingeschnittenen Gesicht eine fast leidenschaftliche Spannung. ... Da hätte er ihr so gern gesagt: »Geh, Mädel, sorg dich doch nicht so um dieses vertrackte Dokument, Mechowen hat mit Gottes Hilfe auch an zehntausend preußische Morgen, und wenn du dort erst die Herrin bist, kannst du schließlich und im schlimmsten Falle den Verlust von Lipinsken verschmerzen,« aber, wie immer in Elsbeths Gegenwart, er kriegte die Worte nicht zusammen, und die Gedanken konnte sie ihm leider nicht von der Stirn ablesen.

Elsbeth wandte flüchtig den Kopf nach ihm.

»Sie sind noch da, Hans Heinrich?«

»Ja,« sagte er und gedachte nun anzufangen, wie er sich's vorhin überdacht hatte, Elsbeths wenig freundliche Frage brachte ihn aber aus dem Konzept, so daß er die Einleitung vergaß und mitten in die Sache hineinsprang: »Ja, nämlich, was mich eigentlich hergeführt hat, die ‹Jagd nach dem Glück›. Und kennen Sie das Original, Elsbeth? Es soll in der Berliner Nationalgalerie hängen.«

Sie sah ihn an, als zweifelte sie an seinem Verstande. Der verwunderte Blick machte ihn aber ganz konfus, und er wußte nichts weiter hervorzubringen als: »Ja, eigentlich wollte ich sagen, daß Sie gestern abend ganz recht hatten, als Sie den Professor vor die Tür setzten. Wer so unpassende Bilder malt, nicht wahr, dem gehörte es eigentlich...«

Elsbeth ließ ihn nicht ausreden. Sie war mit einem Male ganz dunkelrot geworden, denn sie dachte natürlich an eine andere Freveltat Hans Haffners: das Bild, auf dem sie sich über das Antlitz des Klein-Lipinskers mit einem Kusse neigte...

»Was wissen Sie davon? Hat Tante Amalie es Ihnen etwa auch gezeigt?«

Und gerade wollte er verwundert fragen, was Tante Amalie mit der ganzen Geschichte zu tun hätte, als Elsbeth plötzlich die Zügel in der Linken versammelte, sich vornüber neigte und ihrem Schweißfuchs den Sporn einsetzte, daß er sich aus dem Stand hoch aufbäumte, um dann in gestrecktem Galopp davonzuschießen, daß das Wasser in den Wiesenlachen unter seinen Hufen spritzte. Da sah er ihr kopfschüttelnd nach, denn diese plötzliche Flucht erschien ihm unbegreiflich, selbst wenn er, wie er sich jetzt sagen mußte, die Sache nicht gerade mit diplomatischem Geschick behandelt hatte. Und eine Weile lang grübelte er noch darüber, weshalb Elsbeth so ohne jeden Grund vor einer weiteren Erörterung des Falles ausgerissen sein mochte, dann aber gab er es auf. Er hatte an dem einen Morgen mehr gedacht, als sonst in Wochen, und der Kopf tat ihm weh. Also war es am besten, er gehorchte der Mutter und bat Tante Lieschen, am Nachmittag auf eine Tasse Kaffee nach Mechowen zu kommen. Da mochten die beiden alten Damen zusehen, wie sie mit diesen Frauenzimmergeschichten fertig wurden. Er aber konnte hinterher ja noch immer sagen: Was ihr da miteinander bekunkelt habt, paßt mir nicht, oder ich bin meinetwegen damit einverstanden, je nachdem...

Nur ein verquerer Gedanke schoß ihm noch durch den Kopf, als er längst schon gemächlich auf dem Wege nach Groß-Lipinsken dahinritt, und beunruhigte ihn eine Weile lang, wie eine hartnäckige Bremse seinen alten Blacklock: Wie, wenn die Zeichnung des Malers nicht so, wie bisher geschehen, sondern umgekehrt aufzufassen wäre? Nicht, daß er sich unbewußtermaßen in die kleine Fränze verliebt haben sollte, sondern umgekehrt, sie in ihn? Er aber hätte es nur nicht gemerkt? ...Da sagte er ganz laut »Unsinn« vor sich hin, denn er verstand sich doch schließlich auch auf Mädchenherzen. Wenn sie sich etwas aus ihm machte, hätte sie gestern abend seine Bitte erfüllt und die Paloma gespielt! Aber es war ganz gut, daß er auf den Gedanken gekommen war. Wenn er jetzt Tante Lieschen die Einladung überbrachte, konnte er sie zugleich bitten, auf diesen Wisotzkischen Hauslehrer ein wachsames Auge zu haben. Womit natürlich nicht ausgeschlossen war, daß er ihn sich bei passender Gelegenheit auch einmal selbst vorband: »Sie, Bejammernswertester aller Sterblichen, versetzen Sie mich als Fränzes zukünftigen nächsten Anverwandten nicht in die Lage, Ihnen beim Vierhändigspielen den Takt schlagen zu müssen!«

Fünftes Kapitel

Die Entscheidung des Kammergerichts war gefallen, zwar noch nicht die unwiderrufliche und letzte, die da besagte, du hast recht und du unrecht, sondern vorerst nur eine Verfügung, aus der aber doch die Stellung des obersten Gerichtshofes hervorging, und jeder Einsichtige mußte sich sagen, daß das Zünglein der Wage sich stark auf die dem Klein-Lipinsker günstige Seite zu neigen begann. In der Verfügung hieß es nämlich, dem Antrage des Klägers Baron Adalbert von Linde auf Klein-Lipinsken wäre stattzugeben, die Beklagte, Baroneß Elsbeth von Linde auf Groß-Lipinsken hätte binnen Jahresfrist die Urkunde über die Errichtung des Kunkellehens an ordentlicher Gerichtsstelle beizubringen und zu hinterlegen! Was hinterher geschah, wenn nämlich die Beklagte nicht imstande war, binnen Jahresfrist die verlangte Urkunde beizubringen, lag klar auf der Hand. Dann kam nach dieser Vorentscheidung das endgültige Urteil: Verehrte Baroneß Elsbeth, Sie haben sich die Besitznahme von Groß-Lipinsken zu Unrecht angemaßt, also bitte! Und wie die Sachen lagen, bestand nicht die geringste Aussicht, das Dokument in der gegebenen Frist herbeizuschaffen. Der Graben war durch die ganze Wiese getrieben worden, alles mögliche hatte man gefunden, verwitterte Menschengebeine, Steinbeile und Urnenreste, Silbermünzen und rostzerfressene Waffen aus der Ordenszeit, aber von der gesuchten Lade keine Spur. Und es half nichts, daß der Förster Ahrens und der Verwalter Wisotzki sich gegenseitig an dem Mißlingen die Schuld aufzuhalsen versuchten, der Effekt blieb derselbe, der Graben, den man mit so großen Hoffnungen begonnen hatte, war ein nutzloses Werk gewesen!

Gerade am ersten Mai, als die Stiftung der gesuchten Urkunde sich zum achtundneunzigstenmal jähren sollte, war die Nachricht von der Entscheidung des Kammergerichts gekommen. Man saß ganz friedlich beim Mittagessen im Groß-Lipinsker Schlosse, und weil auf Elsbeths dringende Einladung der Ostrokoller Pastor nach der Predigt mit in den Wagen gestiegen war, herrschte sogar eine ganz gemütliche Stimmung an der langen Sonntagstafel, an der nach altem Herkommen die oberen Beamten des Gutshofes mit ihren Angehörigen teilnahmen, denn der stattliche junge Prediger, dem ein paar handfeste Schmisse in der linken Backe saßen – er war ein Corpsbruder des Mechower Hans Heinrich – verstand es, die Unterhaltung nicht ins Stocken geraten zu lassen. Da saßen an der langen Tafel gleich hinter den beiden Tanten Herr und Frau Verwalter Wisotzki mit vier Kindern, der Hauslehrer und zwei Wirtschaftseleven, der Förster Ahrens mit Frau und Tochter und dicht daneben der unverheiratete Inspektor Clausius. Und nachdem der Pastor ernsthaft das Tischgebet gesprochen hatte, fand er für jeden ein freundliches Wort, das dessen eigenste Interessen berührte, ignorierte nur den Hauslehrer der Wisotzkischen Kinder, der sich inmitten seiner Zöglinge, denen er beim Essen etliche Winke erteilen mußte, ohnedies unglücklich genug vorkam, mit der jungen Schloßherrin aber machte er gewandt Konversation, sprach mit ihr über die neuen, in den Familienzeitschriften erscheinenden Romane – er erhielt die betreffenden Journale, wenn sie im Schlosse gelesen waren – und stabilierte mit überzeugenden Gründen, wie seiner Ansicht nach das Schicksal der jeweils Liebenden ausgehen müßte. Und gerade setzte der alte Diener Friedrich vor ihm die riesenhafte Kalbskeule nieder, damit er sie als Ersatzmann des noch immer fehlenden Hausherrn kunstgerecht transchierte, als draußen an der Freitreppe ein Wagen vorfuhr. Der Justizrat Kersten mit der großen schwarzen Aktenmappe unter dem Arm!

Da wurde natürlich der Kalbsbraten kalt, und die gemütliche Stimmung verflog, trotzdem der alte Justizrat, dem ein Kuvert zwischen den beiden Tanten eingeschoben worden war, nach Mitteilung der Vorentscheidung mehr als einmal versicherte, daß damit für den endgültigen Ausgang des Prozesses noch nicht viel besagt sei. Erst einmal brauchte man ja die Hoffnung nicht aufzugeben, das Dokument doch noch wiederzufinden, zweitens aber hätte er ja auch noch eine Anzahl zugkräftiger Beweisanträge in der Tasche, mit denen er bisher nur aus dem Grunde nicht hervorgetreten wäre, weil sie gewissermaßen ein halbes Eingeständnis dafür bedeutet hätten, daß die Klein-Lipinsker Ansprüche nicht *a limine* abzuweisen, sondern bis zu einem gewissen Grade diskutabel wären; seine eigne Zeugenvernehmung über die letzten Dispositionen des verewigten Vaters von Baroneß Elsbeth, und wie derselbe trotz des stattgefundenen Diebstahls es abgelehnt hätte, im Bewußtsein seines guten Rechts bei dem zuständigen Landgerichte in Allenberg eine Neuausfertigung der gestohlenen Urkunde zu beantragen...

So sprach der alte Justizrat beschwichtigende Worte, aber jeder an der langen Tafel fühlte, der Prozeß war verloren! Baroneß Elsbeth saß schweigend und mit zusammengezogenen Augenbrauen da, und nur für einen Augenblick lang gab es noch ein Aufflackern der gemütlichen Stimmung, als nämlich der alte Förster Ahrens in das allgemeine Schweigen die bekümmerten Worte sprach: »Ich hab' es mir schon immer gedacht. Wenn ein Gericht so weit weg ist, wie dies Berliner Kammergericht, kann man dem Frieden nie mehr recht trauen!« Eigentlich lachte aber nur Tante Lieschen über diese Bemerkung so recht herzlich, daß das ganze Zimmer schallte, die andern verzogen kaum das Gesicht, und die beiden Wirtschaftslehrlinge, die Tante Lieschens Lachen als das Signal zu einem pflichtgemäßen kurzen Heiterkeitsausbruche angesehen hatten, erhielten von ihrem Lehrprinzipal Wisotzki unter dem Tische einen verweisenden Fußtritt; Tante Amalie sagte noch halblaut: »Na ja, Partei Klein-Lipinsken« zu ihrer Schwester, danach verlief das Mittagessen unter allgemeinem Schweigen, fast wie ein Beerdigungsschmaus. Der während des justizrätlichen Vortrags kalt gewordene Kalbsbraten wurde lustlos heruntergegessen, die Enten waren durch das lange Stehen in der Bratröhre saftlos geworden, die süße Speise aber wurde gar nicht aufgetragen, denn die junge Herrin hob plötzlich die Tafel auf und ging mit dem Justizrat Kersten zu ernsthafter Konferenz in ihr Schreibzimmer hinüber. Da erst fingen die Zurückgebliebenen das plötzlich eingetretene Ereignis zu diskutieren an, der Förster und der Verwalter gerieten sich wegen des Dokumentengrabens fast in die Haare, die Verwalterskinder weinten, weil die süße Speise ausgefallen war, Klein-Fränze aber hielt sich die Ohren zu und retirierte auf ihr Zimmer. Und Tante Amalie, die sich nach dieser Vorentscheidung des Kammergerichts schon obdachlos umherirren sah, belegte den Pastor mit Beschlag und setzte ihm auseinander, daß es seine Pflicht als gemeinschaftlicher Seelsorger wäre, einmal nach Klein-Lipinsken hinüberzufahren, um dem dortigen Herrn von Linde gründlich den Kopf zurechtzusetzen. Der Mensch *müßte* doch einsehen, daß er im Unrecht wäre, und um den Pastor, der zu der ihm aufgetragenen, in seiner annoch immer unbestätigten Stellung recht peinlichen Mission nur »hm« gesagt hatte, mit dem gehörigen Rüstzeug zu versehen, hielt sie ihm in aller Eile einen gedrängten Vortrag aus der Lindeschen Familiengeschichte...

Die einzige, die in dem allgemeinen Wirrwarr die Ruhe nicht verlor, war Tante Lieschen. Sie besänftigte die Wisotzkischen Kinder, indem sie versprach, ihnen allein die ganze süße Speise im Garten servieren zu lassen, entließ die beiden betreten dastehenden Wirtschaftseleven mit einer freundlichen Vertröstung auf den nächsten Sonntag, die beiden Kampfhähne aber, den Förster und den Verwalter, denen mittlerweile auch ihre Frauen zu Hilfe gekommen waren, trennte sie kurzerhand. Dirigierte jeden in eine andre Ecke des großen Speisezimmers und hieß ihn dort unter Verabreichung einer Zigarre nachdenken, was wohl Neues zur Herbeischaffung der Urkunde unternommen werden könnte, statt sich nutzlos über abgetane Dinge zu streiten. Um die jüngste Försterstochter und den Inspektor Clausius aber brauchte sie sich nicht zu sorgen, denn die beiden hatten sich nach längerem Anschmachten eben durch einen Blick verständigt, sich nach unauffälligem Verschwinden draußen im Garten zu treffen, mit den beiden feindlichen Damen aber fing sie ein möglichst neutrales Gespräch an über Wirtschaftssorgen und dergleichen. In Wirklichkeit war jedoch auch Tante Lieschens Ruhe nur eine äußerliche und gekünstelte. Von Zeit zu Zeit sah sie mit einem gespannten Ausdruck nach der Glastür hinüber, die auf die Freitreppe fühlte, und fühlte dann jedesmal nach einem Papier, das ihr in der Rocktasche knisterte...

Seit dem Tage nämlich, an dem der Maler das Haus verlassen hatte, um auf so merkwürdige Weise in Klein-Lipinsken eine Unterkunft zu finden, hatte sie sich auf eine Korrespondenz eingelassen, von der Tante Amalie natürlich keine Ahnung hatte, sonst hätte sie sicherlich Zeter und Hochverrat geschrieen. Heute aber bangte ihr selbst davor, ob die so fröhlich und hoffnungsfreudig, im Verein mit dem Maler angezettelte Verschwörung nicht just das Gegenteil des beabsichtigten Zweckes herbeiführen würde. Und im stillen wünschte sie, dem Justizrat Kersten wäre auf der Herfahrt von Allenberg ein Rad gebrochen oder ein Gaul gestürzt, damit er mit seiner Hiobspost um ein paar Stunden später eingetroffen wäre, denn diese unglückselige Vorentscheidung des Kammergerichts schaffte leider eine ganz veränderte Situation. Wenn, wie ursprünglich geplant, der Klein-Lipinsker Gelegenheit erhalten hätte, sich mit Elsbeth vernünftig auszusprechen, solange das Zünglein der Wage noch deutlich zugunsten der Groß-Lipinsker Seite ausschlug, hätte sie schon dafür gesorgt, daß diese erste Unterredung nicht die letzte geblieben wäre. Elsbeth konnte dann gewissermaßen Großmut üben, dem Gegner, der natürlich nur so tat, als sähe er sein Unrecht ein, verzeihen, na und der unausbleibliche Schluß wäre nach einem halben Dutzend weiterer Besuche des Klein-Lipinskers – die Anlässe dafür hätten sich schon gefunden – die Verlobung gewesen. So aber war beim besten Willen nicht vorauszusehen, wie sie den Besuch des Klein-Lipinskers aufnehmen würde. Wenn sie nach der Vorentscheidung des Kammergerichts sich womöglich einbildete, er käme als Sieger, um ihr irgend einen Vergleichsvorschlag zu diktieren, bekam sie in ihrem unbändigen Stolze es fertig, ihm durch den Verwalter Wisotzki mit einem verletzenden Bescheide die Tür weisen zu lassen … Da wurde Tante Lieschen fast kleinmütig, und wenn es noch angegangen wäre, hätte sie ihren vertrauten Filuschek mit dem Ersuchen nach Klein-Lipinsken geschickt, die für heute nachmittag vier Uhr geplante Dankesvisite auf eine Zeit zu verschieben, bis sich hier in Groß-Lipinsken die Situation ein wenig geklärt hätte … aber es war leider zu spät. Eben holte die alte Standuhr zum Schlagen aus, das Radwerk drehte sich surrend, und die Zeit ging unbarmherzig weiter, gleichgültig ob sie Heil oder Unheil brachte. Eine Minute danach kam Elsbeth mit dem Justizrat aus dem Schreibzimmer, im nächsten Augenblick aber betrat der alte Friedlich von der Freitreppe her das Eßzimmer, grenzenloses Erstaunen auf dem runzligen Gesicht, in der Hand aber eine Visitenkarte …

Tante Lieschen schoß auf ihn los. Um alles in der Welt nur die Unbefangene spielen und sich nicht verraten!

»Na, was gibt's denn, Friedrich?«

Der Alte sah erst unschlüssig zu Elsbeth hinüber, dann flüsterte er: »Nämlich, wo uns doch verboten is, in der Gegenwart von der gnädigen Baroneß den bewußten Namen auszusprechen, also ›er‹ is draußen und läßt fragen, ob er seine Aufwartung machen dürfte.«

»Och ne!« tat Tante Lieschen erstaunt und schlug die Hände zusammen, »is es die Möglichkeit! Und wie kommt denn *der* daher…?« Laut aber sagte sie: »Denk mal bloß an, Elsbeth, wer draußen steht! Herr Adalbert von Linde aus Klein-Lipinsken, und er läßt fragen, ob er sich die Ehre geben darf, dir seine Aufwartung machen zu dürfen!«

Einen Augenblick Totenstille, dann ein Durcheinander wie in einer hitzigen Kaffeeschlacht, über alle andern aber hinweg die schrille Stimme von Tante Amalie: »Elsbeth, ich will hoffen, du denkst daran, was du dir in einem solchen Augenblicke schuldig bist!«

Und Tante Lieschen, die den Charakter ihrer Nichte genau kannte und wußte, daß manchmal mit einem scheinbaren Widerspruch am allermeisten auszurichten war, pflichtete gleißnerisch bei: »Ja, ich finde auch, eine Taktlosigkeit! Und vielleicht ist es am besten, du läßt ihm sagen, für Leute seines Schlages wärst du eben nicht zu sprechen!«

Elsbeth hatte zuerst eine merkwürdige Wendung gemacht, fast hatte es ausgesehen, als wollte sie aus der Stube eilen. Dann aber stand sie regungslos, nur ihre seinen Nasenflügel bebten. Auf alles mögliche war sie gefaßt gewesen, nur nicht auf diesen Besuch! Und was um Gottes willen nur tun, damit niemand von allen Anwesenden, der Klein-Lipinsker am allerwenigsten natürlich, merkte, wie es in ihrem Innersten aussah. …Da war so viel zu überlegen, mehr als eigentlich in ein paar Sekunden Platz hatte, die Begegnung am Lipinsker See, das Bild dieses taktlosen Malers, von dem der Klein-Lipinsker ja sicherlich Kenntnis hatte, und, wer mochte wissen, ob er damals, als sie ihn nach seinem Sturze hegte und pflegte, auch wirklich so ganz bewußtlos gewesen war? …Lange nachdenken aber durfte sie nicht mehr, das fühlte sie deutlich, sonst hätten ihre überreizten Nerven ihr doch einen Streich gespielt, und sie wäre weinend auf ihr Zimmer gelaufen, da kam ihr glücklicherweise Tante Lieschen mit dem rettenden Worte zu Hilfe.

»Ja nämlich, so würd' ich sagen, wenn nicht diese vertrackte Vorentscheidung gekommen wäre! Da könnt' er jetzt am Ende sich einbilden, wir hätten Angst vor ihm, und Feigheit ist doch hier in Groß-Lipinsken noch nie unser Fall gewesen! Nicht wahr, Elsbeth?«

Und »Feigheit« war das richtige Wort gewesen. Elsbeth richtete sich hoch auf und sagte zu Friedrich: »Ich lasse bitten!«

Tante Amalie heuchelte einen kleinen Ohnmachtsanfall, sank mit einem lauten Seufzer »ach Gott, wie wird mir?« auf dem Stuhl zusammen, da aber niemand darauf achtete, hielt sie es für geratener, wieder zu sich zu kommen. Gerade nämlich trat der Klein-Lipinsker durch die Glastür ein, und diesen historischen Augenblick mochte sie doch nicht versäumen.

Wie ein echter Grandseigneur trat er ein, mit seiner über sechs Fuß hohen und doch so ebenmäßigen Figur das Urbild ritterlicher Kraft und Männlichkeit, auf dem offenen Gesicht aber einen seltsam gewinnenden Zug ernsthafter Freundlichkeit. Ohne auf die andern in dem großen Speisezimmer Anwesenden zu achten, trat er auf Elsbeth zu, verneigte sich chevaleresk und sagte: »Verzeih, liebe Cousine, wenn ich nach unsrer letzten Begegnung auf dem Wiesenweg dir erst heute meine Aufwartung mache, ich hatte ein böses Loch im Kopfe und mehrere Brüche auszuheilen, und der Doktor legte mir einen strengen Hofarrest auf. Heute aber hat er mich zum ersten Male freigegeben, und da bin ich hierher geritten, um dir recht aus Herzensgrund für mein bißchen gerettetes Leben zu danken! Durch einen freundlichen Zufall nämlich habe ich erfahren, was du mir aus Zartgefühl hast verheimlichen wollen, also, sei bedankt, liebe Elsbeth, und vergelt's Gott kann ich nicht gut sagen, denn ich möchte dir in einer ähnlichen Situation nicht begegnen. Wer weiß, ob ich dieselbe Geistesgegenwart entwickeln würde wie du!« Bei diesen Worten trat er auf Elsbeth zu und zog mit erneuter Verbeugung ihre Hand an die Lippen.

Sie aber stand wie in einer Erstarrung und ließ es ruhig geschehen. Seine unbefangene Art des Auftretens und, mehr noch, daß er sie so ganz glatt »du« nannte und »liebe Elsbeth«, wie in jenen vergangenen Zeiten, als es noch keine Prozesse gab zwischen Groß- und Klein-Lipinsken, schien ihr ganz die Rede verschlagen zu haben. Sie fühlte, daß sie rot wurde wie ein Pensionsmädchen, und das nahm ihr vollends jede Sicherheit. Und da sie doch irgend etwas erwidern mußte, stotterte sie halb: »Na ja, ohne die andern Leuten so mißliebige Jagdpassion wär' es natürlich nicht gegangen. Aber den Dank muß ich ablehnen, ich habe gewissermaßen instinktiv und ganz ohne Überlegung geschossen!« Als sie mit dem Satze fertig war, hätte sie sich am liebsten wegen der Antwort selbst Ohrfeigen mögen, aber es war nichts mehr zu ändern, die Worte waren heraus und standen da.

Der Klein-Lipinsker stutzte erst eine Sekunde lang, als suchte er in seiner Erinnerung, dann leuchtete es in seinen Augen ordentlich übermütig auf.

»Ich verstehe, liebe Elsbeth, wenn du rechtzeitig erkannt hättest, daß gerade ich von dem durchgegangenen Gaul geschleift wurde, hättest du vielleicht nicht geschossen. An Ansehung unsres Prozesses! Aber leider, es hätte dir nichts geholfen. Ich bin nämlich wie das Ungeheuer, das der selige Herkules in den Sümpfen bekämpfte, die Hydra, nur mit dem Unterschied, daß bei mir selbst der verstorbene Griechenheld nichts ausgerichtet hätte. Hätte ich damals auf dem Wiesenwege das Genick gebrochen, wären hinter mir hundert erbberechtigte Lehnsvettern in die Höhe geschossen, und vielleicht noch mehr, denn von den Lindes, die sich gegenseitig wegen Lipinsken die Kränke wünschen, gibt es fast so viel als preußische Infanterieregimenter. Ich hab' nur das Malheur, daß ich der nächste bin, der nächste am Prozeß und deinem Zorn!« Verneigte sich noch einmal und begrüßte dann mit vollendeter Sicherheit die übrigen Anwesenden. Schüttelte Tante Lieschen mit verstohlenem Augenzwinkern die Hand, Tante Amalie aber machte er ein Kompliment über ihr geradezu glänzendes Aussehen, behauptete, sie müsse irgendwo einen heimlichen Jungbrunnen haben, denn seit ihrer letzten Entrevue vor sechs oder sieben Jahren hätte sie sich nicht verändert.

Elsbeth aber stand neben dem Justizrat Kersten, fühlte, daß sie doch auch irgend etwas sagen müßte, irgend etwas, nur natürlich nichts so Unüberlegtes wie vorhin in der ersten Überraschung, aber so sehr sie auch nachdenken und grübeln mochte, es fiel ihr nichts Gescheites ein, alles, was ihr durch den Kopf schoß, kam ihr banal, albern und abgeschmackt vor. Und wenn es ihr jetzt nicht gelang, denselben unbefangen-leichten Ton zu finden, den er angeschlagen hatte, mußte er doch mit dem Eindrucke scheiden, daß sie ein ausgemachtes Gänschen wäre, oder sich womöglich gar einbilden, seine Gegenwart hätte sie so unbeholfen und verlegen gemacht. Sie biß sich die Unterlippe fast blutig, aber es half nichts, wie ein bleierner Nebel hatte es sich über ihre Gedanken gelegt, und jetzt kam der entscheidende Augenblick, der Klein-Lipinsker hatte seine Begrüßungstour beendigt und trat wieder auf sie zu. Also jetzt mußte sie endlich etwas sprechen, irgend etwas, nur nicht erst abwarten, bis er in seiner fast unerträglichen Sicherheit die Unterhaltung wieder eröffnete. Und weil ihr im Augenblick nichts Besseres einfiel, fragte sie: »Nicht wahr, unser früherer Maler, Herr Haffner, hält sich jetzt in Klein-Lipinsken auf? Wie gefällt es ihm denn dort?« ...Gott sei Dank, es war heraus, gerade nichts Geistreiches, aber eine Frage, bei der es ihr wenigstens gelungen war, die direkte Anrede zu vermeiden. Nicht um alles in der Welt hätte sie es über sich gebracht, ihm das verwandtschaftliche Du zurückzugeben, mit dem er sie begrüßt hatte.

Über das Gesicht des Barons von Linde flog ein warmer Schimmer, als er den Namen des Malers vernahm.

»Hans Haffner, unser Professor? Dank' schön der gütigen Nachfrage, und er wird einen Purzelbaum vor Freude schlagen, daß du so gütig warst, dich seiner zu erinnern. Er trägt schwer an deiner Ungnade, und wenn du einen Menschen glücklich machen willst, Elsbeth, so lad' ihn ein, euch mal abends wieder zu besuchen.« Und als Elsbeth darauf nichts erwiderte, fuhr er eindringlicher fort: »Er verdient es, liebe Cousine, wirklich! Ein ganz herrlicher Mensch, und ich preise den Tag, der ihn mir ins Haus geführt hat. Ohne ihn hätte ich nämlich den Weg hierher nicht gefunden. Aber da das folgende nur uns beide allein angeht, Elsbeth, so möchte ich dich bitten, mir gütigst eine Unterredung unter vier Augen gewähren zu wollen.«

Und es war nicht Verstocktheit oder übler Wille, als Elsbeth diese Bitte rundweg abschlug. Auch daß diese Ablehnung recht hochmütig klang, war nicht ihre Schuld, sie fürchtete sich nur vor dem Alleinsein und daß er dabei Dinge erörtern könnte, deren bloße Berührung ihr schon die helle Scham ins Gesicht trieb. Da richtete sie den Hochmut gewissermaßen als eine Schranke vor sich selbst auf, zugleich aber sagte sie sich, daß er sich doch auch in Gegenwart der andern bei der Erörterung der nur ihnen beiden bekannten Vorkommnisse eine gewisse Zurückhaltung auferlegen müßte. Aus dieser unbeabsichtigt hochmütigen Antwort ergab sich aber leider der so unerfreuliche Ausgang der von Tante Lieschen und dem Maler so geschickt in Szene gesetzten und so verheißungsvoll begonnenen Aktion!...

Der Klein-Lipinsker runzelte ein wenig die Stirn.

»So so, du wüßtest nicht, was wir beide unter vier Augen zu verhandeln hätten ...schade, liebe Cousine, ich eine ganze Menge! Aber sei es denn, ich will's an deiner Empfindlichkeit nicht scheitern lassen. Also, was mir dieser prächtige Mensch und Maler zu Gemüte geführt hat, ist folgendes: Es ist durchaus nicht nötig, daß wir unsern Prozeß zugleich auch in eine unüberbrückbare persönliche Feindschaft ausarten lassen. Es ist sehr gut denkbar, daß wir ihn sozusagen als eine reine Ermittelungssache ansehen, wer von den beiden streitenden Parteien recht hat, du oder die männliche Lehnsvetterschaft der Lindes, als deren Vertreter ich fungieren muß, weil ich eben der nächste dazu bin. Also meine ich, könnten wir das jetzt vom Kammergericht vorgeschriebene Ermittelungsverfahren, ob nämlich die von deiner Seite behauptete Urkunde wirklich existiert, gemeinschaftlich betreiben, und ich glaube, unter meiner Beihilfe dürfte es möglich sein, wenigstens das Behältnis aufzufinden, das diese Urkunde umschließen soll. Wobei ich natürlich von der selbstverständlichen Voraussetzung ausgehe, daß du ebenso gesonnen bist wie ich. Von dir nehme ich an, daß du nicht eine Stunde länger Groß-Lipinsken in deinem Besitze halten würdest, nachdem du erkannt hättest, daß du dir diesen Besitz zu Unrecht zugeschrieben, von mir aber darf ich behaupten, daß ich in derselben Minute noch die Einstellung des Prozesses beantragen würde, in der ich erführe, meine Ansprüche beruhten nur auf leerer Einbildung, ich hätte kein Recht an dieses Haus, in dem ich jetzt noch als dein Gast stehe.« So hatte er aufrecht und männlich gesprochen, nur als er in den Zügen seiner Cousine auch nicht die geringste Spur von Entgegenkommen bemerkte, war er im Tone zum

Schluß unwillkürlich ein wenig schärfer geworden, hatte halb wider Willen an die ihm günstige Vorentscheidung des obersten Gerichtshofes erinnert. Und jetzt stand er hochaufgerichtet da, wartete auf Antwort.

In Elsbeths Brust aber rangen zwei widerstreitende Gefühle miteinander. Das eine trieb sie an, die dargebotene Hand zu ergreifen, und dahinter lockten allerhand törichte Träume aus der Vergangenheit, raunten ihr zu: versöhn dich mit ihm, dann nehmen wir Leben und Gestalt an, und es gibt eine einzige und nimmer aufhörende Glückseligkeit; auf der andern Seite aber stand die Bitternis der schon einmal durchlebten Enttäuschung, den Ausschlag aber gaben seine letzten Worte: Noch als dein Gast! Das sollte doch nichts andres heißen als: in einem kurzen Jahr bin ich hier der Herr und brauche nicht mehr zu bitten, sondern kann befehlen? Da richtete sie sich ebenfalls auf, und um ihre Lippen flog ein herbes, abweisendes Lächeln.

»Ein Jahr ist lang, Herr von Linde, und wer weiß, was es alles bringen kann. Eins aber dürfen Sie glauben: Ich werde nicht den Versuch machen, heimlich nach Klein-Lipinsken zu reiten, um dort nach abhanden gekommenen Dokumenten zu suchen!«

Der Baron von Linde wurde rot bis unter die Haarwurzeln.

»Ich muß es mir gefallen lassen, verehrteste Cousine, denn es ist meine Schuld, ich hätte mit diesem Punkt anfangen müssen. Also ich erkläre jetzt vor dir und allen Anwesenden auf mein Wort als Christ und Edelmann: Dieser Hufschmied Martschinowski ist ohne mein Zutun an mich herangetreten. Ich schickte ihm das Reisegeld, verabredete mich mit ihm und wollte mir den Platz der vergrabenen Truhe erst allein zeigen lassen, um sie dann am nächsten Tage mit dir zusammen zu heben. Daß ich daran verhindert wurde, ist nicht meine Schuld. Aber das muß man mir bedingungslos glauben, auf mein Wort ... einen andern Zeugen hab' ich nicht!« Unwillkürlich war der Ton seiner Stimme weicher geworden, und fast bittend sah es aus, als er jetzt seine Hand ausstreckte.

Lisbeth aber antwortete nicht. Sie wandte sich nur langsam ab. Aber nicht etwa, weil sie ihm nicht glaubte, sondern weil in seiner Stimme so etwas einschmeichelnd Herzliches lag, etwas, wogegen sie sich wehren mußte, damit es ihr nicht die Tränen in die Augen trieb. Und nicht zum letzten, weil sie sich sagte: Wozu sollte diese Versöhnung führen? Nur zu neuen Kämpfen mit sich selbst und dem törichten Ding da in der Brust, das trotz aller strengen Vorsätze und schwerer Eidschwüre noch immer seinen Kopf für sich hatte? Und weshalb ihn erst näher kennen und noch mehr lieben lernen, wo doch dieses »süße blonde Pussel« zwischen ihnen stand, sein Ideal von einer Braut, die sie schon längst, ohne sie je gesehen zu haben oder ihren Namen zu kennen, aus dem tiefsten Grunde ihrer Seele haßte ...

Der Klein-Lipinsker aber richtete sich aus der fast bittenden Stellung wieder hoch auf, und ein spöttisches Lächeln flog über sein Gesicht.

»Schade, ich hatte geglaubt, der Kleinkrieg, so mit gepfändeten Kühen und eingeschlagenen Knechtszähnen, könnte wenigstens aufhören. Aber es scheint, mein lieber Freund Hans Haffner ist ein Phantast. Er überschätzt dich, liebe Cousine, und ich habe mich von ihm leider Gottes anstecken lassen!« Sprach's, verneigte sich kurz, schritt auf die Freitreppe hinaus und schwang sich in den Sattel. Der Reitknecht, der den Gaul gehalten hatte, bekam einen blanken Taler zugeworfen und wunderte sich nicht wenig, daß der Klein-Lipinsker Herr, der bei der Ankunft ihn mit einem Scherzwort begrüßt hatte, jetzt mit finsterm Gesicht von dannen ritt, die Lindenallee entlang jagte, daß auf dem holprigen Steinpflaster die Funken unter den Eisen spritzten ...

Hans Haffner, der trotz des Sonntags eifrig beim Malen war, wandte den Kopf nach der Tür des Klein-Lipinsker Ahnensaals, in dem sein neuer Mäcen ihm ein geräumiges Atelier eingerichtet hatte.

»Na, Adalbert, schon zurück« – in der Zwischenzeit nämlich, an einem Abend mit reichlichem Grog und besonders herzlicher Aussprache, so über dieses und jenes, hatte der Klein-Lipinsker ihm Schmollis angetragen – »und was hat es gegeben?«

Der Baron von Linde warf Reithandschuhe und Peitsche auf eine alte Eichentruhe an der langen Wand, ließ sich in einen Sessel fallen und streckte mißmutig die Beine von sich.

»Was wird es gegeben haben! Essig! Und total verfehlte Invite!«

»Wieso? Hat sie dich nicht angenommen?«

»O ja, gewiß! Aber nur, um mich hinterher um so eklatanter an die Luft zu setzen!«

»Schade,« sagte der Maler und wischte die ölfarbenbekleckste Hand – zuweilen nämlich malte er mit dem Daumen – an dem leinenen Kittel ab, um sich den Kopf zu Katzen. »Und ich horchte schon immer nach dem Telephon, ob es nicht endlich heißen würde: ›Bim, bim, bim, hier Tante Lieschen. Und, Professor, marsch in das Samtjackettlein, in einer halben Stunde wird Kaffee getrunken. Aber bringen Sie Ihre Gitarre mit, gegen Abend könnte es möglicherweise eine Verlobung geben!‹«

Adalbert von Linde sagte nur »Phantast« und steckte sich eine Zigarre an. Danach aber stellte er sich vor das Bild, um nachzusehen, ob der Maler während seiner Abwesenheit auch fleißig gewesen wäre, aber in seinem Betrachten lag nicht die gewohnte Hingebung und Aufmerksamkeit! Sonst hatte er stets seiner hellen Freude Ausdruck gegeben, daß das Bild von Tag zu Tag zusehends Fortschritte machte – der Hintergrund war fertig mit den hellgrünen Wiesen und dem blaßblauen Frühlingshimmel, die daherrasende Fohlenherde mit dem Schimmel an der Spitze stand schon in Untermalung und Umrissen fest – und zuweilen hatte er auch einen klugen Ratschlag geäußert: »Du, Meester, die Farbenzusammenstellung ›knallt‹ mir zu sehr,« oder »Der junge Hammel da tollt mir nicht genug. Kann's nicht sagen, woran es liegt, mir scheint nur, er freut sich nicht so wie die übrigen.« ...Heute aber war er offenbar nicht recht bei der Sache. Sah sich das Bild nur ganz oberflächlich an und wandte sich dann wieder zu dem Maler zurück.

»Also, Hans, wir müssen irgend etwas unternehmen! Irgend etwas, nur 'raus aus der Burg! Wollen wir nach Allenberg fahren, die Dragoner alarmieren und bis zum hellen Morgen Mattheus Müller trinken und im Hotel zum Kronprinzen Lust'ge Sieben spielen? Bis man den Knobelbecher von 'ner Sektflasche nicht mehr unterscheiden kann?«

»Ne,« sagte Hans Haffner, »da tu' ich nicht mit. Ich bin dem Doktor verantwortlich, und der hat dir für die nächsten sechs Wochen jeden Katzenjammer verboten!«

»Na ja,« knurrte der Klein-Lipinsker zurück, »der Deuwel soll dies Leben holen, und weshalb habt ihr beide, du und Tante Lieschen, so lange an mir herumgebohrt, bis ich glücklich hinübergeritten bin?«

Danach versank er in Schweigen, Hans Haffner aber hütete sich, weitere Fragen zu stellen. Ohne Fragen erfuhr man in der Regel weit mehr, also trat er wieder vor sein Bild und begann auf der Palette eine ganz besondere Nuance von Rotbraun zu mischen, die er für den Hals des Braunen »Ali« brauchte, der sich mitten in der Herde auf der Hinterhand emporrichtete...

Eine Weile lang sah ihm der Klein-Lipinsker zu, sog an seiner Zigarre, dann warf er sie unmutig auf den Boden.

»Hör schon auf mit der Malerei, mach für heute Feierabend, ich hab' dir doch gesagt, wir wollen irgendwas unternehmen! Irgendwas, nur ärgern muß sie sich darüber!«

»Wer?« fragte Hans Haffner scheinbar ganz harmlos.

Und »wer?« äffte Adalbert von Linde ihm nach. »Vielleicht die Kaiserinwitwe von China? Wohin bin ich denn heute nachmittag geritten?«

»Ach so! Und entschuldige nur, aber ich war so ganz wieder in meiner Arbeit...«

»Na ja, in die Tinte reiten könnt ihr einen, aber wenn's nachher ...na also, ist gut!« Und während er sich eine frische Zigarre anzündete: »Also, zu Anfang ging alles ganz programmgemäß, ich furchtbar liebenswürdig, sie total in Verlegenheit, weil ich ›du‹ zu ihr sagte und ›Liebe Elsbeth‹, dann aber latenter Widerstand, und mich muß der Deuwel reiten, pathetisch zu werden und die Kabinettsfrage zu stellen. Tante Lieschen wollte schon anscheinend den Kaffee reichen lassen, und ich Esel, statt die Unterhaltung so scherzando weiter zu führen wie ein gewesener Regimentsadjutant und vereidigter Kotillonmaitre, um der schönen Cousine so allmählich alles Wissenswerte beizubringen und zum Schluß mit einer Einladung zum Wiederkommen abzuschließen, also ich laß mich verleiten, mit Ehrenwörtern um mich zu schmeißen!«

»So so,« sagte Hans Haffner, »aber in dem einen Punkt gibst du mir doch wenigstens recht. Schön ist sie, was?«

Adalbert von Linde reckte die Arme in die Luft.

»Bloß schön? Hinreißend, sag' ich dir, mein Junge, und wenn du dir einbildest, du hättest in deiner Ölskizze etwas von diesem Zauber auf die Leinwand gebracht – na, ich will dich nicht beleidigen, Pferde malst du besser! Deswegen aber hat sie doch noch lange nicht das Recht, mich so zu beleidigen! Einem schönen Mädel kann man ja manches hingehen lassen, aber ich, Adalbert von Linde, geb' mein Ehrenwort, und sie dreht mir den Rücken zu, läßt mich stehen wie einen dummen Jungen? Vielleicht nur aus Dummheit ... ja, ja, verlaß dich drauf, mein Alterchen, ich kann *auch* Menschen beurteilen – zum mindesten darf ich sagen, daß sie den Geist und die Schlagfertigkeit, die du an ihr rühmst, in der entscheidenden Viertelstunde sehr sorgfältig zu verstecken gewußt hat! Hab's ihr auch angedeutet zum Schluß ... na, ist egal, aus, erledigt. Und was du mit der braven Tante Lieschen herausgefunden hast, sie war' heimlich in mich verliebt ... also das ist der Gipfel der Lächerlichkeit. *Umgekehrt* wird ein Schuh daraus, *mich* hat's gepackt wie ein Fieber, und jetzt haben wir den Salat!«

Hans Haffner sprang strahlend auf.

»Adalbert, Mensch, Mäcen und Gönner, aber dann ist ja alles in der schönsten Ordnung!«

»So, meinst du?« versetzte der Klein-Lipinsker ironisch. »Soll mir wohl deine Gitarre umhängen, vor ihr Kammerfenster schleichen und ›leise flehen meine Lieder‹? Nein, mein Junge, jetzt fangen bei *mir* die Repressalien an, jetzt wird *sie* angeärgert, meine schöne Cousine!« Er stand auf und ging mit großen Schritten in dem Saale auf und ab. »Fast dreißig Jahre alt, zehn Jahre Königsberger Kürassier, Reitschule in Hannover, mehrmaliges Kommando nach Berlin oder Spandau, was dasselbe sagen will, tausend hübsche Mädels geschwenkt und bis auf ein paar leichte Fälle kalt geblieben wie eine Hundenase! Und jetzt müßt ihr mich dahin bringen, nach Groß-Lipinsken zu reiten, also der Deuwel dank's euch, dir und Tante Lieschen! Außerdem, eins sag' ich dir, Maler, diese Schriftstellerei nach drüben hört mir auf. Kein Wort über diesen akuten Anfall von temporärer *Paranoia amorosa* an Tante Lieschen, sonst dreh' ich dir den Hals um, und sie wird schon wieder vergehen, nämlich diese Verrücktheit! Aber wie ärger' ich sie nur an, damit sie gar nicht auf die Vermutung kommt, sie hätte auch nur die Spur von Eindruck auf mich gemacht?« ... Und mit einem Male blieb er stehen: »Hans, ich hab's! Bersten vor Zorn wird sie darüber, wenn sie's erfährt! Aber jetzt fix, zieh dir einen alten Kittel an, denn wir müssen durch dick und dünn gehen, vielleicht auch ein Ende auf dem Bauch kriechen. Ich will mich nur rasch fertig machen, und dann vorwärts!«

»Schön,« sagte der Maler, »und ich bin zu allen Schandtaten bereit!« Ging auf sein Zimmer und vertauschte den langen Malkittel mit dem Samtjackett zweiter Garnitur. Und da sein Gastgeber weit umständlicher Toilette machte, fand er genügend Zeit, das verbotene Brieflein zu schreiben und es durch seinen vertrauten Gärtnerburschen nach Groß-Lipinsken zu senden. Die erste Seite zeigte wie üblich eine bildliche Darstellung – diesmal ein pfeildurchbohrtes, flammendes Herz, dann erst kam das Schreiben.

»Verehrteste, teuerste Freundin,

so, wie vorstehend abgebildet, ist er zurückgekommen, es brennt lichterloh. Aber man lernt doch nie aus im Leben: Seine erlauchten Vorfahren schlugen tausend Sarazenen tot, um bei der Heimkehr ein gnädiges Lächeln der Angebeteten zu ernten, er aber sinnt darauf, sie gründlich anzuärgern. So ändern sich die Zeiten! Womit er seinen Zweck erreichen will, werde ich erst erfahren, wenn es für die Absendung dieses Briefleins schon zu spät wäre. Er hat nur gesagt, wir müßten eine deutsche Meile weit auf dem Bauch kriechen, also wundern Sie sich nicht, wenn morgen früh in Groß-Lipinsken sämtliche Hammel gestohlen sind oder die Laternen ausgedreht. Wie er die Baroneß Elsbeth damit ärgern will, habe ich nicht zu untersuchen. Im übrigen beurteile ich die Situation sehr rosig, hoffe auf ein Stimmungsbildchen aus dem sogenannten gegnerischen Lager und verbleibe in Sehnsucht ersterbend

Ihr allergetreuester
Hans Haffner.«

Sechstes Kapitel

Hans Heinrich von Mechowen traf zu seiner nachmittäglichen Kaffeevisite gerade ein, als die Wogen der Erregung nach dem Abgange des Klein-Lipinskers so ziemlich am höchsten brandeten. Die Beamten mit ihrem männlichen und weiblichen Anhang debattierten draußen auf der Parkterrasse, wohin sie wahrscheinlich von Tante Lieschen verwiesen worden waren, drinnen im Speisesaal aber die Herrschaft. Die einzigen, die mit der Situation anscheinend zufrieden waren und den Mund hielten, waren die vier Wisotzkischen Kinder. Sie saßen um den runden Verandatisch und aßen schweigsam eine süße Grießspeise mit Himbeersoße. Wie der Berg des Schlaraffenlandes türmte sich die für etwa zwanzig Personen angerichtete Mehlspeise vor ihren Tellern, und da trotz eines viertelstündigen energischen Angriffs noch keine augenfällige Abnahme zu merken war, hatte es in der kleinen Tafelrunde auch noch keine Streitigkeiten gegeben wegen gegenseitiger Übervorteilung, gierigen Vordrängens und dergleichen. Frau Wisotzki sagte nur zuweilen: »Passen Sie, bitte, auf, Herr Kandidat, daß die Kinder sich nicht den Magen verderben,« dann wandte sie sich wieder der Debatte zwischen ihrem Manne und dem Förster zu, die sich nach wie vor um den Dokumentengraben und um seine angeblich unrichtige Anlage drehte.

Der Mechower Hans Heinrich, der von der Parkseite her geritten kam, schwang sich aus dem Sattel.

»Nanu, meine Herrschaften, ausgesperrt? Werden denn da drinnen Familiengeheimnisse verhandelt?«

Und da erhoben sich vier Stimmen auf einmal, um ihm zu erklären, was in der Zwischenzeit vorgefallen war, natürlich in verschieden gefärbter Darstellung, je nach dem betreffenden Parteistandpunkte. Nur in einem waren sie alle vier einig, daß nämlich der Klein-Lipinsker ganz plötzlich mit einem Versöhnungsanerbieten erschienen wäre, aber nach erfolglosem Bemühen schon wieder den Rückzug hätte antreten müssen. Und der alte Förster Ahrens, der in dem allgemeinen Wettstreit seine Lunge geschont hatte, sagte als letzter: »Ja, und gehen Sie vor der nächsten halben Stunde nicht hinein, sonst müssen auch Sie Ihr Urteil abgeben, ohne daß es nämlich etwas hilft, Herr von Mechow. Wir alle waren schon der Reihe nach drin, haben aber wegen allgemeiner Unzufriedenheit wieder das Lokal verlassen müssen!«

Da wollte Hans Heinrich sich still wieder auf seinen alten Blacklock schwingen, um noch ein Stündchen mit langsamem Hin- und Herreiten zu verbringen, denn auf eine Frage der Baroneß Elsbeth wieder den Schiedsrichter spielen, lockte ihn nicht; er hatte genug vom letztenmal. Als er aber schon die Stufen der Veranda wieder hinunterging, ereilte ihn Tante Amalie, die seine lange Gestalt zwischen den übrigen durch die Scheiben der Glastür eräugt hatte. Wie ein Stoßvogel kam sie auf ihn zugeschossen, ergriff ihn bei der Hand: »Nein, nein, dageblieben, Hans Heinrich! Dich geht die Sache mit am allermeisten an, und denk dir bloß, Tante Lieschen, Fränze und der Justizrat nebst dem Pastor predigen Versöhnung. Nach diesem Affront!« Und noch zwischen Tür und Angel setzte sie ihm ihre Auffassung auseinander, daß nämlich der Besuch des Lipinskers von der feindlichen Seite nichts andres wäre, als ein Eingeständnis seiner eignen Schwäche. Weil er ganz genau wüßte, daß das Dokument existierte, hätte er sich nur zu diesem Versöhnungsversuche entschlossen, und weil ihm die Vorentscheidung des Kammergerichts offensichtlich in die Glieder gefahren wäre! ...»Darum also,« so schloß sie, »nach wie vor Krieg bis aufs Messer. Wir werden die Urkunde schon finden in dem ganzen Jahr, wenn alle Stränge reißen, werd' *ich* mich mal auf die Suche machen. Aber ich bin ja mit ein paar Komplimenten über meine Jugendlichkeit nicht zu fangen wie Schwester Lieschen. Und daß ich mich besser gehalten hab' als sie, ist kein Wunder, denn ich bin doch um so und so viel Jahre jünger« – die genaue Zahl gab Tante Amalie nicht an.

Also vorbereitet betrat Hans Heinrich das Zimmer.

Tante Lieschen stand mit hochrotem Gesicht an dem noch immer nicht abgeräumten Speisetisch, Klein-Fränze sprach eifrig auf den Ostrokoller Pastor ein, und der Justizrat Kersten setzte seiner Mandantin mit wohlerwogenen Worten auseinander, daß Tante Lieschen recht hätte, wenn sie riete, ein Brieflein mit ein paar versöhnlichen Zeilen nach Klein-Lipinsken zu richten, denn für ihn stände es fest, daß Herr Adalbert von Linde zum mindesten etwas Zuverlässiges über den Aufenthalt des Hufschmieds Martschinowski wüßte. Nach der unfreundlichen Ablehnung aber wäre es ihm natürlich nicht zu verdenken, wenn er diese Wissenschaft für sich behielte. Elsbeth aber, die Hauptperson bei dieser ganzen Verhandlung, stand am Fenster, ihr feingeschnittenes Profil zeichnete sich scharf gegen den hellen Hintergrund ab, um ihre Lippen stand ein trotziger Zug, und fast schien es, als hörte sie kaum zu, spähte vielmehr die Lindenallee entlang, ob der nicht vielleicht doch noch wiederkommen würde, der vorhin in hellem Zorn davongeritten war. ...Als von der Gartenseite her die Glastür klang, wandte sie den Kopf...

»Gott sei Dank, noch ein Unparteiischer! Na, und was raten Sie mir nun, Hans Heinrich, Krieg oder Versöhnung?«

Das sollte spöttisch klingen, aber Hans Heinrich, der nach der letzten so enttäuschenden Unterredung mit seiner Mutter andre Augen gekriegt hatte, war auch auf einmal hellhörig geworden. Und er vernahm in der so spöttisch formulierten Frage einen leisen Unterton, der fast nach verhaltenen Tränen klang. Diese Wahrnehmung aber machte ihn noch befangener als sonst. Er ließ die langen Finger der Reihe nach knacken.

»Na ja, nämlich, und weil ich sowieso unterwegs war, da dachte ich...«

»Entschuldigt bist du, mein Junge,« unterbrach ihn Tante Lieschen, »und nur vorwärts. Siehst ja, wir warten auf dein Urteil, wie auf die Weisheit Salomonis!« Und da sah Hans Heinrich sie beleidigt an, dann aber richtete er sich auf. Ihn vor dem fremden Justizrat mit seiner schwerfälligen Sprache zu blamieren, hatte Tante Lieschen doch wahrhaftig nicht nötig!

»Also gut ...und wenn ihr es wissen wollt, wie ich denke ...und entschuldigen Sie, Herr Justizrat, nämlich es ging mir früher nicht so schwerfällig mit dem Sprechen ...wissen Sie, ich bin vor fünf Jahren beim landwirtschaftlichen Rennen in Allenberg gestürzt ...also uns alle geht die ganze Geschichte nichts an! Nur Elsbeth! Und wenn sie will, soll sie sich mit dem Klein-Lipinsker vertragen, oder den Prozeß weiterführen, ganz wie sie gesonnen ist, uns aber geht es nichts an. Persönliche Sentiments spielen da keine Rolle!«

Elsbeth trat auf ihn zu und schüttelte ihm die Hand.

»Schön Dank, Hans Heinrich, und endlich mal ein vernünftiges Wort. Ich allein trag' doch auch die Verantwortlichkeit, nicht wahr?«

»Na ja,« fiel Tante Lieschen eifrig ein, »dann faß doch aber auch endlich den einzig vernünftigen Entschluß, gib mir die Erlaubnis, den Klein-Lipinsker samt dem Maler zum Nachtessen einzuladen, wenn es dir zu peinlich ist, selbst zu schreiben!« Tante Amalie zeterte dazwischen: »Das hat Hans Heinrich doch gar nicht gemeint, und ich bitte dich, hör nicht auf Tante Lieschen, in ihrer Verblendung ahnt sie ja gar nicht, was sie dir zumutet.« Der Justizrat pflichtete Tante Lieschen bei, Klein-Fränze rang die Hände: »Um Gottes willen setzt ihr doch nicht so zu, das hat doch auch alles noch bis morgen Zeit,« und es gab ein greuliches Durcheinander. Elsbeth aber wartete das Ende nicht ab.

»Ach, laßt mich alle zufrieden,« sagte sie plötzlich, warf den Kopf in den Nacken zurück und ging mit raschen Schritten aus dem Zimmer. An der Tür aber gab es einen unterdrückten Aufschluchzer, und einen Augenblick lang sah es aus, als müßte sie sich an der Klinke festhalten, um nicht zusammenzubrechen. Da sagte Fränzchen zornig: »Na ja, da habt ihr's, und wie konntet ihr nur alle auf sie so eindrängen, ihr habt ja gar keine Ahnung,« und lief der Schwester nach. Ein paar Minuten später aber stand Hans Heinrich allein in dem großen Zimmer!...

Erst war Tante Lieschen gegangen, mit der zornigen und auch auf ihn gemünzten Bemerkung, sie wäre schließlich nicht dazu da, um allen verfahrenen Kutschfuhrwerken der ganzen Umgegend aus dem Graben zu helfen, Tante Amalie folgte ihr zu ausgiebiger Auseinandersetzung, denn ihr brannte noch etliches auf der Seele, was sie bei dem allgemeinen Wirrwarr nicht hatte anbringen können, der Pastor aber hatte sich anscheinend schon früher still gedrückt, denn eine Parteinahme zwischen den Herrschaften, von denen nach der neuesten Wendung der Dinge jede berufen sein konnte, über seine endgültige Bestätigung im Ostrokoller Pfarramte zu entscheiden, war ihm natürlich unangenehm. Als letzter verabschiedete sich der Justizrat mit der ärgerlichen Bemerkung, daß es leichter wäre, eine von Bremsen geplagte Kälberherde zu hüten, als die Sache einer aus lauter Damen bestehenden Partei zu führen, er, Hans Heinrich, hatte nur noch die Mühe, dem alten Herrn gütlich zuzureden und ihm mit dem Wunsche glücklicher Heimkehr in den Wagen zu helfen. ...Als er wieder das Speisezimmer betrat, war auch die Parkveranda leer, nur sein alter Blacklock stand mit herabhängenden Zügeln und drömelnd vor der Treppe, und im Hintergrunde auf dem großen Rasenrundell hielt Frau Verwalter Wisotzki ihrem jüngsten Sohne den Kopf; anscheinend litt der Kleine unter den Folgen seiner Heldentaten vor der mächtigen Grießbreischüssel. Der geschniegelte Hauslehrer aber stand unterwürfig daneben, hatte hilfsbereit sein Taschentuch gezogen und, nach den heftigen Mundbewegungen der Frau Verwalter zu schließen, bekam er just keine Liebenswürdigkeiten zu hören. Da freute sich Hans Heinrich erst ein Weilchen über die demütigende Situation dieses faden Tropfes – hoffentlich sah auch die kleine Fränze gerade von oben herunter, und wenn nicht, konnte er's ihr ja später erzählen – dann aber kam allmählich ein drückendes Gefühl der Vereinsamung über ihn!...

Und gerade heute war er mit allerhand seltsamen Hoffnungen und Erwartungen von Hause geritten!...

Bei der Unterredung von Tante Lieschen mit seiner Mutter war er ja nicht dabei gewesen, hinterher aber hatte die alte Dame nur gesagt: »Mein Junge, in solchen Dingen muß ein Mann sich allein zurechtfinden. Tante Lieschen meint auch, der Maler hätte recht, du warst so lange in der Irre geritten, dein wahres Glück läge vor dir auf dem Wege, du hättest es nur bisher nicht gesehen. Also mach die Augen auf, vielleicht findest du es!« Und als er danach weiter mit Fragen in sie dringen wollte, hatte sie abgewehrt: »Laß mich, mein armer Kopf kann nicht mehr. Nur eins noch: dein Stolz schon müßte es dir verbieten, um eine zu werben, die über dich lacht und dir nachspottet, wie du, armer Junge, schwer nach den Worten suchst. Fränzchen aber hat das noch nie getan, also entscheide dich, was dir lieber ist. Ob du eine Frau haben willst, die auf dich hinabsieht, sich womöglich einbildet, sie hätte noch einen andern kriegen können, oder eine, der du so, wie du bist, recht bist. Im übrigen frag Tante Lieschen, ich kann nicht mehr!«

Mit diesem Bescheid war er fast eine Woche lang umhergegangen, getraute sich nicht nach Groß-Lipinsken hinüberzureiten, um nicht der zu begegnen, die hinter seinem Rücken über ihn lachte, und das Herz hatte ihm weh getan, daß er nun auf alle Zukunftsträume verzichten, daß aus der Vereinigung von Lipinsken und Mechowen nichts werden sollte. Aber mit einer Frau zusammenleben, die ihm heimlich nachmachte, wie er beim Reden mit den Fingern knackte, die dabei noch einen andern im Herzen trug – er wußte schon, wen, und schalt sich jetzt einen Narren, daß er's nicht früher gemerkt hatte – also das ging nicht an. Von dieser Erkenntnis jedoch bis zu dem Entschluß, nun auf einmal um die jüngere Schwester zu werben, war ein gewaltiger Sprung! Zunächst einmal hatte er sich das neben Elsbeths imponierender Erscheinung so unbedeutend aussehende junge Ding noch niemals daraufhin angeschaut, ob man sich wohl darein verlieben könnte, zweitens fürchtete er sich davor, daß die ältere Schwester, bei der er doch schicklicherweise um Fränzchen anhalten mußte, seine Werbung mit einem mokanten Lächeln aufnehmen würde, so etwa: aha, Füchslein, weil die hoch oben hängenden Trauben dir zu sauer waren, und so weiter, drittens aber war er von Fränzchens heimlicher Liebe doch lange nicht so überzeugt, wie Tante Lieschen und seine Mutter. Ja, früher vielleicht, aber in letzter Zeit war eben ein fühlbarer Umschwung eingetreten, oder ihre ehemals so freundliche Haltung war nichts weiter gewesen, als ein wenig Mitleid, um es ihn nicht allzu schmerzlich empfinden zu lassen, daß Elsbeth ihn so schlecht behandelte. ...Aber schließlich, wenn er es sich recht überlegte, eine Vernunftehe ohne diese herzverzehrende, heiße Liebe, war für ihn schon das vom Schicksal Bestimmte und Richtige. Auf Groß-Lipinsken mußte er freilich dabei verzichten, aber dafür gewann er wenigstens eine Frau, die ihn, wie er nun einmal war, nicht verspottete, sondern achtete. Und noch einmal sozusagen von vorn anfangen, auf den andern Gütern der Nachbarschaft zur Brautschau herumziehen ...dazu hatte er sich denn doch schon zu sehr an die kleine Fränze gewöhnt! Außerdem wäre es ihm fast als eine Art von Verrat vorgekommen, ganz abgesehen von den Unbequemlichkeiten, die ein solches Umherziehen mit sich brachte ...All diese Zweifel und deren Schluß hatte er nach dem Mittagessen seiner alten Dame vorgetragen, sie aber hatte nur gelächelt: »Na ja, diese ›Vernunftehen‹, bei denen man sich in ein vernünftiges Mädel verliebt, sind wirklich die allerbesten!« Und als er weiter fragte, wie er wohl vor Fränzchen, der seine frühere Verehrung für Elsbeth doch bekannt wäre, seine plötzliche Sinnesänderung motivieren sollte, hatte die Mutter sogar, gegen all ihre sonstige Gewohnheit, laut aufgelacht: »Geh, du langer Hasenfuß, ich glaub' wirklich, du hast Angst vor dem kleinen Tierchen? Na, dann reit hinüber, zu Tante Lieschen, ich glaub', die Gute hat schon für alles vorgesorgt!«

Mit diesem Bescheid hatte er sich auf den Weg gemacht, allerhand seltsam erwartungsvolle Gefühle in der Brust, denn es schmeichelte ihm doch nicht wenig, daß Klein-Fränze, wie es den Anschein hatte, ihn so hingebend liebte. Und wenn er sich's recht überlegte, bedurfte es von seiner Seite nicht einmal mehr viel Entsagung, um diese Vernunftehe einzugehen. Wenn man die kleine Fränze allein für sich sah, nicht neben der stolzen Schwester, konnte einem etliches schon wohl gefallen. Das zierliche Figürchen mit den kleinen Händen und Füßen, das feingeschnittene Gesichtchen mit der energisch geschwungenen Nase, darüber das dunkelblonde Ringelhaar, das sich ihr in natürlichen Locken um Stirn und Schläfen krauste... wie ein Porzellanfigürchen sah sie aus, und er mußte sich mit seinen groben Händen wohl arg in acht nehmen, es nicht zu zerbrechen. Am fröhlichsten aber stimmte es ihn, daß er nach der Versicherung seiner Mutter nicht mehr viel Worte zu machen brauchte. Tante Lieschen hatte ja schon vorgesorgt!...

Und so ungefähr malte er sich, während ihn sein alter Blacklock im leichten Schaukeltrab den Groß-Lipinsker Waldweg entlang trug, den Hergang aus. Sie gingen nach dem Kaffee im Park zu dritt spazieren. Auf einmal sagte Tante Lieschen: »So, Kinder, jetzt lass' ich euch allein, aber haltet euch nicht zu lange bei überflüssigen Vorerklärungen auf. Da, gebt euch die Hand, erledigt die unumgängliche Küsserei, in der Zwischenzeit will ich zu Elsbeth gehen, damit sie als Familienoberhaupt einen recht gerührten Segen vorbereitet!«

So hatte er sich's ausgemalt, und es war wieder einmal natürlich ganz anders gekommen! Klein-Fränze hatte ihn kaum beachtet, Tante Lieschen war verärgert nach oben auf ihr Zimmer gegangen, und er stand hier unten ganz allein, niemand bekümmerte sich um ihn...!

Gewiß, der plötzliche Besuch des Klein-Lipinskers war immerhin ein nicht unwichtiges Ereignis, aber, nachdem es nach allen Richtungen erörtert und durchgesprochen worden war, doch vorläufig erledigt. Und deswegen brauchte man ihn doch nicht so verletzend nichtachtend zu behandeln? Schließlich war seine Werbung um die kleine Fränze doch auch kein so alltäglicher Vorgang, von dem es gleichgültig war, ob er sich heute oder etwa in acht Tagen vollzog! Da stieg ihm ein bitterer Zorn im Herzen empor: Wenn man hier so gesonnen war, konnte man lang auf ihn warten! Und er wandte sich zum Gehen, umfing nur noch einmal mit einem abschiednehmenden Blick den weiten und doch so gemütlichen Raum, in dem er so viele bange und auch wiederum so glückliche Stunden verlebt hatte. Da hingen über dem dichten Fries aus lauter Rehkronen die verräucherten Bilder, die in dem großen Saal keinen Platz mehr gefunden hatten, streng blickende Herren im Lederkoller und hohen Stulpstiefeln, auf der andern Seite aber die Damen in gebauschten Reifröcken, Fächer oder Blumen in den schlanken Händen. Eine davon war eine Mechow, und daher stammte die alte Vetternschaft zwischen den beiden Häusern. Also warum sollte es nicht auch umgekehrt kommen, eine Linde sich in die lange Reihe derer fügen, die auf Mechowen als Herrinnen gesessen hatten? Aber natürlich, wenn man sich hier daraus nichts machte, konnte er ja irgendwo anders hinreiten, wo man eine solche Ehre zu schätzen wußte!...

Und schon schritt er zur Veranda, um sich auf seinen alten Blacklock zu schwingen und davonzureiten, natürlich auf Nie- und Nimmerwiedersehen, da ging eine der Seitentüren, die zum Treppenhause führten, auf, und Klein-Fränze trat in das Zimmer, sah sich suchend um, und als sie bemerkte, daß der Mechower schon in Hut und Handschuhen dastand, die Reitpeitsche unter dem Arm, sagte sie: »Nanu, Hans Heinrich, schon fort? Wir haben doch noch nicht Kaffee getrunken!«

Da wollte er erwidern: Na ja, wenn man mich hier so behandelt?!, aber das stimmte ja nicht mehr, sie, die Hauptperson, war ja wiedergekommen. Und da er beim besten Willen nicht so rasch eine Bemerkung zurechtzimmern konnte, die seiner Freude über ihr Wiederkommen Ausdruck gegeben hätte, schwieg er erst ein paar Augenblicke und sagte dann: »Na, und Elsbeth?« Während er sie aussprach, fühlte er schon., daß gerade diese Frage unter den obwaltenden Umständen wenig am Platze war, aber er konnte sich nicht helfen, es war ihm nichts Besseres eingefallen.

Fränzchen zuckte mit den Achseln.

»Elsbeth ...? Sitzt oben und heult!« Und als er sie darauf ein wenig verwundert ansah, sagte sie: »Na ja, was ihr euch alle von ihr einbildet, als wäre sie so 'ne Art eiserne Jungfrau, die Brust mit Stahl gepanzert und innen lauter Stacheln! Hat 'n Herz wie andre junge Mädchen auch und ist verliebt wie ein Backfisch. Und wenn ich bloß reden dürfte, dann würden euch allen die Augen übergehen! Aber ich darf leider nicht,« fügte sie mit einem Seufzer hinzu, »denn ich hab' geschworen, auf mein ganz großes, unbrechbares Ehrenwort!«

»In wen?« fragte Hans Heinrich. Es war der Schluß einer ganzen Gedankenkette, von der er nur das letzte Glied herausgekriegt hatte.

»In wen? Wie kann man nur so fragen,« erwiderte Fränzchen, »und ich hab' doch geschworen. Aber in Sie nicht, Hans Heinrich, so viel kann ich Ihnen schon verraten.« Und sie sah ihn ordentlich herausfordernd und böse an.

Da hätte er ihr gar zu gern gesagt, daß es ihm jetzt vollkommen gleichgültig wäre, in wen sich Elsbeth verliebte, wie niedlich sie hingegen selbst aussähe in der hellblauen Bluse mit dem Veilchensträußchen, dem dunkelblauen, fußfreien Rock und zwischen beiden den hellen Ledergürtel, den er mit einer einzigen Spanne ausmessen könnte, aber er fand zu den Gedanken wieder einmal die Worte nicht.

»Ich kenn' ihn,« war das einzige, was er herausbrachte, und gut wenigstens, daß er noch hinzufügen konnte: »Ist mir aber auch jetzt ganz egal!«

Klein-Fränze aber wurde daraufhin merklich freundlicher. Sie erkundigte sich, weshalb er sich fast eine ganze Woche lang in Groß-Lipinsken nicht hätte sehen lassen, und als sie darauf die Antwort erhielt, es hätte sich in der Zwischenzeit etliches klären müssen, schien sie nicht unzufrieden. Nach einer kleinen Pause fragte sie: »Finden Sie nicht auch, Hans Heinrich, daß der Wisotzkische Hauslehrer eigentlich ein recht fader Mensch ist?«

Darauf aber erwiderte er merkwürdigerweise nichts, sondern sah nur nach der Tür, die zum Treppenhause führte. Und nach einer Weile kam des Rätsels Lösung: Er fragte, wo Tante Lieschen so lange bliebe!

Da wäre sie am liebsten aus der Stube gelaufen, denn noch weiter entgegenkommen konnte sie doch beim besten Willen nicht! Aber der arme liebe Kerl konnte doch nichts dafür, daß sich ihm die Worte nicht so geschickt zu den Gedanken fügten wie andern Leuten, und in seinem ehrlichen Gesicht glaubte sie zu lesen: Wenn nur ein Christenmensch mir jetzt helfen möchte! Also konnte sie wohl noch einen Schritt weiter gehen!

Ob sie ihm etwas vorspielen sollte, fragte sie, bis die andern zum Kaffee herunterkämen? Und als er darauf nur nickte, ging sie ins Teezimmer, öffnete mit lautem Klappen den Flügel, ein paar Augenblicke danach aber drangen die Klänge der mexikanischen Volkshymne zu ihm hinüber. Wenn er danach nicht sprach, so dachte Fränzchen, dann konnte er ihr leid tun!...

Hans Heinrich aber hob den Kopf: *La Paloma*, sein Lieblings-, Leib- und Magenstück, das sie ihm neulich so unartig und verletzend verweigert hatte! Und was ihm vorhin als eine sehr hohe Wahrscheinlichkeit erschienen war, wurde ihm jetzt zur Gewißheit: Der Maler, dieser prächtige Kerl, hatte recht, die kleine Franze liebte ihn! Da glaubte er es auch ohne Tante Lieschens gütige Mitwirkung schaffen zu können, und es war nicht Zaghaftigkeit, daß er das Spiel nicht unterbrach. Die Melodie mit ihrem wechselnden, bald heroisch einherschreitenden, bald sanft schmachtenden Rhythmus war zu schön! Wenn er bei seinen Gumbinner Ulanen übte, und es gab ein Liebesmahl, ließ er sich das Lied gegen Stiftung einer Vierteltonne Schiefferdecker Bieres zum mindesten sechsmal am Abend vorspielen, aber noch nie hatte es ihm so herzbeweglich geklungen wie heute. Die schönsten Stellen summte er mit, und erst als der letzte Ton verklungen war, trat er in die Verbindungstür und streckte beide Hände aus.

»Elsbeth, liebe kleine Elsbeth! Und kannst du mir verzeihen, daß ich so lange in der Irre gegangen bin?«

Sie stand auf und kam ihm mit niedergeschlagenen Augen entgegen.

»Ich *hab'* dir ja schon verziehen, dummer, langer Hans Heinrich! Aber wenn ich nicht wüßte, daß du diesmal wirklich mich gemeint hast ... ich heiß' nämlich immer noch *Fränze*!«

Da wurde er wieder verlegen, wollte sich entschuldigen, aber er kam nicht dazu. Ein zierliches, kleines Persönchen schmiegte sich an ihn, reckte die Arme, und da mußte er sich herunterbeugen, damit sie ihre Absicht ausführen, ihm um den Hals langen konnte ...

Als sie sich eine ganze Weile geherzt und geküßt hatten, wuchs Hans Heinrich der Mut.

»Komm, Kleines, jetzt wollen wir zu Elsbeth gehen!«

Sie aber wehrte erschrocken ab.

»Nein, nein, um Himmels willen, jetzt nicht und noch lange nicht. Überhaupt Elsbeth ... die darf es am allerletzten erfahren! Heute, jetzt eben, hab' ich schon zum zweiten Male das Heiraten verschworen, trotzdem ich schon den Meineid sozusagen im Herzen trug. Ich hab' ja wieder den linken Daumen eingekniffen, zum Zeichen, daß es nicht gelten soll, aber ist egal, sie glaubt doch daran, und ich sage dir, sie würde furchtbar böse werden. Und leider Gottes, der andre Eid gilt, über mein Stillschweigen nämlich, und daß ich keinem Menschen verraten soll, wie furchtbar und hoffnungslos sie selbst in unsern feindlichen Vetter in Klein-Lipinsken verliebt ist!«

Da lächelte Hans Heinrich, und, weil er vor der Kleinen keine Scheu mehr verspürte, fügten sich auch die sonst so widerspenstigen Worte den vorauseilenden Gedanken: »Aber mir kannst du doch alles erzählen. Wir zwei sind doch von jetzt an eins!«

Klein-Fränze sah ihn erst etwas ungläubig an, als er aber ernsthaft versicherte, daß auch im Bürgerlichen Gesetzbuche der Grundsatz aufgestellt wäre, zukünftige Eheleute hätten keine Geheimnisse voreinander zu haben, im Zweifelsfalle aber stände dem mit diskretionärer Vollmacht ausgerüsteten Manne allein die Entscheidung zu, fing sie an zu erzählen. Wie fassungslos die Schwester schon damals gewesen wäre nach dem Rencontre, bei dem sie dem Klein-Lipinsker das Leben gerettet hätte, diesmal aber wäre es fast noch ärger gewesen. Sie, Elsbeth, hätte sich nämlich eigentlich nur vor den andern geniert, die zur Versöhnung ausgestreckte Hand des Klein-Lipinskers zu ergreifen, wäre schon drauf und dran gewesen, das Gespräch mit einer Einladung zum Kaffee zu unterbrechen, um hinterher und unter vier Augen alle strittigen Punkte zu erörtern, und da wäre er, der Klein-Lipinsker, mit dieser gar nicht mehr wieder gut zu machenden Beleidigung gekommen: Mein Fräulein, ich habe Sie überschätzt! »Und alle seid ihr über einen Leisten geschlagen,« so fuhr sie fort, »habt keine Ahnung, wie es in uns aussieht, und daß wir manchmal am deutlichsten sprechen, wenn wir gar nichts sagen. Aber jetzt ist's natürlich ganz aus, sie hat sich zum zweiten Male heftig verschworen, alte Jungfer zu bleiben, und ich habe wieder mitschwören müssen! Wenn auch natürlich mit eingekniffenem Daumen, aber im übrigen wie echt und ganz feierlich. Also, du wirst einsehen, da kann ich doch nicht eine knappe Viertelstunde später herkommen und sagen: Du, Elsbeth, entschuldige, daß ich wortbrüchig geworden bin, aber ich habe mich eben mit Hans Heinrich verlobt?«

Hans Heinrich lächelte zu ihr herunter.

»Du hast recht, das geht nicht, wir müssen schon warten, bis sie selbst wortbrüchig geworden ist, und ich werd' mich mal hinter den Maler stecken, der versteht sich auf solche Sachen. Was uns aber angeht, also eine muß es doch erfahren, nämlich meine Mutter.«

»Ja,« sagte die Kleine, »und wo sie mit Tante Lieschen alles abgesprochen hat für heute nachmittag, wartet sie wohl schon auf uns. Aber sieh, wenn ich jetzt anspannen lasse, wird Elsbeth aufmerksam, fragt, wohin die Reise, und es gibt gleich am ersten Tage eine Verstimmung. Das Kücken, das sich selbst nicht zu helfen weiß, ist doch nun mal Familienoberhaupt und seit mehr als einem Jahr mein Gegenvormund, na, und da ich keine Lust zum Lügen hab', gäb's womöglich Stubenarrest, und ich müßte gehorchen!«

»Ich würd' natürlich am Spalier in die Höhe klettern,« sagte Hans Heinrich, »aber wozu haben wir den alten Blacklock? Solange es auf der offenen Landstraße geht, schreiten wir ehrbar nebeneinander her, und ich führ' ihn am Zügel. Im Wald aber, da machen wir es, wie unsre hochseligen Vorfahren. Ich nehm' dich vor mich auf den Sattel und reite mit meiner Braut in die heimatliche Burg!«

»Und du glaubst, er könnte uns beide tragen, dein alter Blacklock?«

Hans Heinrich lachte.

»Mein seliger Vater wog in seinen Stiefeln zweihundertvierzig Pfund. Also wenn ich dich auf den Schoß nehme, wackelt Blacklock nur mit den Ohren: Was für ein Flaumfederchen ist da meinem jungen Herrn in die Arme geflogen?«

Fränzchen winkte mit dem kleinen Zeigefinger: »Komm mal ein bißchen 'runter, du Langer!« Und als er sich herunterbeugte, schlang sie ihm die Arme um den Hals.

»Du sprichst ja wie ein Liebesbriefsteller, und ich glaube, du hast dich nur verstellt. Aber dein Glück ist es: Wenn Elsbeth eine Ahnung gehabt hätte, was für ein famoser Kerl du bist, hätte sie dich mir vielleicht nicht gelassen!«

Da hob er sie in die Höhe und trug sie in übermütigem Jubel zu der Verandatür.

»Wär' ganz glatt abgefallen, das Fräulein Familienoberhaupt. Oder ich hätt' mich von ihr scheiden lassen müssen, denn reden hätt' ich bei der wohl niemals gelernt...!«

Siebentes Kapitel

Der Förster Ahrens schritt mit seiner jungen Herrin und dem getreuen Unkas auf dem schmalen Waldwege dahin, der zu den Groß-Lipinsker Wiesen führte, und ordentlich ein Hochgefühl schwellte ihm die Brust, daß er sie endlich einmal wieder für sich allein hatte, denn der Einfluß dieses alten Heuchlers Wisotzki war in den letzten Wochen schier übermächtig geworden. Herr Verwalter hinten und Herr Verwalter vorn, den ganzen Tag hatte sie den Kerl beim Auswerfen des Grabens um sich, während er nur ab und zu auf eine halbe Stunde abkommen konnte, denn die Frühjahrskulturen nahmen ihn von früh bis spät in Anspruch. Gleich am ersten Tage hatte er Einspruch erhoben, der Graben wäre um reichlich zweihundert Meter zu weit nach dem Torfbruche zu angefangen worden, aber seine Meinung war leider nicht durchgedrungen. Später aber, wenn er wieder einmal seine Bedenken geltend machte, hörte ihm die Baroneß kaum zu, und er konnte sich schon ungefähr denken weshalb: Der fette Schleicher hatte ihr sicherlich einen Floh ins Ohr gesetzt, er, Ahrens, hielte es heimlich mit dem Klein-Lipinsker. Der Verwalter aber konnte in diesen Verdacht nicht gut geraten, denn alle Welt wußte ja, daß er früher in Klein-Lipinsken Inspektor gewesen und in grobem Unfrieden geschieden war. Und den ganzen Tag über schmeichelte er sich bei der Baroneß damit ein, daß er gegen den Klein-Lipinsker hetzte und ihr allerhand Räubergeschichten erzählte, was für ein roher, gewalttätiger Patron das wäre, und welche lockeren Streiche er als Leutnant bei den Königsberger Kürassieren verübt hätte. Na, und so etwas war der Baroneß bei ihrem Hasse gegen den Klein-Lipinsker natürlich Musik in den Ohren; er aber konnte sich doch nicht revanchieren und sagen: Bitte, fragen Sie mal Herrn Wisotzki, woher sein Haß gegen den Herrn Baron von Linde stammt, und weshalb er dort weggejagt ist? Und wenn er aus begreiflichem Zartgefühl gegen seine eigne, werte Person darüber schweigt, fragen Sie vielleicht weiter, wie er's hier in Groß-Livinsken anstellt, sich mit zwölfhundert Mark eignem Gehalt einen Hauslehrer zu halten, der sechshundert kriegt? ... Aber das ging leider nicht an, denn den Denunzianten mochte er nicht spielen. Es wäre ihm auch in der ganzen Umgegend verdacht worden, wenn er einen Familienvater, der ein ganzes Haus voll kleiner Kinder zu ernähren hatte, ins Unglück gestürzt hätte.

Und jetzt war der ersehnte Umschwung ganz ohne sein Zutun gekommen. Zuerst die Blamage mit dem Dokumentengraben, mehr aber noch heute nachmittag sein kleinmütiger Rat, sich an den Klein-Lipinsker mit der Bitte zu wenden, ob er nicht so gut sein wollte, den Aufenthalt des Hufschmieds Martschinowski bekannt zu geben, damit man endlich das Dokument fände. Ganz natürlich, denn seine fette Pfründe hatte im andern Falle in einem kurzen Jahr ein Ende, wenn nämlich der Baron Adalbert von Linde hier ans Ruder kam!

Da hatte er entschieden das Richtigere getroffen, als er hereingerufen und um seine Meinung gefragt wurde. »Jetzt zu Kreuz kriechen und um gut Wetter bitten, gnädigste Baroneß? Nach dieser neuen Beleidigung? Womöglich blamieren wir uns nur mit der Bitte, vielleicht weiß der Herr Baron von diesem Hufschmied nicht mehr als wir! Also zunächst einen neuen Graben anfangen, aber nach meinen Angaben, und dann ein öffentlicher Aufruf in den Blättern, der Hufschmied solle sich hier melden, bei Straflosigkeit und einer ordentlichen Belohnung. Mit dem Herrn Baron aber alles beim alten lassen, meine ich, und wozu erst Freundschaft anfangen? Nachher gibt es doch bloß Verdruß, denn wer verliert, ärgert sich immer!« So hatte er gesprochen, ein wenig gegen seine innere Überzeugung, dafür aber so recht politisch und diplomatisch. Er kannte ja noch vom Frühjahr her den Haß der Baroneß gegen den Klein-Lipinsker Vetter, wußte besser als alle andern, wie es in ihrem Innern aussah, also weshalb sollte er diese Wissenschaft nicht zu seinen Gunsten ausbeuten und der jungen Herrin ein wenig nach dem Munde reden? Er hatte sich in den letzten Wochen, weiß Gott, schwer genug geärgert, von ihr so unverdientermaßen zurückgesetzt worden zu sein!

Und die guten Folgen dieser politischen Haltung hatten sich gleich am selben Tage gezeigt. Kurz nach Kaffeezeit war der alte Friedrich mit dem Befehl gekommen, er sollte sich bereit halten, in einer Viertelstunde würde die Baroneß ihn abholen, um mit ihm auf die Büsche zu gehen. Da hatte er natürlich »zu Befehl« gesagt, wechselte das Sonntagsgewand mit einem alten

Kittel und stieg eilends in die hohen Jagdstiefel. Im stillen aber brummte er, welch anständiger Mensch und Jägersmann wohl vor dem fünfzehnten, zwanzigsten Mai einen Bock schösse. Noch ging das Rehwild in dem madigen grauen Winterkleid, und die braven Böcke waren bei dem kalten Frühjahr noch so weit mit dem Fegen zurück, daß ihnen die Bastfetzen um die Gehörne zoddelten, wie alten Weibern die Haare, aber seine Frau las ihm gründlich den Text.

»Was geht's dich an, Ahrens? Es sind doch *ihre* Böcke! Und nimm die Gelegenheit wahr, schmied das Eisen, solang' es noch warm ist, und wenn es sich so macht, trag ihr vor, daß wir für die alte Rotbunte eine neue Kuh kriegen. Sie gibt trotz dem Kalben keine acht Stof mehr den Tag, und wenn du dein Anliegen durch Herrn Wisotzki vorbringst, weißt du den Bescheid ja im voraus!«

Da hatte er erst noch etwas von weidmännischem Ehrgefühl gebrummt, wovon Frauenzimmer natürlich nichts verständen, dann aber gemeint: »Hast eigentlich recht, Alte, und weshalb soll ich ihr die Freude nicht machen? Ich werd' sie auf den alten Urian, den Lipinsker Grenzbock, ansetzen, den kriegt sie doch nicht!«...

Jetzt schritten sie schon eine ganze Weile lang nebeneinander her, ohne mehr als das allernotwendigste gesprochen zu haben. Als er sagte: »Also gnädigste Baroneß, ich denke, wir nehmen mal zuerst den Grenzbock – Baroneß besinnen sich wohl noch, den ich Ihnen damals im Frühjahr gezeigt habe, als sie dem Herrn Baron das Leben retteten,« hatte sie erwidert: »Na ja, natürlich, den zuerst. Meinen Sie, ich will warten, bis er ihn sich holt? Und ich habe erst gestern gesehen, wo er austritt. Wo der schmale Zipfel von unserer Wiese in die Klein-Lipinsker Schonung einschneidet, da hat er gestanden. Auf fünfzig Schritt bin ich an ihm vorbeigeritten, er hob kaum den Kopf aus dem grünen Klee.«

»Na ja,« lachte der Förster, »weil der alte Bursche das Datum des Jagdanfangs im Kopfe hat, genau so wie unsereins. Und passen Sie auf, Baroneß, heute, wo er weiß, jeden Augenblick kann es ihm ans Leder gehen, da äugt er selbst beim Äsen, und alle Augenblicke wirft er auf, sichert nach allen Seiten, und nur eine Maus braucht sich zu regen, dann prescht er ab ins Dickicht. Ich kenn' ihn, gnädigste Baroneß, und ich sage Ihnen, den Hut nehme ich ab, wenn Sie ihn umlegen! Nur in der Brunft, mit Angstgeschrei des Schmalrehs, ist er vielleicht zu kriegen.« Da ihm aber plötzlich einfiel, daß er damit seine junge Herrin womöglich auf die Idee brächte, einen der geringeren Böcke anzugehen, von denen sie schon ein halbes Dutzend im Stangengehölz bestätigt hatten, fügte er hinzu: »Natürlich die Ehre, wenn es Ihnen nämlich gelingt, Baroneß, wär' um so größer!«

»Verlassen Sie sich drauf, Ahrens,« hatte sie gesagt, »ich krieg' ihn!«

Danach waren sie schweigend nebeneinander hergeschritten; die Baroneß köpfte mit ihrem dünnen Stöckchen ab und zu eine Küchenschelle, die am Grabenrande stand, er aber sann über einen passenden Anfang, um ihr sein Anliegen wegen der rotbunten Kuh vorzutragen. Nicht so plump mit der Tür ins Haus, sondern mit einer geschickten Einleitung, etwa: Ja, ja, wie doch die Zeit vergeht. Alle werden wir mal alt, müssen jüngeren Kräften Platz machen, weil wir nicht mehr unsre Pflicht erfüllen können. So auch mit dem Rindvieh. Sehen Sie zum Beispiel, gnädigste Baroneß, meine rotbunte Kuh; als ich sie vor jenen acht Jahren kriegte, gab sie mehr als zwanzig Stof Milch und heute kaum acht. Also, wo mir das doch gewissermaßen ins Deputat eingerechnet wird, da meine ich, ob gnädige Baroneß nicht so gnädig sein wollten, auch in dieser Hinsicht eine Neuerung anzubefehlen!

So gedachte er loszulegen, nachdem er sich's sorgfältig überdacht hatte, als plötzlich die Baroneß zu sprechen anfing. Erst räusperte sie sich ein wenig, dann sagte sie: »Hm, Ahrens, Sie kennen den Klein-Lipinsker Herrn doch sicherlich ebensogut wie Herr Wisotzki, also ist er nun wirklich ein solcher Ausbund von Schlechtigkeit?«

Der Alte hob verwundert den Kopf. Nanu, was sollte das auf einmal heißen? Und sicherlich erwartete die Baroneß eine bejahende Antwort von ihm! Aber wenn das vielleicht auch »politisch« gewesen wäre, mit dem Verwalter in ein und dasselbe Horn zu blasen, so weit konnte er sich gegen die Wahrheit denn doch nicht versündigen. Nur ein wenig abwartend wollte er sich natürlich verhalten.

»Ausbund von Schlechtigkeit, gnädigste Baroneß? Na, das ist ein bißchen viel gesagt. Er ist
ein strenger, aber gerechter Herr. Gebummelt wird bei ihm nicht, aber dafür kriegt auch jeder
Arbeiter seinen ordentlichen Lohn. Und die Leute bleiben gern bei ihm, denn er hat so eine
freundliche Art, macht gern sein Witzchen, weiß von jedem, wo ihn der Schuh drückt, und
hilft manchmal ab, ehe erst die Klage an ihn herangetreten ist. Wenn aber einer faulenzt, dann
geniert er sich nicht, da gibt's Senge!«

»So, so,« meinte die Baroneß und köpfte angelegentlich eine Küchenschelle, »aber das meine
ich eigentlich nicht!«

Na, was denn? dachte der Alte. Und aus einmal merkte er, wo seine junge Herrin hinaus
wollte! Aber das stimmte doch so gar nicht zu dem, was er vor jenen fünf oder sechs Wochen
festgestellt hatte? Und laut sagte er: »Ach so, wenn Sie das meinen, gnädigste Baroneß? Also
in seiner Leutnantszeit soll der Herr Baron ja ein lockerer Bruder gewesen sein. Kein Wunder,
Leutnant bei den Kürassieren, die Taschen voll Geld, und ein so bildhübscher Mensch! Da hat
ihm natürlich alles, was lange Kleider trägt, blanke Augen gemacht. Da erzählt man sich wirklich ein paar tolle Sachen, und die Königsberger Damen sollen ihn arg verwöhnt haben, waren
ordentlich stolz, wenn sie mit ihm ins Gerede kamen! Aber dabei war ich natürlich nicht, ebensowenig wie der Herr Wisotzki, nur ich meine, deswegen ›Ausbund von Schlechtigkeit‹ auf ihn
zu sagen, ist ein bißchen viel. Jung waren wir mal alle! Wenn ich aber in der Stelle der gnädigen
Baroneß wäre – also lieber einen, der auch andern gefallen hat, als so einen Duckmäuser, von
dem man sich immer sagen muß: Hättest du dich seiner nicht erbarmt, hätt' er wahrhaftig
keine andre gekriegt!«

Die Baroneß warf hochmütig den Kopf in den Nacken zurück.

»Was fällt Ihnen eigentlich ein, Ahrens? Um mich handelt es sich dabei doch gar nicht! Und
Sie waren doch, wenn ich mich recht erinnere, derjenige, der mir einmal erzählte, mein Vetter
würde sich verloben oder hätte es schon getan?«

Der Förster kratzte sich verstohlen den Kopf. Ei verflucht noch mal, an die alte Lüge, die er
damals in ganz bestimmter Absicht produzierte, hatte er in keinem Winkel seiner Seele mehr
gedacht! Und wie sich jetzt verhalten? Die Wahrheit eingestehen und sich für alle Zeiten blamieren?

»Gott, eigentlich ist es ja ganz uninteressant und gleichgültig,« sagte die Baroneß nach einer
kleinen Pause, »aber wie heißt denn die junge Dame?«

Da fiel dem Alten in der Bedrängnis glücklicherweise ein, daß Tante Lieschen ihm an jenem
Abend doch direkt befohlen hatte, vorläufig noch mal bei der Lüge zu bleiben, und er konnte
ja nicht wissen, ob die Gründe, die damals die alte Dame zu dieser Weisung bestimmt hatten,
nicht auch heute noch in Geltung waren?! Also antwortete er: »Ja, genau weiß ich das nicht
mehr, gnädigste Baroneß, ich hab' der Sache damals auch nicht solch eine große Wichtigkeit
beigelegt. Irgendwer hat es mir auf dem Jahrmarkt erzählt…ach so, jetzt besinne ich mich, der
Viehhändler Matzanek aus Lötzen. Wissen Sie, gnädigste Baroneß, diese Leute kommen ja viel
herum auf den Gütern, und da hören sie so mancherlei. Also hinter Königsberg soll die junge
Dame zu Haus sein, aber den Namen hab' ich vergessen.« Gott sei Dank, das war unbestimmt
genug und auch weit genug fort. Wenn es aber doch zum Klappen kam, hatte der Viehhändler
Matzanek eben gelogen, und man konnte lange suchen, bis man seiner habhaft wurde, denn er
zog in der ganzen Provinz von einem Markt zum andern…

»Aber, wie sie aussieht, werden Sie doch wohl behalten haben?« forschte die Baroneß weiter.

»Ja, das natürlich, gnädigste Baroneß! Blond soll sie sein und so klein, wie etwa unsre Baroneß Fränzchen!« Das log er aber auch natürlich nur so aufs Geratewohl, nur um die Antwort
nicht schuldig zu bleiben.

»Na, denn stimmt's ja!« sagte die Baroneß und köpfte wieder eine unschuldige Küchenschelle;
der Hieb war so energisch, daß das Köpfchen der Blume ein ganzes Ende weit über den Graben
flog. Dem Alten aber benahm eine plötzlich aufsteigende Erkenntnis fast das klare Denken. Das
waren doch genau dieselben Fragen, die er damals vor jenen langen Wochen erwartet hatte, als
er nach dem Schuß auf den Gabelweih dem Füchslein mit ebenderselben gröblichen Lüge den

fängischen Brocken gestreut hatte? Und was war denn in der Zwischenzeit geschehen, daß es jetzt auf einmal einsprang?...

Aber er hatte keine Zeit, aus all den Gedanken, die auf ihn eindrängten, eine Schlußfolgerung zu ziehen, denn sein alter Unkas war mit einem Male unruhig geworden. Nahm eine Fährte auf, die quer über den Weg führte, verfolgte sie etwa zwanzig Schritte weit in den Hochwald und kehrte dann wieder um. Stieß seinen Herrn mit der Nase an und gab Standlaut.

»Sie hätten den Hund lieber zu Hause lassen sollen,« sagte die Baroneß mißbilligend, »er wird uns noch die ganze Jagd verderben!«

»Mein Unkas?« erwiderte der Alte gekränkt. »Gnädigste Baroneß, wenn wir beide zusammen nur so gut birschen könnten wie dieser Hund! Es ist leider keine Zeit, Ihnen zum Beweise der Wahrheit die diesbezügliche Geschichte zu erzählen, also ein andermal. Und um eine Rehfährte kümmert er sich sonst auch gar nicht, außer es ist Schweiß darauf, und ich setze ihn an. Es handelt sich hier also auch um kein Stück Wild, sondern um irgend etwas andres, wovon er glaubt, es könnte mich interessieren. Um irgend eine Witterung, die er nicht vergessen hat.«

»Sie wollen mir Märchen erzählen, Ahrens!«

»Gnädigste Baroneß, haben Sie schon mal Grund gehabt, an meiner Wahrheitsliebe zu zweifeln? Und ich sage immer, wir Menschen haben den Größenwahn, wenn wir uns allein in der Schöpfung Gottes die Fähigkeit zuschreiben, zu denken und aus unsren Gedanken Schlüsse zu ziehen. Die Hunde denken auch, unsre Sinne sind nur zu grob, sie immer zu verstehen. Und nehmen Sie mal an, gnädigste Baroneß, ein Tier, das jede Wildart auf hundert Schritte und mehr bloß am Gerüche erkennt, das auf hartgetrocknetem Acker die Spur eines leichten Vogels mit der Nase verfolgt, als liefe es an einem deutlich gezogenen Kreidestrich entlang, ein solches Tier sollte sich zum Beispiel auch die Witterung eines Menschen nicht merken können? Und sich, wenn es wieder einmal auf diese Spur stößt, nicht erinnern, damals haben wir mit dem Kerl doch das und das vorgehabt, also will ich meinen Herrn mal anstoßen? Wenn Baroneß mir aber nicht glauben, brauchen wir uns ja bloß den kleinen Umweg zu machen über die Stelle, wo Sie damals dem Klein-Lipinsker Herrn das Leben gerettet haben. Hängen lass' ich mich, wenn mein Unkas nicht deutlich zeigt, daß er den Platz wiedererkennt, wo er den Gordonsetter übergerollt hat!«

Die Baroneß wehrte fast ängstlich ab, schon die bloße Erinnerung schien ihr peinlich zu sein.

»Nein, nein, lassen Sie nur, Ahrens, wir vertrödeln zu viel Zeit damit. Gestern abend um diese Zeit war der Bock schon draußen.« Und sie drängte zur Eile, gleichsam als fürchtete sie, der gescheite Unkas könnte an der Unfallstelle seinem Herrn auf irgend eine Weise auch noch von andern Ereignissen Kunde geben, deren Augenzeuge er gewesen war...

*

Der Bock stand wirklich schon draußen, als sie vorsichtig in den mit Buschwerk bestandenen Wiesenrand hinaustraten, genau an demselben Fleck, auf dem ihn die Baroneß gestern abend bestätigt hatte. Eine alte Ricke hatte er bei sich und ein Schmaltier, ihn selbst aber konnte man trotz der großen Entfernung an der übermäßig starken Statur ganz sicher als den Gesuchten ansprechen, und wenn man das Glas hob, erkannte man deutlich das prächtige Gehörn. Der alte Bursch war gut durch den Winter gekommen und hatte sich auch schon mit dem Fegen beeilt: wenn er den Kopf aufwarf, schimmerten die Ecken ganz weiß, und es war ein wahrer Staat, wie hoch er aufgesetzt hatte. Wohl mehr als eine Spanne lang ragten die Stangen über die Lauscher empor, um die Rosen aber saßen ganze Knollen von schwarzen Peilen! Sogar dem Förster fing das alte Jägerherz vor Erregung lauter zu schlagen an, zugleich aber sah er deutlich, daß dem Bocke da, wo er stand, nicht beizukommen war. Ganz als hätte er wirklich die Grenzen im Kopfe, so hatte er sich seinen Platz ausgesucht! Die Kleewiese, auf der er äste, gehörte zu Groß-Lipinsken, die dichte Tannenschonung aber ringsum mit ein paar hellgefärbten, im ersten Grün stehenden Lindenbüschen, zu Klein-Lipinsken. Von der offenen Wiese her drohte ihm keine Gefahr, was dort sich näherte, mußte er auf tausend Schritte eräugen, denn noch war das Gras nicht hoch genug, um auch nur einer Krähe Deckung zu gewähren, geschweige denn einem auf Knieen und Ellbogen sich anbirschenden, ausgewachsenen Menschen. Ebenso sicher aber war er von der Waldseite aus, denn der Klein-Lipinsker, wenn er sich nicht gerade aufs Wilddieben hätte verlegen wollen, durfte auf die »feindliche« Wiese natürlich nicht hinausschießen. Aber daran dachte der Baron von Linde selbstverständlich nicht, soviel der Alte sich entsann, unterhielt er nicht einmal mehr den Birschsteig im Rande der Schonung, der vor langen Jahren bestanden hatte, als es nämlich noch eine freundnachbarliche Jagdfolge gab zwischen Groß- und Klein-Lipinsken...

Also es war ausgeschlossen, an den Bock heranzukommen, selbst wenn man auf die Gefahr eines neuen Prozesses hin den Rand der feindlichen Schonung als Deckung bei dem Birschgange benutzen wollte. Da lag vom Winter her so viel trockenes Astzeug und Reisig, daß man selbst bei der allergrößten Vorsicht keine drei geräuschlosen Schritte tun konnte, beim ersten, noch so leisen Knacken aber wäre der Bock natürlich mit ein paar langen Fluchten in die schützende Schonung gefahren. Schreckte vielleicht noch mit seiner groben Stimme »mö, mö, mö«, und die Jagd war zu Ende. Also man gab es auf für heute abend, grub aber dafür am andern Vormittag hinter dem kleinen Weidenbusch mitten in der Kleewiese ein ordentliches Ansitzloch. Setzte sich am frühen Nachmittag hinein, ließ sich geduldig von den Mücken zerstechen, rührte sich nicht, na, und wenn der Wind gut blieb und das Glück günstig war, konnte man den Bock vielleicht kriegen. Vorausgesetzt nämlich, daß man im letzten Augenblicke es nicht vor Aufregung mit dem Flattern kriegte und vorbeischoß, um ihn für alle Zeiten auf diesem Wechsel zu vergrämen!...

Das wollte er seiner jungen Herrin auseinandersetzen, aber ein Blick auf ihr Gesicht zeigte ihm, daß er mit allen diesen Gründen wenig ausrichten würde. Die Jagdpassion hatte sie gefaßt, sie verwandte kein Auge von dem Bock und ihre feinen Nasenflügel zitterten vor Erregung. Da dachte er: In Gottes Namen, und was liegt schon daran, wenn sie einen erfolglosen Birschgang geht? Und als sie ungeduldig fragte: »Na, Ahrens, was machen wir jetzt?« hob er zwei angefeuchtete Finger seiner Rechten in die Höhe, um zu prüfen, wie der leise Luftzug ginge.

»Der Wind steht nicht schlecht, Baroneß. Also Sie brauchen keine große Umgehung zu machen, halten sich hier am Waldrand bis zum Dokumentengraben, schneiden in ihm mit guter Deckung die Wiese – zu etwas ist das Werk des Herrn Wisotzki doch wenigstens gut gewesen – auf der andern Seite haben Sie dann vier- bis fünfhundert Schritt guten Birschsteig unter unsern hohen Kiefern, ich hab' ihn erst vor ein paar Tagen ordentlich harken lassen. Von der Klein-Lipinsker Schonung an aber müssen Baroneß sich selbst helfen. Vielleicht legen Sie sich eine Weile lang hin, wir haben ja noch über eine Stunde Büchsenlicht, und warten ab, ob der Bock sich nicht zu Ihnen heranäst. Auf zweihundert Meter liegend aufgelegt, können Baroneß schon ruhig hinlangen, aber, bitte, erst vorher ordentlich übers Visier sehen, nicht Korn klemmen, und wenn Sie im Schatten schießen, nicht zu weit ins Blatt hineingehen, sonst fliegt's oben drüber weg. Weil Sie doch nämlich von unten nach oben schießen, Baroneß, und ja nur die Kugel antragen, wenn sie ganz sicher ist, sonst sehen wir den Bock in diesem Jahr nicht mehr wieder!«

Die letzten Detailvorschriften waren überflüssig, denn näher als auf einen halben Kilometer kam sie an den Vorsichtigen nicht heran, aber man mußte doch so tun als ob, und den Diensteifrigen markieren.

»Verlassen Sie sich drauf, Ahrens, ich krieg' ihn,« sagte sie mit blitzenden Augen.

»Na, denn Weidmannsheil, gnädigste Baroneß, und Hals- und Beinbruch!«

»Weidmannsdank, Alter,« erwiderte sie, schulterte wieder ihren Drilling und ging mit elastischen Schlitten den Birschsteig hinab, der ein paar Schritte vom Rande im Hochwalde allen Schlenken und Biegungen der Wiese folgte.

Der alte Ahrens aber machte es sich auf einem Mooshügel, von dem aus er den ganzen Wiesenplan überschauen konnte, bequem, steckte sich zum Schutze gegen das blutgierige Mückengeschmeiß seine kurze Pfeife mit »Eigengebautem« an – jede Mücke, die von jetzt an in seinen Dunstkreis kam, fiel einfach betäubt aus der Luft, um am Boden einen elenden Vergiftungstod zu sterben – und hing so allerhand Gedanken nach.

Die Fragen nach der dem Klein-Lipinsker angelogenen Braut kamen ihm im Zusammenhange mit den Ereignissen des heutigen Nachmittags doch sehr verdächtig vor, und eine Ahnung dämmerte ihm, als wenn der Besuch ohne diese Legende vielleicht einen andern Ausgang genommen hätte. Zugleich aber, wenn er sich vergegenwärtigte, wie sehr die Baroneß gerade auf den Grenzbock aus war, auf den der Klein-Lipinsker doch nun auch schon seit Jahren vergebens fahndete, das unbequeme Gefühl, daß er diesen Birschgang doch nicht so sehr seiner »politischen« Haltung verdankte, als vielleicht dem Wunsche der Baroneß, dem Heim von Linde zu zeigen, daß sie wirklich eine weidgerechte Jägerin sei. Wie damals, als sie sich nach dem braven Schuß auf den Gabelweih verheddert hatte: Und wenn er das mitangesehen hätte, ob er dann noch... Nach dem heutigen Tage hätte er darauf geschworen, daß die Baroneß damals den Klein-Lipinsker gemeint hatte, obwohl es nie bekannt geworden war, daß gerade der sich über die Jagdpassion seiner jungen Herrin besonders abfällig geäußert hätte. Aber schließlich, wer wollte sich in so verzwickten Dingen auskennen, wie es die Entschließungen junger Mädchen waren? In jedem Falle jedoch erschien es rätlich, den Klein-Lipinsker recht bald wieder zu »entloben«. Der Weg dazu war ja sehr einfach. Er brauchte nur beim nächsten Wochenmarkt wieder einmal den Viehhändler Matzanek getroffen und von diesem erfahren zu haben, daß an der damals erzählten Verlobungsgeschichte kein wahres Wort gewesen wäre. Und er selbst konnte sich's sparen, der Baroneß mit dieser neuen Geschichte unter die Augen zu treten. Tante Lieschen hatte sich ja bis zu einem gewissen Grade mitschuldig gemacht, also sollte sie auch helfen!...

Der Bock drüben auf der Kleewiese war mit einem Male unruhig geworden, hatte aufgeworfen und äugte unverwandt nach dem Rande der Schonung, als regte sich dort etwas Verdächtiges. ...Die Baroneß konnte es nicht sein, denn die war seiner Berechnung nach kaum erst ein paar hundert Schritte im Dokumentengraben vorwärts gekommen ...der Bock machte ein paar Dutzend lange Fluchten nach der offenen Wiese zu, Ricke und Schmalreh folgten, schwenkten im Bogen nach dem Rande der Schonung, dann beruhigte sich die ganze Gesellschaft allmählich, fing wieder zu äsen an. Nur der Bock äugte noch hin und wieder nach der Stelle, die zuerst seinen Argwohn erregt hatte ...wahrscheinlich war dort ein Fuchs ausgewechselt, schob sich jetzt in einer Furche zollbreit um zollbreit vorwärts, um in jähem Ansprung einen der harmlosen Hasen zu ereilen, die zu Dutzenden in dem saftigen Klee ästen; aber so sorgfältig er auch mit seinem scharfen Glase den Wiesenplan durchmusterte, er konnte den rotpelzigen Meister Reineke nicht entdecken...

Und was nur sein braver Unkas heute hatte! Statt sich zusammenzurollen wie ein Igel und vernünftigerweise die gute Stunde, die es noch bis zur Rückkehr der Baroneß dauern konnte, zu überschlafen, saß er aufrecht auf den Hinterkeulen, miefte von Zeit zu Zeit und sah ihn immerfort an.

Da sagte der Förster: »Was hast du denn nur, Alter?« zugleich aber fiel es ihm ein, wie schwer es vorhin gehalten hatte, den Hund von der quer über den Weg laufenden Fährte abzurufen. Viel würde ja dabei nicht herauskommen, wenn er ihm den Willen tat und nachsuchte, vielleicht ein altes Weib, das den Sonntagnachmittag benutzte, sich für die Woche zum Kaffeekochen eine Traglast trockner Äste zu sammeln. »Also schön, Alter, meinetwegen,« sagte er und stand auf, »sollst deinen Willen haben. Ob ich nun hier sitz' und zuseh' oder nicht, das ist tutmähmschose, deswegen kriegt sie den Bock doch nicht!«

Unkas tat einen halblauten Blaffer, rannte vor Freude wie ein Besessener ein paar hundert Schritte in die Wiese hinaus, um wieder umzukehren und dann höchst gesittet und vernünftig auf dem Waldwege voranzugehen, den sie vor kaum einer halben Stunde von der entgegengesetzten Richtung her gekommen waren. Und genau an der gleichen Stelle wie vorhin markierte er, nahm die Spur wieder auf, sprang über den Graben und wartete, ob sein alter Herr ihm folgen würde. Der aber prüfte erst gründlich die Wegstelle, ehe er ebenfalls den Graben überschritt, und sagte kopfschüttelnd: »Was willst du nur, dummer Kerl? Es ist doch absolut nichts zu sehen. Oder am Ende ist doch was Besonderes unterwegs, ein Wilddieb oder so etwas, sonst hätte der Kerl sich nicht so sorgfältig gehütet, auf eine weiche Stelle im Weg zu treten?«

Unkas sagte nur leise miefend »mm …mm…« und wedelte aufgeregt mit der kurzgestutzten Rute.

»Na, denn vorwärts, Alter, such verloren. Aber merk dir's, es gibt einen bösen Katzenkopp, wenn sich zum Schluß etwa die alte Bintschkowa entpuppt, und sie sichelt vorjährige Streu für ihre diesjährigen Ferkel!«

Und Unkas zog langsam weiter, immer in den Hochwald hinein, die Nase am Boden, arbeitete an der Fährte wie an einer Schnur.

»Daß dich der Deuwel!« sagte der Alte, denn in dem schweigenden Walde war es schwül, und was seinem Unkas langsames Tempo dünkte, trieb ihm den Schweiß aus allen Poren. Plötzlich aber sagte er: »Unkas, down und nicht weiter!« denn in einer Talsenkung waren sie an eine breite moorige Stelle gekommen, und endlich zeigte sich die Spur, auf der der Hund arbeitete, in voller Deutlichkeit. Und keine zwei Stunden konnte sie alt sein, denn die Krümel am Rande waren noch ganz feucht, und ein mitheruntergetretener Grashalm hatte sich noch nicht wieder in die Höhe gehoben…

Und ein seltsamer Männerstiefel war es, der sich da in dem weichen Moorboden abzeichnete, ganz anders, als er hier zu Lande getragen wurde …eine breit ausladende Sohle ohne Nägel, in rundem Bogen vom Spann zur Spitze geschwungen, ein breiter Absatz, ebenfalls ohne Nägel… ordentlich ausländisch sah die Fußspur aus! Interessant war die Sache ja, aber wie sich einen Vers darauf machen? Und plötzlich sprang der Alte auf, er glaubte das Richtige gefunden zu haben, die Spur damals in dem klumpigen Gemisch aus Hagel und Schnee hatte so ähnlich ausgesehen!

»Vorwärts, Unkas, in einer halben Stunde hab' ich den Kerl! Dann aber gibt es heute abend die dickste Blutwurst, die unsre Alte im Schrank hängen hat, verlaß dich auf mein Wort, selbst wenn sie mich für verrückt erklären sollte!«…

Und Unkas arbeitete weiter auf der Spur, merkwürdigerweise aber nicht nach der Wiese zu, sondern immerfort im Hochwalde, immer weiter nach der entgegengesetzten Richtung, in der der Dokumentengraben lag, und der Alte wollte an ihm fast schon irre werden. Endlich nach ein paar tausend Schritten machte er rechtsum, zog auf die Wiese hinaus, dort aber schien er mit seiner Weisheit zu Ende zu sein. Schlug ein paar Bogen, kehrte um und setzte sich leise miefend vor seinem Herrn nieder. Und da war der Alte ordentlich froh, daß er auch einmal eingreifen konnte, denn vom Waldrande her führte in die Wiese ein leise rinnendes Abzugsgräblein, das der Kerl, um für alle Fälle seine Spur zu verwischen, sicherlich barfuß angenommen hatte.

»Siehst du, Unkas, jetzt tritt die sogenannte höhere und menschliche Intelligenz in ihre Rechte! Nach ein paar hundert Schritten werden wir die Stelle schon finden, wo er aus dem kalten Wasser wieder 'rausgeklettert ist! …Und siehst du,« sagte er nach einer Weile, »hier hat er gesessen und sich die Stiebeln wieder angezogen. Das seh' ich nämlich, mein Sohn, an dem Abdruck seiner Hinterkeulen, und jetzt vorwärts!«

Es bedurfte der Aufforderung nicht mehr, Unkas hatte die Spur schon längst aufgenommen, arbeitete quer über die Wiese auf einen niedrigen Fichtenkopf zu und jetzt so eilfertig, daß sein alter Herr nur noch schwer gleichen Schritt halten konnte.

»Unkas, nicht so fix,« sagte er schnaufend, »und Unsinn, der Fichtenkopp stimmt doch nicht mit den letzten Bekenntnissen des alten Tyrol, der Kerl wird mich doch nicht sozusagen mit seinen letzten paar Atemzügen so gemein angeschwindelt haben? …Aber freilich, auch von hier aus kann man Kirchturm, Mond und Morgenstern in eine Linie kriegen, fragt sich nur um das Datum der Betrachtung …verflucht noch mal, der Kerl hat doch drin gesteckt und uns zu früh spitz gekriegt!«

Aus dem niedrigen Fichtengebüsch brach ein Mann in hellblau gestreifter Anstaltskleidung, rannte mit weitausgreifenden Sätzen über die Wiese nach dem gegenüberliegenden Waldrande zu; der Förster brauchte nur mit einem flüchtigen Blicke hinzusehen, um zu erkennen, daß es wirklich der Hufschmied Martschinowski war, der da um seine Freiheit rannte…

»Unkas, faß, faß!«

Der Brave stürmte in langen Sätzen vorwärts, noch ein paar hundert Schritte und er hätte den Kerl gestellt, aber da hob das gefährliche Subjekt die Hand empor und etwas Blankes blitzte im Sonnenschein.

»Wollen Sie mit Gewalt Ihren Hund loswerden, Herr Förster? Und meinen Sie, ich genier' mich vielleicht?« schrie der Hufschmied mit zurückgewandtem Kopfe.

Da steckte der Förster Daumen und Zeigefinger in den Mund und stieß einen hallenden Pfiff aus. Unkas machte erst down, als hätte ihn mitten im Rennen eine Faust am Halsbande niedergerissen, sah sich nach seinem Herrn um und kehrte auf einen zweiten Pfiff gehorsam mit langen Sätzen zurück.

Der Kerl hatte weiß Gott recht! Den Hund nutzlos opfern, der ihm zehn Jahre lang und mehr ein treuer Gefährte gewesen war? Nicht um alle Dokumente der Welt! Lieber machte er sich schon selbst auf das Rennen, obwohl der andre ausgeruhte Beine hatte und die eignen zweihundertundachtzig Pfund, die schweren Jagdstiefel und Kleider gar nicht gerechnet, nicht gerade wie ein Gummiball über den weichen Wiesenboden zu treiben waren. Aber haben mußte er den Kerl, also vorwärts!...

Und drei-, vierhundert Schritte im Galopp hielt er aus, dann aber mußte er das Rennen aufgeben; die Beine hätten schon noch länger vorgehalten, aber der Atem reichte nicht! Also was blieb übrig? Dem Kerl eine Kugel nachschicken, natürlich in die Gegend der Beine! Und hinterher sechs Wochen ehrenvollen Brummens im Allenberger Gerichtsgefängnis, denn die Herren von der Strafkammer waren manchmal komisch. Der Fall paßte leider nicht in die Verordnung über den Gebrauch der Schußwaffen, denn ein vergrabenes Dokument war kein gewilddiebter Rehbock, und er konnte dem hohen Gerichtshöfe doch nicht durch einen eigens zu diesem Zwecke arrangierten Wettlauf beweisen, daß ein dürrer Hufschmied weniger Fett am Herzen und flinkere Beine hatte, als ein in Ehren und Bequemlichkeit korpulent gewordener Beamter? ...Und er hob das Gewehr, zielte sorgfältig ...der Kerl sah sich um und warf sich platt auf den Boden ...um so besser, dann sollte er auch ganz sicher seine Kugel in die Waden kriegen!

»Paksch,« sagte der Büchsenlauf an seinem Drilling, und er brauchte ihn erst gar nicht aufzuklappen, um zu wissen, daß er das Laden vergessen hatte. Aber das kam davon, wenn man mit so einem kleinen Frauenzimmer auf die Birsch ging, dem die Plappermühle nicht stillstand. Unterdessen war der Kerl, der ihn mit zurückgewandtem Gesicht beobachtet hatte, natürlich wieder aufgesprungen und lief in gemütlichem Trab dem Waldrande zu.

»Herr Förster, das nächste Mal, wenn Sie auf mich schießen wollen, vergessen Sie die Patronen nicht!« schrie der Hufschmied zurück, und da erst merkte der Alte, wie unbedacht er sich verraten hatte. Hatte sich nach dem Versager hastig die Taschen befühlt und, als er auch dort nichts fand, was einer Patrone ähnlich sah, wahrscheinlich ein arg betroffenes Gesicht gemacht! Aber auch das kam nur von dieser verdammten Übereilung. Hätte die Baroneß nicht schon beim Mittagessen sagen können: Sie, Ahrens, halten Sie sich parat, heute abend will ich einen Bock schießen? Statt dessen war Hals über Kopf der Befehl gekommen: Rasch, machen Sie sich fertig, Herr Förster, in einer Viertelstunde holt die Baroneß Sie zum Birschen ab! Man selbst aber war noch im Sonntagsgewand, dachte an nichts Böses und wollte sich mit Frau und Tochter in aller Gemütlichkeit gerade an den Kaffeetisch setzen... Der Hufschmied Martschinowski hatte beim Laufen und Rückwärtsschauen einen Rumpler gemacht, wälzte sich im Überschlag auf der Wiese, im nächsten Augenblick aber lief er heil weiter und setzte sich dann auf einen breiten Stubben nieder.

»Herr Förster,« schrie er höhnisch herüber, »wenn Sie sich verpustet haben, können wir ja wieder mit Wettlauf loslegen!«

Da packte den Alten ein gewaltiger Ingrimm. Erst tat er so, als wenn er seinen Drilling umständlich laden würde, dann spannte er die Hähne und ging, das Gewehr anscheinend schußfertig, auf den Frechen los. Vielleicht ließ er sich verblüffen, und wenn er ihn erst auf Armeslänge hatte, war alles in Ordnung. Einen ungewechselten Fünfdahlerschein zwischen die Augen, und für die nächste Viertelstunde sagte der andre nur babb!

Der Hufschmied erhob sich und lachte laut auf.

»Herr Förster, meinen Sie, ich hab' drüben das Sehen verlernt? Und bilden Sie sich vielleicht ein, Sie könnten mir mit der ungeladenen Ofenschaufel da Angst einjagen? Jetzt aber nicht näher heran, sonst knallt es bei mir!« Und wieder hob er das blanke Ding in seiner Rechten in die Höhe.

Da verlegte sich der Alte aufs Parlamentieren.

»Martschinowski, so nehmen Sie doch Vernunft an. Das Ganze ist nur ein Mißverständnis, wären Sie nicht so blödsinnig gelaufen, wär' ich Ihnen nicht nachgerannt. An Ihrer Person liegt mir gar nichts, nur an Ihren Wissenschaften. Zeigen Sie mir die Stelle, wo der Kasten vergraben liegt, und Sie sollen nicht bloß frei ausgehen, sondern von der Baroneß sogar noch 'ne Belohnung kriegen!«

»Na schön, dann gehen Sie, Herr Förster, man ruhig nach dem Schloß und holen Sie zehntausend Dahler und 'n Spaten. Unter dem tu' ich's nicht. Wenn Sie selbst aber auf die Idee kommen sollten, sich die Belohnung zu verdienen … in dem Fichtenkopp hab' ich nur ein Mittagsschläfchen gehalten, die Truhe liegt ganz wo anders.«

Jetzt bist du der Dumme gewesen, mein Sohn, brummte der Alte, ich weiß Bescheid! Laut aber sagte er: »Also gut, ich will zusehen, ob sich die Baroneß zu der Summe verstehen wird. Warten Sie hier auf mich, in einer knappen Stunde bin ich wieder zurück!« Und er wandte sich, schritt quer über die Wiese nach dem gegenüberliegenden Rande des Hochwaldes, verschwand zwischen den Stämmen und machte linksum. Als er aber den drüben noch immer auf dem Stubben sitzenden Hufschmied und die Fichtendickung in einer Linie hatte, duckte er sich und begann auf allen vieren einen gar beschwerlichen Birschgang. Der Schweiß troff ihm von der Stirn, sein alter Jagdkittel war zum Auswinden naß, aber es verschlug ihm nichts. Wenn je, dann war er heute auf der richtigen Fährte. Aber erst nach dem Schloß laufen, Alarm schlagen und bei der Rückkehr das kostbare Nest natürlich leer finden … dazu mußte sich Herr Martschinowski schon einen Dümmeren aussuchen! …

Die beiden Verschworenen, Hans Haffner, der Maler, und der Baron von Linde, waren schon eine ganze Weile im Walde unterwegs. Der Maler mit einem derben Knotenstock in der Hand, das unvermeidliche Skizzenbuch unter dem Arm und den breitrandigen Kalabreser auf die Locken gedrückt, der Klein-Lipinsker aber in einem verschlissenen Lodenkittel, hohe Jagdstiefel an den Beinen und über dem Rücken die einläufige Mauserbüchse. Hans Haffner hatte fragen wollen, ob er sich nicht auch lieber mit einer besseren Waffe hätte versehen sollen, als seinem alten Knotenstock, falls es nämlich zu einem derben Handgemenge käme bei dem Überfall, der doch unzweifelhaft geplant würde, aber sein Mäcen und Genosse sagte »pst« und legte warnend die Hand auf den Mund. Da schwieg er wieder, obwohl es ihm sauer genug ankam, denn gerade heute hatte es nach langer Kühle den ersten herrlichen Frühlingsabend gegeben, und alle paar Dutzend Schritt war etwas Köstliches zu schauen, worüber er seinem entzückten Malerherzen gern Luft gemacht hätte. Da stand in verschwiegener Schneise ein schlankes Reh, scharf zeichnete sich der emporgeworfene Kopf mit den beweglichen Lauschern gegen den dunkeln Hintergrund ab, aber der Klein-Lipinsker schenkte dem reizvollen Bilde kaum einen flüchtigen Blick, schritt schweigend weiter. Oder durch die hohen Kiefern schoß plötzlich von der schrägstehenden Sonne ein Bündel goldener, warmer Strahlen, malte allerhand seltsame, bald blau, bald tief bronzefarben schimmernde Lichter auf die zarten Blätter der Lindenbüsche, die den Weg säumten. Und sonst waren sie bei einem solchen Anblick stehen geblieben, und er hatte seinem Begleiter erklärt, weshalb die modernen Maler die Bäume nicht ewig grün malten. Nicht weil sie übergeschnappt wären, wie die große Masse der Banausen meinte, sondern weil sie begnadete Augen hatten, vor denen die große Zauberin da oben am Himmel all ihre Geheimnisse entschleiern müßte. … Bei diesem Unterrichte hatte sein Mäcenas mit der Zeit etwas gelernt, fing an, durch die Brille seines Lehrmeisters zu schauen, und machte ihn schon ab und zu bei einem gemeinschaftlichen Spaziergange auf solche seltsamen, dem gewöhnlichen Auge unsichtbaren Farbenspiele aufmerksam. Heute aber schritt er achtlos daran vorüber, trieb so eilends vorwärts, daß der Maler Mühe hatte, gleichen Schritt zu halten, obwohl seine Beine auch nicht gerade zu den kürzesten gehörten …

Endlich, der Hochwald zur Linken ging in eine etwa zwanzigjährige Tannenschonung über, während sich rechts vom Wege eine weitläufige Erlenpflanzung dehnte, durch deren Mitte ein leise murmelndes Bächlein zu den Wiesen floß, blieb der Klein-Lipinsker stehen und deutete mit der Hand nach dem Grunde.

»Da kommt der Wechsel entlang, und hinten im Bruch hat er sein Lager,« flüsterte er leise.

»Wer ›er‹,« versetzte der Maler ebenso, »ich denke doch, es handelt sich um eine ›sie‹, die wir verärgern wollen?«

»Mensch, Professor und Maler, weißt du denn nicht, was heute für ein Datum ist? Der erste Mai!«

»So, so,« sagte Hans Haffner, »der erste Mai! Dann hätten wir aber doch mindestens eine rote Fahne mitnehmen sollen und müßten im geeigneten Augenblick die Marseillaise anstimmen. Wenn sie als Agrarierin stockkonservativ gesonnen ist, tut sie uns vielleicht den Gefallen und ärgert sich ein bißchen darüber!«

Der Klein-Lipinsker mußte wider Willen auflachen.

»Unverbesserlicher Faxenmacher! Aber jetzt paß auf. Da unten im Grund läuft der Wechsel des Grenzbockes, das heißt der Weg, den er jeden Abend und Morgen macht, wenn er auf die Groß-Lipinsker Wiesen zur Äsung zieht und wieder in mein kühles Bruch zurückwandert, um dort tagsüber zu faulenzen. Der alte Filou von Ahrens hat nämlich im vorigen Jahr auf den Wiesen ab und zu einen Sprenkel Weißklee gesät, aber es hat ihm nichts geholfen. Und dies Jahr ist das Zeug fortgewuchert bis in den Schonungswinkel hinein, der Bock braucht nur die Nase 'rauszustrecken, um gleich am Rande die leckerste und süßeste Äsung zu finden.«

»Na schön, aber ich versteh' noch immer nicht, wie die Baroneß Elsbeth sich darüber ärgern soll, daß der Bock ihr den Weißklee wegfrißt. Sie selbst reflektiert doch nicht darauf, denn meines Wissens ist sie keine Vegetarianerin!«

»Du hast schon bessere Witze gemacht, Meester,« sagte der Klein-Lipinsker ein wenig ärgerlich. »Aber jetzt komm, wollen in Deckung gehen, es wird die höchste Zeit.« Und er führte nach einigem Wählen den Maler hinter einen niedrigen Lindenbusch zur Seite des Weges, von dem aus man einen bequemen Überblick über den Erlengrund hatte. Dort legte er sich längs auf den Leib, hieß den Maler ein Gleiches tun und suchte für seine aufgelegte Büchse einen bequemen Stützpunkt.

So lagen sie eine ganze Weile lang schweigend. Der Klein-Lipinsker verwandte kein Auge von dem Erlengrund, Hans Haffner aber hatte leise sein Skizzenbuch aufgemacht und zeichnete die landschaftliche Szenerie; wenn das Ereignis kam, mit dem die junge Schloßherrin von Groß-Lipinsken angeärgert werden sollte, brauchte er es nur aus dem Gedächtnis in den fertigen Hintergrund einzutragen. Und als er aus Langeweile schon den Baumschlag genauer zu zeichnen anfing, als für einen Hintergrund eigentlich notwendig gewesen wäre, entschloß er sich endlich zu der wispernden Frage: »Euer Hochwohlgeboren werden entschuldigen, aber auf wen warten wir denn eigentlich?«

»Na, auf den Grenzbock natürlich,« gab der Klein-Lipinsker ebenso zurück, »und heute muß er 'ran. Hab' sonst nie einen vor dem zwanzigsten umgelegt, aber sie spitzt sich schon den ganzen Winter darauf, also wird er ihr heute totgeschossen!«

»Und du glaubst wirklich, daß sie sich drüber ärgern wird?«

»Na und ob! Das Mädel hat ja Passion, und seit heute nachmittag weiß ich's genau, wie es damit angefangen hat. Aber das ist eine lange Geschichte, ich erzähl' sie dir vielleicht ein andermal. Und heute abend noch kriegt sie das Gehörn zur Ansicht geschickt – verlaß dich drauf, sie geht in die Luft, weil sie die Ironie erkennen wird, die darin liegt.«

»Na, wenn du nur davon überzeugt bist!«

Danach schwiegen sie wieder eine ganze Weile lang, bis der Maler es vor unterdrücktem Mitteilungsbedürfnis nicht mehr aushielt.

»Du, Adalbert?« fragte er leise.

»Na, was denn schon wieder?«

»Also, daß man auf der Jagd den Mund halten muß, hab' ich begriffen. Aber das Mückenge-schmeiß frißt einen fast auf, und da wollte ich gehorsamst fragen, ob man sich nicht wenigstens eine brennende Zigarre in den schweigsamen Mund stecken dürfte!«

Der Klein-Lipinsker benutzte die Gelegenheit, um die steif werdenden Glieder möglichst geräuschlos in eine bequemere Lage zu bringen.

»Um Gottes willen und nicht zu machen. Wir liegen sowieso schon nicht im allerbesten Winde, und meine Hoffnung ist, daß der Bock hier im Waldinnern nicht so scharf windet wie draußen, daß er ein bißchen vertraut angeländert kommt.«

»So so,« sagte der Maler, »und dann lassen wir's eben. Aber um mich geht mir's dabei nicht so, ich wisch' mir das Zeug schon aus dem Gesicht, und im Nacken schützt mich meine Mähne. Ich frage mich nur die ganze Zeit über, wie groß dein Haß sein muß oder deine Liebe, was dasselbe sagen will, wenn du es nämlich nicht merkst, daß sich jetzt schon die zwölfte Mücke an deinem braunen Nacken sattgetrunken hat, ohne daß du auch nur einmal gezuckt hättest. Ich hab' sie genau gezählt, und ich glaube, eine erzählt es der andern. Vielleicht aber sind etliche auch schon ein paarmal gekommen, bestimmt kann ich's nicht sagen, denn an den Gesichtern sind sie leider nicht zu unterscheiden.«

Der Klein-Lipinsker faßte sich ins Genick.

»Wahrhaftig, du hast recht, es fängt an zu jucken. Außerdem fang' ich an zweifelhaft zu werden, ob der Bock nicht am Ende schon durch ist, und wir hier umsonst liegen. Aber warte, das werden wir gleich haben. Nur eins sag' ich dir, Meester, sollte in meiner Abwesenheit der Bock im Erlengrund auftauchen, nicht etwa schreien und pfeifen. Ich pass' selber auf, und wie er auch kommt, er muß mir vors Rohr geraten. Und du schwörst mir, dich nicht vom Platze zu rühren, denn sieh, Meester, 'ne Büchsenkugel ist härter als Menschenfleisch, und wenn ich nicht genau weiß, wo du bist, kann ich nicht schießen!«

»Ich schwöre!« sagte der Maler. »Außerdem aber würde es dem Zwecke der Übung nicht ganz entsprechen. Über mich würde sich unsre holdselige Gegnerin nicht ärgern, wenn ich auf der Strecke bleiben sollte. Ganz abgesehen davon, daß ich kein Gehörn trage, das du ihr heute abend zur Ansicht nach Groß-Lipinsken schicken könntest!«

»Faxenmacher!« lachte der Klein-Lipinsker halblaut und trat mit einem langen, geräuschlo-sen Schritte über den Graben, verschwand im Dunkel der Schonung. Hans Haffner aber blieb allein zurück, nahm sich zunächst vor, dem Rehbock, falls er im Erlengrunde erschiene, ein deutliches Zeichen zugeben: Kehr um, alter Freund, da hinten lauert einer auf dich, um dich totzuschießen, wenn du selbst aber auch nur eine Spur von Dankbarkeit im Busen hegst, komm morgen vormittag hierher, damit ich dich abzeichnen kann; dann aber versank er in ein früh-lingsseliges Träumen. ... Sein Bild war fertig, hing in der Ausstellung, an einer großen Wand für sich allein, davor aber drängte sich eine entzückte Menge, und bewundernde Ausrufe wurden laut. Sehen Sie mal, wie das in der Luft steht, wie das lebt! ... So hat noch kein Mensch Füllen gemalt ... sehen Sie doch bloß den Schimmelhengst an der Spitze ... i bewahre, der Braune, der sich in der Mitte bäumt, ist ja noch viel prächtiger ... und dann den wunderbaren Beleuchtungs-effekt ... der Schatten der ziehenden Wolke, der über einen Teil der Herde fällt ... wahrhaftig, wenn je ein Erstlingswerk die goldene Medaille verdiente, dann dieses! ... Er aber stand mit der kleinen Fränze in einer Ecke, hörte zu und sagte: Ja, Baroneß, wenn ich das Bild da ein Jahr früher fertig gehabt hätte! Aber reden wir nicht davon, Sie sind ja Frau von Mechow und so weit ganz glücklich. ... Ich aber damals? Ein »Faxenmacher«, wie mich der Herr von Linde nannte, gut genug, um ihnen allen mit Spaß und Kurzweil die Zeit zu vertreiben, und Sie hätten mich ja nur ausgelacht, wenn ich gesagt hätte, meine Hoffnungen und mein Können sind mehr wert, als ganz Mechowen und Lipinsken zusammen! ...›Wann's gar koan Geld mehr hain, gehn's an die Eisenbahn, da komm'n noch mehr z'samm, die a koans ham,‹ hätten Sie vielleicht damals gesagt, und mit Recht, aber heute gilt das nicht mehr. Zwanzigtausend Mark sind mir schon für meine ›Jugend‹ geboten, aber fällt mir nicht ein...

»Meester,« sagte der Klein-Lipinsker plötzlich neben ihm, »nimm's mir nicht übel, aber du bist übergeschnappt. Jeden Augenblick kann der Bock kommen, und du singst Schnadahüpfeln?«

So geräuschlos war er zurückgekehrt, daß der Maler ihn erst gewahr wurde, als er sich schon auf seinem alten Platze ausstreckte.

»Ach so ja, und entschuldige. Ich war eben dabei, einen Wechsel auf die Zukunft zu ziehen, und da hatte ich die Gegenwart ganz vergessen. Aber weshalb meinst du, daß der Bock jetzt jeden Augenblick kommen wird? Habt ihr euch in der Schonung getroffen und verabredet?«

»Ne, mein Junge, noch besser! Meine schöne Cousine treibt ihn uns höchstselbst und persönlich zu!« Und als der Maler darauf ein Gesicht machte, als zweifelte er an seiner Zurechnungsfähigkeit, rückte der Klein-Lipinsker Schulter an Schulter. »Also denn hör zu,« wisperte er leise, »und wenn ich zu Ende bin, dann darfst du ›Hurra‹ denken, aber beileibe nicht schreien. Sie selbst ist nämlich auf den Bock unterwegs, und jetzt kriegt der Spaß erst recht seine Würze!«

»Ach ne,« sagte Hans Haffner, um überhaupt etwas zu sagen, was wie Anteilnahme klang, denn ihm waren schon längst starke Zweifel an dem Erfolge ihrer Unternehmung aufgestiegen.

Der Baron von Linde rückte noch näher, und seine blauen Augen blitzten ordentlich vor Jagdeifer, Schadenfreude und Erwartung.

»Verlaß dich drauf, Meester, ich hab' sie ja selbst gesehen!... Also ich schieb' mich in der Tannenschonung vorwärts, lautlos natürlich, mein Junge, denn Bockbirschen hab' ich ausgelernt, steck' die Nase zwischen zwei niedrigen Tannen ins Freie und richtig, der Bock steht schon draußen! Daß dich der Satan, denk' ich, wir sind zu spät von Hause weggegangen. Und auf sechzig Gänge stand er breitseit, ich hätte ihn mit der Mütze totschmeißen können! Da stieg mir der helle Zorn ins Gesicht, daß auch diese Invite verfehlt sein sollte und alles, was ich mir so schön ausgedacht hatte, und hol's der Henker, sagte ich mir, es wird gewilddiebt! Will schon das Schießeisen an die Backe nehmen, aber da fällt mir's ein, holla, erst mal nachsehen, ob auch die Luft rein ist. Also ich heb' das Glas hoch, durchmuster' die Groß-Lipinsker Waldlisiere und richtig, weit drüben am Ausgang des Wiesengestells sitzt der alte Ahrens mit seinem Unkas, steckt sich gerade die Pfeife an. Na, und da ich ja nicht gerade zu den Minderbegabten gehöre, lag alles andre auf der flachen Hand. Nach zwei Minuten hatte ich meine schöne Cousine spitz, wie sie in ihrem verunglückten Dokumentengraben entlang länderte. Und stellte sich gar nicht so dumm an, hob nur alle paar hundert Schritte das Hütchen mit der Spielhahnfeder über den Rand, jedesmal wenn sie an einem Erdklumpen eine genügende Deckung hatte, arbeitete auch nicht mit dem Glas, um den Bock nicht durch eine Sonnenspiegelung unnütz rege zu machen, also allerhand Hochachtung, hat beim alten Ahrens was gelernt. Na, und da schob ich mich beruhigt rückwärts. Es gab zwar einen leisen Knacker, denn der linke Fuß war mir beim langen Stehen eingeschlafen, aber der Bock nahm's weiter nicht übel, machte nur ein paar Fluchten in die Wiese hinaus und beruhigte sich dann wieder. Aber, Meester, ist das ein Kerl!« ... Er faßte den Maler in die Schulter und drückte ihn heftig. »Das Gehörn schon ganz gefegt, mindestens fünfunddreißig Zentimeter hoch, Perlen wie Knappe so dick, in der Auslage breiter als ich spannen kann, und regelmäßig, als hätt' ihn ein Drechsler gemacht. Das Herz schlug mir bis in den Hals, mein Junge, als ich ihn mir so in Muße betrachtete, und ich sag' dir, kein zweiter wird in gleicher Herrlichkeit dies Jahr in preußischen Wäldern gestreckt. Das gibt den ersten Schild auf der nächsten Geweihausstellung!«

»Für wen?« fragte der Maler.

»Hier, mein Junge, von dieser Büchse fällt er, noch heute abend!«

»Na, und wenn ›sie‹ ihn kriegt?«

»Ausgeschlossen, ganz aus-ge-schlossen! Keine Möglichkeit, auf Schußweite 'ranzukommen, ich hab' mir die Gegend ganz genau angesehen. Versuchen wird sie's natürlich, aber nur um so besser! Darauf baut der sogenannte menschliche Verstand ja seinen Plan: Sie macht ihn rege, er aber prescht davon, schwenkt in seinen Wechsel ein und kommt hier vorbei. Egal, in welchem Tempo, da unten, wo das, Wässerlein rinnt, wird er krumm und geht koppheister.

Vorbeischießen gibt's ja nicht! Nur einen Dahler gab' ich drum, ihr Gesicht zu sehen, wenn's hier knallt und ich schrei' tallihoh!«

»Gib her,« sagte der Maler, »und ich tu' dir den Gefallen. Schleich' mich an sie und zeichne sie im entscheidenden Moment porträtähnlich ab!«

»Stille jetzt und Schluß mit den Unterhaltungen,« erwiderte der Baron von Linde, »es dauert keine fünf Minuten mehr, dann kommt er!«...

Und Hans Haffner schwieg gehorsam, denn er mochte sich hinterher nicht den Vorwurf machen lassen, er hätte durch unzeitgemäßes Schwatzen den sonst sicheren Erfolg verdorben. Noch vom alten Ahrens wußte er ja, wie sehr die Jäger dazu neigten, einen Mißerfolg fremden Leuten in die Schuhe zu schieben. Wenn es glückte, hatten sie natürlich das Verdienst und rühmten sich laut, im entgegengesetzten Falle aber verfügten sie über mehr Ausreden, als des Teufels Großmutter...

Aber aus den fünf Minuten wurde eine Viertelstunde, eine zweite reihte sich an die erste, und nichts regte sich in dem Grunde, in dem das Wässerlein leise murmelnd talwärts floß, den »feindlichen« Wiesen zu. Schon begann es unter den hohen Stämmen zu dunkeln, Hans Haffner wollte gerade fragen, ob es nicht an der Zeit wäre, heimzugehen, weil im Dunkeln nur die Katzen etwas sehen könnten, als plötzlich, ratsch, der reißende Knall eines Büchsenschusses durch den Abendfrieden brach. Von den Groß-Lipinsker Wesen her! Ein Krähenschwarm stieg schimpfend und krächzend aus den Wipfeln der hohen Kiefern, ein paar Nußhäher flogen mit ihrem mißtönenden Brex, Brex von Stamm zu Stamm, und eine aus dem Schlafe gestörte Singdrossel huschte mit leisem Aufziepen über den Weg.

Hans Hassner richtete sich auf den Ellbogen auf.

»Na, Adalbert, was sagst du nun? Und dein Gesicht, bitte, damit ich's für die Nachwelt verewigen kann. Als Unterschrift: Der Lohgerber Marius auf den Trümmern Karthagos!«

»Unsinn,« sagte der Klein-Lipinsker etwas gereizt, »vorbeigeschossen! Hab' wenigstens keinen Kugelschlag gehört, das Fräulein wird – versuchsweise – auf tausend Meter mal hingefunkt haben! Aber jetzt *down and whist* ...jetzt geht's los!« Und seine Rechte spannte sich fester um den Kolbenhals.

Ein Knacken und Brechen im Tannenunterholz, die alte Ricke preschte vorüber, verschwand zwischen den jungen Erlen, gleich dahinter das Schmalreh, dann eine ganze Weile Schweigen, und schließlich ein unsicheres Trappen, dazwischen ein dumpf gurgelndes Geräusch, fast wie Husten aus einer todkranken Menschenbrust. Noch einmal ein Knacken von gebrochenen dürren Ästen, ein letzter Satz über den Graben, ein Torkeln und Schwanken, mitten auf dem Wege brach der brave Bock zusammen. Der Baron von Linde grub die weißen Zähne in die Unterlippe.

»Verdammt noch mal, sie hat ihn erwischt! So ein Mädel, so ein Frauenzimmer, ein schneidiges! Aber der Deuwel soll mich reiten, schockmillionenmal, wenn sie das Gehörn ausgeliefert kriegt. Nicht um alle Länder, die das Meer umspült!«

Hans Haffner wollte aufspringen, um dem armen Tier irgendwie zu helfen, aber die eiserne Faust des Klein-Lipinskers drückte ihn zu Boden.

»Nicht einen Schritt vorwärts! Und keinen Laut! Wenn wir ihn jetzt hochmachen, rennt er noch zweitausend Meter, ohne einen Tropfen Schweiß zu verlieren, wir aber können uns totsuchen und finden ihn nicht. So aber? Zehn Minuten und es ist vorbei. Hörst es nicht? Weidwund und die Lunge angekräpelt ...da sitzt die Kugel!« Und er stieß den Maler mit dem Zeigefinger in der Gegend der Kurzrippen in die Seite.

»Kann's mir schon denken,« sagte der Maler, und seine Stimme klang ein wenig heiser, »das mag vom weidmännischen Standpunkt alles sehr richtig sein. Aber was für ein grausames Volk seid ihr doch, ihr Jäger?!«...

*

Solange der alte Ahrens ihr nachblicken konnte, war Elsbeth von Linde aufrecht und so recht keck einhergeschritten, hinter der ersten Biegung des Birschsteiges aber setzte sie sich auf einen vermorschten Kiefernstubben, schlug die Hände vors Gesicht und weinte sich noch einmal gründlich aus, gründlicher als am frühen Nachmittag, wo die kleine Fränze sie wieder einmal in ihrem Schmerz gestört hatte.

Also jetzt war es ganz aus und zu Ende, unwiderruflich! Morgen wurde gepackt und gereist, irgendwohin, nach Wiesbaden oder Paris, ganz egal wohin, nur allein sein und endlich Frieden finden. Nicht mehr diese entwürdigende Doppelexistenz führen, tagsüber die Gleichgültige, Gelassene und Heitere spielen, in den langen Nächten aber die Kopfkissenbezüge naß weinen, die Zipfel der Bettdecke zerbeißen, nur damit die nebenan schlafende kleine Schwester nicht herüberkam, um sie mit einer unerträglich süffisanten Miene zu trösten. Ganz als wenn sie immer sagen wollte: Geh', hab' dich doch nicht so, deine Schmerzen sind zu kurieren, der Doktor wohnt nur eine kurze Meile weit fort, und in ein paar Wochen ist alles gut! Heute nachmittag hatte sie sich sogar die Äußerung erlaubt: »Weißt du, Elsbeth, was unsre alte Kinderfrau in einem solchen Falle gesagt hätte? ›Schlaf, Baroneßko, schlaf! Bis zukünftige Mann deinige nächste Paar Hosen zerrissen hat, is alle wieder gut!‹« Daraufhin hatte sie die Kleine natürlich gehörig in ihre Schranken verwiesen, daß sie noch immer des nötigen Ernstes entbehre, um ein wirklich tragisches Schicksal zu begreifen, dann aber es aufrichtig bedauert, sie zur Vertrauten gemacht zu haben. Denn die Kleine erwiderte schnippisch: »Ach, sei froh, Elsbeth, deiner kann wenigstens reden! Aber der meinige? Gott erbarm sich, dem muß ich die Liebeserklärung, glaub' ich, soufflieren, und dann noch bin ich nicht sicher, ob er sich nicht verheddert und stecken bleibt!« Da war sie natürlich sehr zornig geworden: »Fränze, ich denke, du hast doch geschworen?« Und weil die Kleine ein so merkwürdiges Gesicht machte, als wenn solche Eide unter Schwestern wenig Geltung hätten, hatte sie ihr unter verschärften Formen eine Wiederholung der damals beschworenen Gelöbnisse auferlegt, selbst aber dabei das seltsam zornige Empfinden gehabt: Wär' damals der erste Schwur nicht gewesen, und hättest du mich heute nachmittag nicht immerfort so merkwürdig komisch angeguckt, wäre vielleicht alles ganz anders gekommen! Dann wäre ich dem bösen Vetter gegenüber viel freier gewesen, hätte ihm – unbeschadet aller sonstigen, aus dem Prozesse entstandenen Gegnerschaft – die erbetene Unterredung unter vier Augen gewährt, und wer mag wissen, was er mir alles zu sagen gehabt hätte, während er in eurer Gegenwart sich natürlich die äußerste Reserve auferlegen mußte. Und ob er auch nur noch mit dem Schatten eines Gedankens an dieses »kleine blonde Pussel« gedacht hätte, wenn ich in der erbetenen Unterredung ihm auch nur um Fingersbreite entgegengekommen wäre und hinterher nur eine halbe Stunde lang die freundliche Wirtin gespielt hätte! ... Und überhaupt, so sage ich euch, er ist gar nicht verlobt! Meine Liebe hat eine brennende Lohe um ihn errichtet, die keine andre durchschreiten kann ... ausgeschlossen, unmöglich, unmöglich! ...

Und an diese törichte Hoffnung hatte sie sich geklammert, auch, nachdem von seinen Lippen die geringschätzigen Worte gefallen waren: »Mein Fräulein, ich habe Sie überschätzt!« ... Eigentlich eine gar nicht mehr wieder gut zu machende Beleidigung, aber – wenn sie ehrlich gegen sich selbst sein wollte – hatte sie denn etwas Besseres verdient? Kein Wunder, daß er nach allem von seiner Seite bewiesenen Entgegenkommen zu diesem vernichtenden Urteil kam, denn unter all den lähmenden Einflüssen hatte sie sich wirklich benommen wie ein törichtes Gänschen! ...

Aber jetzt noch darüber zu grübeln, was alles hätte kommen können, wenn's eben nicht anders gekommen wäre, war nutzlos. Ein zweites Zusammentreffen, bei dem sie den ersten, so ungünstigen Eindruck ins Gegenteil hätte verkehren können, war ausgeschlossen und an der Tatsache, daß Adalbert von Linde wirklich verlobt war, nicht zu zweifeln. Der alte Ahrens hatte es ihr ja vor kaum einer halben Stunde bestätigt. Ein Glück nur, daß der Alte in seiner Harmlosigkeit gar nicht gemerkt hatte, daß sie den Birschgang nur arrangierte, um von ihm endlich eine ordentliche Antwort auf diese Frage zu erhalten, die ihr seit Wochen schon die Ruhe und den Schlaf raubte. Umsonst hatte sie sich ja in dieser Zeit nicht in allen Künsten der Heuchelei und Verstellung geübt! ... Wenn sie morgen abreiste, wußte kein Mensch außer Fränzchen, wie es eigentlich in ihrem Innern aussah, die aber hatte ja in der feierlichsten Form

Verschwiegenheit gelobt, war erforderlichen Falles dazu bereit, unter ganz und gar unverbrüchlichen Formen noch einen dritten Eid auf unbedingte Verschwiegenheit zu leisten. Vielleicht, daß sie ihr, als Gegenleistung gewissermaßen, die Verpflichtung erließ, ebenfalls ledig zu bleiben, und ihr gestattete, den langen Hans Heinrich zu heiraten …

Und die beiden mochten dann – was man so nannte – glücklich miteinander werden, als ihre Erben den Prozeß mit dem Vetter Adalbert ausfechten und auf Groß-Lipinsken hausen. Sie selbst aber, nachdem sie unter fremden Menschen und in fernen Ländern Vergessenheit gefunden hätte, wollte nur noch zu einem einzigen kurzen Besuche in die Heimat zurückkehren, nämlich, um zu hören, wie kreuzunglücklich der Klein-Lipinsker Vetter mit seinem blonden, kleinen und ach so hausbackenen »Pussel« geworden war, und dann befriedigt wieder von dannen ziehen … denn, daß er mit dieser Person, die da irgendwo hinter Königsberg her war, keine glückliche Ehe führen konnte, lag auf der Hand. Ein Mann wie er konnte doch unmöglich auf dem kläglichen Standpunkte bleiben, daß die richtigen sechs Kaddickbeeren an der Soße des Sonntagshasens das Ideal einer glücklichen Ehe darstellten!…

Und vielleicht erwiderte sie ihm dann den heutigen Besuch, zeigte sich in ihrem ganzen Glanze als Weltdame, führte eine so geistvolle Unterhaltung, daß das blonde Pussel neben ihr ganz im Schatten verschwand, und gab ihm auf irgend eine Weise zu erkennen, welch ein Glück er sich damals verscherzt hätte! Das sollte dann ihre schmerzlich-süße Rache sein!…

Ehe sie aber die nun unumstößlich beschlossene Reise antrat, mußte noch irgend etwas geschehen, damit er sie auch in der Zwischenzeit nicht aus dem Gedächtnisse verlor, irgend etwas, das ihn in seiner unerträglichen Selbstherrlichkeit und anmaßenden Überlegenheit so recht kränkte und ärgerte! Und da erst fiel ihr in all ihrem Kummer ein, daß der Birschgang, den sie halb und halb zu einem andern Zwecke unternommen hatte, dazu das geeignetste Mittel war. Den Grenzbock totschießen, auf den er seit sieben oder acht Jahren ebenfalls aus war, und ihm noch heute ohne eine Zeile der Erklärung das Gehörn zur Ansicht hinüberschicken! Er würde sie schon verstehen, denn er hatte ihr ja heute nachmittag deutlich genug gezeigt, daß er sich jenes Abends am Lipinsker See noch ebensogut entsann als sie! … Und sie erhob sich elastisch, sah nach, ob ihr Drilling ordnungsmäßig geladen war, und machte sich eilends auf den vom alten Ahrens vorgeschriebenen Weg, fast unwillig, daß sie über diesem letzten Anfalle schwächlichen Wehleids so viel kostbare Zeit verloren hatte. Noch stand der Bock draußen, weit drüben am jenseitigen Wiesenrande, aber bis sie auf Schußweite herangekommen war, verging zum mindesten eine halbe Stunde, und wer mochte wissen, was in dieser langen Zeit alles passieren konnte? Vielleicht wurde der Bock durch irgend etwas beunruhigt, sprang ab, und ihr schöner Plan war verdorben, denn morgen reiste sie ja, unwiderruflich!…

Also heute abend noch mußte er fallen, selbst wenn die Schwierigkeiten des Birschganges noch weit größer wären, als der alte Ahrens sie geschildert hatte. Um so größer war ja auch danach der Triumph!

Und zu Anfang ging alles wie am Schnürchen. Den langen Graben passierte sie ohne sonderliche Anstrengung, wenn auch der zähe Schlamm am Boden sich an ihre Sohlen heftete und durch das dünne Leder der Schuhe ihr die Füße netzte. Wer aber auf der Birsche war, durfte sich an solchen Kleinigkeiten nicht stören.

Von Zeit zu Zeit überzeugte Elsbeth sich durch einen vorsichtigen Ausblick, ob der Bock noch auf der Kleewiese äste, und beinahe wäre ihr das Herz vor freudigem Schreck stehen geblieben, denn ein paar Minuten lang sah es so aus, als wenn der Bock, durch irgendeine Ursache beunruhigt, geradeswegs auf sie loskommen wollte. Da hatte sie schon das Gewehr schußbereit auf ein paar Rasenstücke am Grabenrande gelegt, den Stecher am Abzug durchgedrückt, leider aber verhielt der Bock nach einem Dutzend langer Fluchten, fing wieder an zu äsen. Also weiter!

Drüben am andern Ende des Grabens nahm sie den geharkten Birschsteig an, ging dann noch ein paar hundert Schritte auf weichem Wiesenboden, durch eine vorspringende Ecke der Klein-Lipinsker Tannen gedeckt, von dort aus aber mußte dem Bock auf irgend eine Weise beizukommen sein. Sei es, daß sie nach der Weisung des alten Ahrens in guter Deckung abwartete, bis sich der Bock zu ihr heranäste, oder den Versuch machte, ihn auf der offenen Wiese anzukriechen. Und so schwer, wie der Alte ein solches Unternehmen immer geschildert hatte, konnte es sicherlich nicht sein. Er freilich mit seiner massigen Figur brauchte einen ganzen Graben, um sich darin zu bergen, sie aber schlich sich im Notfalle in einer schmalen Furche an, denn schlank war sie ja, Gott sei Dank, viel schlanker sicherlich als das berühmte blonde Pussel. Der Ausdruck »Pussel« allein deutete ja schon darauf hin, daß die Verhaßte von untersetzter, gedrungener Statur war. Außerdem hätte sie darauf gewettet, daß sie große Füße hatte und watschelte. Das taten alle diese dicken und blonden Frauenzimmer!...

Die letzte vorspringende Ecke der Klein-Lipinsker Tannen war erreicht, Elsbeth hatte sich auf den Boden gelegt und spähte unter einem überhängenden Aste vorsichtig auf die Wiese hinaus. Der Bock stand noch da, aber auf den ersten Blick erkannte sie, daß es keine Möglichkeit gab, auf Schußweite heranzukommen. Platter Wiesenboden, so eben wie eine Tischplatte, in dem niedrigen Klee aber hätte sich kaum ein Teckel verstecken können, geschweige denn ein ausgewachsener Mensch. Und der Bock äste nach der entgegengesetzten Richtung, immer weiter in die offene Wiese hinaus, rupfte ein paar Blättchen weichen Klees, hob jedesmal danach lauschend und sichernd den Kopf mit dem prangenden Gehörn und verhielt nicht einen Augenblick lang den Schritt, äste im Gehen, und wenn sie ihn durch das Glas betrachtete, konnte sie deutlich erkennen, wie er seine Lichter umherwandern ließ, selbst wenn er den Kopf auf die Äsung gesenkt hielt, jeden Augenblick bereit, auf das geringste verdächtige Anzeichen hin in langen und hastigen Fluchten davonzupreschen.

Da füllten sich ihre Augen mit zornigen Tränen, sie verdunkelten ihr den Blick, und ordentlich ein grimmiger Haß stieg in ihr auf gegen diese, doch ihr gehörige Kreatur, die ihr, der Herrin von ganz Groß-Lipinsken, den so gut angelegten Plan, boshaft sozusagen, verderben wollte. Und sie brachte die Büchse in Anschlag, visierte den Bock an, aber im selben Augenblicke sah sie schon, daß es ganz und gar ausgeschlossen war, die Kugel auch nur mit einer ganz winzigen Aussicht auf Erfolg anzutragen. Reichlich sechshundert Meter Entfernung, und wenn sie das linke Auge schloß, verschwammen die scharfen Umrisse, der Bock erschien ihr nicht größer als ihre Faust, und keine Möglichkeit, ein sicheres Abkommen zu finden...

Da wollte sie schon den Birschgang abbrechen, um mit dem alten Ahrens zu überlegen, wie man dem Vorsichtigen beim nächsten Male besser beikommen könnte – im Notfalle konnte sie ja ihre Abreise um den einen Tag verschieben. Als sie aber noch einen Blick, den letzten, auf die Wiese hinauswarf und den langsam weiteräsenden Bock, erspähte sie einen schmalen Graben, gewissermaßen nur eine Flurgrenze, die quer von dem Dokumentengraben in die Wiese hinauslief und in einer flachen Bodenwelle endigte. Dünne Binsen und Schachtelhalm wucherten darin, scharf zeichnete sich der gerade Streifen in der Wiese ab, und sicherlich floß auf seinem untersten Grunde ein feuchtes Rinnsal, aber das mußte man in den Kauf nehmen, wenn es nur genügende Deckung gab! Und schon schob sie sich vorsichtig rückwärts, um das in der Nähe äsende Schmaltier nicht rege zu machen, lief unter den hohen Kiefern den Birschsteig im Laufschritt zurück, durcheilte den Dokumentengraben und nahm die Flurscheide an. Gott sei Dank, sie war breiter, als es den Anschein gehabt hatte, und die reichlich wuchernden Binsen gaben genügend Deckung! Da oben aber, hinter der flachen Bodenwelle halb verschwindend, äste der Bock! Und als sie zu erkennen glaubte, daß sie keinen andern Weg hatte, um auf Schußweite heranzukommen, beugte sie sich ohne Zaudern in das rieselnde Wasser, erst mit den Knieen bloß, als aber der Bock gerade nach der Seite des Dokumentengrabens äugte, mit dem ganzen Körper. Das Wasser war eiskalt, sie schüttelte sich fast vor Frost, als sie sich lang hineinlegen mußte, aber es half nichts, der Bock verwandte kein Auge von der merkwürdigen und auffälligen Erhöhung am Rande des Dokumentengrabens...

Und es glückte! Hinter der weidmännischen Anstrengung kam die Belohnung: als sie am Ende des Rinnsals über der Erdwelle ganz sachte und vorsichtig den Kopf hob, äste der Bock auf kaum hundert Schritte Entfernung vor ihr, jede einzelne Perle an seinem stolzen Gehörn glaubte sie mit ihren scharfen Augen erkennen zu können. Und ganz vertraut äste er jetzt, denn der Wind stand gut, und er hatte natürlich keine Ahnung, daß mitten auf der anscheinend freien Wiese das verderbenschwangere Rohr auf ihn lauerte. Da rangen ein paar Augenblicke lang zwei gegensätzliche Gefühle in ihrer Brust: das Bedauern, das ahnungslose Tier aus dem Hinterhalte grausam töten zu müssen, und der Haß gegen den Klein-Lipinsker. Aber der Haß war stärker, und dazu kam noch das stolze Gefühl, eine weidmännische Leistung vollbracht zu haben, die ihr alter Lehrmeister für ganz und gar unausführbar hielt! Daß ihr aber der Bock jetzt noch entgehen konnte, war ausgeschlossen.

Sie schob langsam das Gewehr nach vorn, hob den Schaft an die Wange und versuchte zu zielen, aber das Visier flatterte vor ihren Augen, das Jagdfieber hatte sie gepackt und schüttelte ihr die Glieder. Und der Bock wurde mit einem Male mißtrauisch, vielleicht daß ein wechselnder Luftstrom ihm die verdächtige Witterung zugetragen hatte: Er warf den Kopf auf und trollte in geräumig schaffendem Trab nach dem Waldrande zurück. Da biß sie die Zähne aufeinander, und durch ihren schlanken Körper lief ein jähes Anspannen. Im nächsten Augenblick hatte sie Kimme, Korn und Ziel beisammen und ging mit dem gekrümmten Finger an den Abzug. Ein reißender Knall, der sich drei-, viermal im Widerhall an den Wiesenrändern brach, der Bock machte auf den Schuß einen langen Rücken, die Kugel hatte gesessen! Noch ein halbes Dutzend langer Fluchten geradeaus, dann ein Abbiegen von der zuerst eingeschlagenen Richtung, ein Schwanken und Torkeln ... Da sprang Elsbeth hinter der schützenden Erdwelle in die Höhe, schwenkte das Jagdhütlein in überquellender Siegesfreude und schrie laut nach dem Wiesenwege hinüber: »Hollahoh, Ahrens, rasch hierher, er hat es, er hat es!«...

Als sie sich danach aber nach dem Bock umschaute, um dem armen Kerl, falls er noch nicht verendet war, einen Gnadenschuß durch den Hals zu geben, glaubte sie erst ihren Augen nicht trauen zu dürfen: Der Totgeglaubte war anscheinend wieder gesund geworden, jagte in langen Fluchten über die blanke Wiese der Klein-Lipinsker Schonung zu! Und da fiel ihr in bitterer Beschämung ein, wie gröblich sie sich gegen die alte Jägerregel vergangen hatte: Den kranken Bock nicht stören! Sich nicht zeigen und ruhig warten, bis er verendet war, sonst entwickelte der weidwund Geschossene mit einem Male ganz ungeahnte Kräfte und war fast immer, falls man nicht über einen ganz ausgezeichneten Hund verfügte, für den Jäger verloren!...

Ein paar Minuten hoffte sie noch, der Bock würde auf der Wiese zusammenbrechen, denn so weit sie sehen konnte, war seine Bahn rot von Schweiß, aber je länger sie dauerte, desto rascher wurde seine Reise, erst ein paar Schritte vor der Klein-Lipinsker Tannenschonung wurde er ein wenig kürzer, um schließlich halb im Schritt zwischen den beiden grünen Lindenbüschen in der Mitte des Winkels zu verschwinden ... fort war er!

Da traten ihr zwei dicke Tränen in die Augen, sie preßte das zarte Taschentüchlein vor den Mund, um aus Zorn und Leid nicht laut aufzuweinen, riß es mit den weißen Zähnen vor flackerndem Ingrimm entzwei und starrte nach den zwei Lindenbüschen hinüber, zwischen denen der Bock verschwunden war. So also war die Weidmannstat, mit der sie den Klein-Lipinsker Vetter zu treffen gedachte, abgelaufen! Morgen früh konnte im günstigsten Falle der alte Ahrens hinüberfahren: »Herr Baron, meine junge Herrin hat den Grenzbock krank geschossen. Würden Sie vielleicht die Liebenswürdigkeit haben, uns in Ihrer Tannenschonung die Nachsuche zu gestatten?«...

Lieber sterben, als sich so demütigen!

Und schon wollte sie sich, den ohnmächtigen Zorn im Herzen, auf den Heimweg wenden, als plötzlich ein heller Schimmer über ihr verfinstertes Gesicht flog. Wer sah sie denn hier und wem brauchte sie es zu erzählen, daß sie den Bock mitten aus Feindesland herausgeholt hatte? Der Klein-Lipinsker war sicherlich nach Allenberg gefahren, um mit den dortigen Dragonern seinen Ärger zu vertrinken – der Verwalter hatte ihr ja genug von diesen Orgien erzählt, bei denen man sich meistens erst am frühen Morgen trennte – der Bock aber lag keine zwanzig Schritte weit hinter dem Rande der Schonung. Ein krank geschossenes Stück Wild tut sich zum Wundbett nieder, sobald es vor dem Schützen die erste Deckung erreicht hat, so lautete die alte Regel!

Eine halbe Minute danach hatte sie den abgeschossenen Büchsenlauf neu geladen und ging mit weit ausgreifenden Schritten den beiden hellen Lindenbüschen zu, zwischen denen der kranke Bock verschwunden war...

Der Klein-Lipinsker ließ das Glas sinken, durch das er den Todeskampf des verendenden Bockes beobachtet hatte.

»Du, Meester, eben hat es Rest gegeben, der Kopf ist ihm vornübergeklackst, und die schnellenden Läufe sind ruhig geworden. Komm, zück deinen Knotenstock, ich aber will ihn hessen und verschränken, damit wir ihn daran nach Hause tragen, denn einen Kerl mit solch einem Gehörn laß ich über Nacht nicht draußen. Aber es wird ein Stück Arbeit geben, denn siebzig Pfund wiegt er gewiß auf seinen Schalen, und der lange Weg trägt die Last!« Er war aufgestanden, hatte sein Weidmesser aufgeklappt, im nächsten Augenblick aber warf er sich wieder zu Boden, im Grunde der Tannenschonung hatte es ein merkwürdiges Krachen und Knacken gegeben! Er zog den Maler, der sich ebenfalls schon aufgerichtet hatte, hinter den Lindenbusch zurück und raunte an seinem Ohr: »Still jetzt und keinen zu lauten Atemzug, die Jagd ist noch nicht zu Ende, da kommt jemand durch die Schonung, den Bock zu holen. Ist es der Förster Ahrens, der alte Racker, dann wird er nur freundschaftlich angeblasen, kriegt das Gehörn gezeigt, auf Nimmerwiedersehen natürlich, und wird mit einer Zigarre im Hals nach Hause geschickt. Ist sie es aber selbst, meine allerungnädigste Cousine, dann gibt es ein fröhliches Pfänden!«

Ein paar Minuten atemverhaltener Erwartung, das leise Knacken in der Tannenschonung kam näher und näher. Ein Rauschen in den Zweigen, ein Sprung über den Graben, und die Baroneß Elsbeth von Linde stand mitten auf dem Wege, sah sich in dem Dämmerlicht des sinkenden Abends nach allen Seiten suchend um. Der Klein-Lipinsker aber preßte Hans Haffners Arm und wisperte hinter dem deckenden Lindenbusch an seinem Ohr: »Sieh nur, wie es dasteht und sichert, das Schmaltierchen. Oha, wird das einen Spaß geben!«

»Adalbert, nichts, was sich nicht wieder gutmachen läßt,« warnte der Maler leise. »Ich an deiner Stelle würde sie mit der ausgesuchtesten Liebenswürdigkeit behandeln!«

»Ja, ihr womöglich den Bock nach Groß-Lipinsken schleppen: So, bitt' schön, mein Fräulein, und schenken Sie mir mal bald wieder die Ehre? Eine, die mit den Achseln zuckt, wenn ich, Adalbert von Linde, mein Wort verpfände? Ach nein, mein Jungchen, die Glacéhandschuhe werden jetzt nicht angezogen! Du aber bleibst ruhig liegen, bis ich dich rufe!«…

Jetzt hatte Elsbeth in dem Dämmerlicht endlich den verendeten Bock entdeckt, der sich mit seiner grauen Decke von dem dunklen Boden des Weges kaum abhob. Noch einen raschen Blick in die Runde, ein halblautes »Gott sei Dank«, dann eilte sie auf ihn zu, packte ihn am Gehörn und versuchte, ihn über den Grabenrand nach der Schonung zu schleppen. Der Klein-Lipinsker aber sprang auf.

»Halt, liebe Cousine! Und zu liebenswürdig, aber ich bin es gewöhnt, meine Böcke ohne fremde Hilfe nach Hause zu tragen!«

Elsbeth war vor lähmendem Schreck neben dem Grabenrande in die Knie gesunken. Der böse Vetter aus Klein-Lipinsken! Und offenbar war sie in eine arglistig gestellte Falle geraten. Irgendwer im Schlosse mußte es ihm verraten haben, daß sie heute abend den Grenzbock erlegen wollte, überhaupt, es war ihr schon immer so gewesen, als wenn zwischen Groß- und Klein-Lipinsken allerhand geheimnisvolle Fäden gesponnen würden, seit der Maler drüben war… womöglich war der alte Ahrens als dritter im Bunde, oder vielmehr ganz bestimmt, denn sonst hätte er auf ihren Ruf doch eine Antwort geben müssen … und vielleicht hatten die starken Böcke das immer so an sich, daß sie auf den Schuß hin nicht im Feuer zusammenbrachen, sondern noch tausend Schritte und weiter gingen, darauf aber hatte die ganze saubere Gesellschaft ihren hinterlistigen Plan gebaut … Der Maler lag außerdem sicherlich irgendwo in der Nähe versteckt, um den neuen Vorfall in einem seiner schnöden Bilder zu verewigen, wie damals, als sie den verunglückten Klein-Lipinsker geküßt hatte, Gott allein mochte wissen, wie er das erfahren hatte, denn dieses Geheimnis hatte sie ja nicht einmal ihrer Schwester Fränze anvertraut … Also war der Vetter Adalbert damals gar nicht so bewußtlos gewesen, wie er sich stellte, hatte – pfui, wie roh und indiskret – diesen Maler zu seinem Vertrauten gemacht…

So jagten und überstürzten sich in ihrem Kopfe die Gedanken, während sie den Klein-Lipinsker auf dem Wege herankommen sah, so ein recht höhnisches und überlegenes Lächeln um den Mund ...Da verflog ihre Angst, wie fortgeweht, denn der jäh aufsteigende Zorn über all diese Hinterlist war stärker gewesen. Sie sprang auf und stellte den linken Fuß auf das erlegte Wild.

»Der Bock ist mein, Vetter Adalbert!« Und in ihrem Zorn merkte sie es gar nicht, daß sie den bösen Klein-Lipinsker beim Vornamen nannte, wie in jenen Stunden, wenn sie in ihren Gedanken mit ihm allein war. Er aber verneigte sich lächelnd.

»Du willst sagen, liebe Elsbeth, du hast den Bock *geschossen*. Das bestreite ich auch gar nicht, im Gegenteil: Weidmannsheil und alle Achtung ...daß du einen weidgerechten Birschgang hinter dir hast, sieht man an deiner Gewandung! Da aber meines Wissens zwischen Groß- und Klein-Lipinsken alles andre besteht, nur keine freundnachbarliche Jagdfolge – harmlose Kühe sogar, die mit einem Bein über die Grenze geraten sind, läßt du mir pfänden, unsere Knechte schlagen sich gegenseitig die Zähne ein, wir beide aber ...na, schweigen wir lieber da von – also du wirst dir hoffentlich klar darüber sein, was dein heutiges Vorgehen bedeutet? Nicht nur eine gewöhnliche Grenzverletzung, sondern« – er erhob seine Stimme – »qualifizierter Wilddiebstahl in allerschlimmster Form!«

Elsbeth begehrte zornig auf.

»Wilddiebstahl! Solche Worte verbitte ich mir ...wenn du darauf bestehst, kann ich dir den Bock ja bezahlen! Im übrigen habe ich nichts weiter getan, als ein auf meinem eigenen Grund und Boden erlegtes Stück Wild zu holen.«

Der Klein-Lipinsker verneigte sich von neuem, mit ironischer Höflichkeit.

»Scharmant, liebe Cousine, und das hätte nichts weiter auf sich, wenn wir in Frieden und Eintracht lebten! Unter den obwaltenden Umständen aber ist ›Wilddiebstahl‹ das einzig richtige Wort. Das Gesetz ist gerecht, aber nicht gerade höflich!«

»Ich danke für deine gütigen Belehrungen, aber, wenn ich mich vergangen habe, werde ich auch die Strafe zu tragen wissen!«

»Einen Augenblick, liebe Elsbeth!« Er wandte den Kopf halb nach rückwärts: »Professor, kannst du bezeugen, daß die Baroneß von Linde eingestanden hat, sie habe mit der Absicht die Grenze überschritten, den erlegten Bock zu holen?«

Ein klares »Ja« kam hinter dem Lindenbusch hervor.

»Und weiter! Kannst du bezeugen, daß die Baroneß von Linde dazu übergegangen war, ihre Absicht in die Tat zu übersetzen? Daß sie den Bock am Gehörn von der Mitte des Weges schon bis zum Grabenrand geschleppt hatte, als ich dazwischentrat?«

»So wahr mir Gott helfe zur ewigen Seligkeit, Amen!« sagte der Maler in einem wahren Grabeston, so daß Elsbeth ordentlich eine Gänsehaut über den Rücken flog.

Der Klein-Lipinsker aber wandte sich wieder zu ihr.

»Du siehst, liebe Elsbeth, es wird nicht etwa Aussage gegen Aussage stehen, sondern ich habe mir einen Eideshelfer und Zeugen mitgebracht!«

»Na ja, weil ihr mir hinterlistigerweise aufgelauert habt!«

»Zu dienen, liebe Elsbeth. Aber jetzt bitte ich dich, den Fall ein wenig ernsthafter anzusehen! Auf deinem Vergehen steht nämlich als Strafe: Konfiskation des Jagdscheines ...«

»Das ist mir gleichgültig,« unterbrach sie ihn, »morgen verreise ich sowieso!«

»Einziehung des Gewehrs,« fuhr der Klein-Lipinsker fort.

»Ich kann mir ja alle Tage ein neues kaufen ...«

»Scharmant, aber das dickste Ende kommt zuletzt... und Gefängnis!«

»Gefängnis?«

»Sehr wohl, liebe Elsbeth, und zwar, je nach der Schwere des Falles, bis zu drei Monaten!«

»Du willst mir Angst einjagen,« sagte sie mit einem Versuche zu lächeln.

»Durchaus nicht, liebe Elsbeth! Dein Rechtsanwalt wird dich schon darüber aufklären. Wir aber haben vor dem Fortgehen, ehe wir dir den Hinterhalt legten, noch extra im Strafgesetzbuch nachgesehen. Nicht wahr, Professor?«

»Jawohl,« sagte die Grabesstimme hinter dem Lindenbusch, »Paragraph 331: Wer mit dem
Gewehr in der Hand eine fremde Jagdgrenze überschreitet, um sich dort widerrechtlich ein erlegtes Stück Wild anzueignen, wird mit Entziehung des Jagdscheines, Konfiskation des Gewehrs
und Gefängnis bis zu drei Monaten bestraft. Bei besonders schweren Fallen darf der Richter
über dieses Strafmaß noch hinausgehen!«

Der Klein-Lipinsker mußte unwillkürlich lächeln: Der brave Professor tat ein wenig zu viel
des Guten im Erdichten des benötigten Gesetzesparagraphen. Aber schadete nichts, es tat seine
Wirkung, denn Elsbeth sah ganz verängstigt und verschüchtert aus. Da trat er einen Schritt
näher und streckte die Hand aus.

»Also, Elsbeth, du hast es gehört. Aber ich will von einer Strafanzeige Abstand nehmen,
unter einer Bedingung: Bitt ab, was du mir heute nachmittag angetan hast, und es soll alles
wieder gut sein. Du behältst dein Gewehr, kriegst deinen Bock – ich selbst will ihn dir bis an
die Grenze tragen, du brauchst nur nach dem alten Ahrens zu rufen, damit er ihn im Rucksack
nach Hause schafft – über alles übrige aber Schweigen! Für den Maler und mich kann ich mich
verbürgen, na, und der Wald plaudert ja auch nichts aus!«

Ganz herzlich hatte er zum Schluß gesprochen, genau wie am frühen Nachmittag, und ebenso
wie damals schwankte sie einen Augenblick lang, ob sie die dargebotene Hand nicht ergreifen
solle ... und noch mehr vielleicht: Ihn an der Hand zu sich herüberziehen und Aug' in Auge
fragen: »Sag, Adalbert, bist du wirklich verlobt?« ... Aber leider, es ging auch sonst genau wie
am Nachmittag, sie waren nicht allein miteinander. Und die Gegenwart dieses Malers lähmte
ihr die Entschließungskraft! ... Mit einem Male aber schoß ihr der Gedanke durch den Kopf:
Auch hinter diesem, anscheinend so ehrlich gemeinten Vorschlag lauerte nur eine hinterlistig
gestellte Falle! Wenn es ihm ernstlich um eine Versöhnung zu tun gewesen wäre, hätte er ja
allein kommen können! Wie er aber vorhin den Maler angerufen hatte, so sollte dieser ihm
auch dafür als Zeuge dienen, daß sie demütig abgebeten hätte. Demütig und ängstlich, weil ihr
keine andre Wahl geblieben war: Abbitte oder drei Monate Gefängnis! ...

Dem Klein-Lipinsker schwoll langsam die Ader auf der Stirn, aber noch hielt er an sich.

»Elsbeth, ich habe heute nachmittag mein Ehrenwort darauf gegeben, ich sei damals in ehrlicher Absicht unterwegs gewesen. Du hast mich vor Zeugen gekränkt, indem du dich mißachtend abwandtest. Also ist es jetzt zu viel verlangt, wenn ich dich jetzt, ebenfalls vor Zeugen,
ersuche, diese Kränkung durch eine ehrliche Abbitte wieder gut zu machen?«

»Vor Zeugen«, das war das richtige Wort, denn sie war schon drauf und dran gewesen, nach-
giebig und weich zu werden. Und – aus der Mehrzahl ging es ja hervor – wer mochte wissen, wer
alles da hinter den Lindenbüschen versteckt sein mochte, um zuzusehen, wie sie sich vor dem
Klein-Lipinsker demütigte? ... Sie richtete sich auf und sagte so recht hochmütig: »Abbitten?
Ich bitte nie ab, am allerwenigsten aber, wenn ich das Bewußtsein habe, im Rechte zu sein!«

Der Klein-Lipinsker reckte sich heraus, seine blauen Augen blitzten.

»Schöne Cousine, bisher war es halber Spaß, jetzt wird es böser Ernst! Und du selbst hast
es dir zuzuschreiben, wenn ich jede Rücksicht außer acht lasse ... also, jetzt bitte ich um dein
Gewehr!«

»Niemals!«

»Elsbeth,« sagte er zornig, »der Spaß hat aufgehört! Die Flinte her! Wenn du sie nicht gut-
willig auslieferst, nehm' ich sie mir mit Gewalt!« Und er trat einen Schritt näher und streckte
den Arm aus.

Sie aber hob das Gewehr an die Wange: »Wag es, mich anzurühren!« ...

Und im nächsten Augenblick mußte sie hell auflachen, denn Herr Adalbert von Linde retirierte mit einem mächtigen Seitensprung unter die dunkeln Kiefern. Das also war der Mut
dieses aufrechten Herrn vor zwei geladenen Flintenläufen riß er aus! Und laut rief sie zu dem
Lindenbusche hinüber: »Herr Professor, können Sie vielleicht auch einmal später bezeugen, wie
tapfer sich soeben der Herr Baron Adalbert von Linde benommen hat?«

»Jawohl,« klang die Stimme des Malers zurück. Sie aber fühlte sich schon als Siegerin, gedachte, unter dem Schutze ihres Gewehrs natürlich, so langsam einen ehrenvollen Rückzug anzutreten ...

Was sie jedoch als Feigheit angesehen hatte, war nur eine geschickte Kriegslist gewesen. Während sie höhnisch triumphierte, hatte der böse Vetter seitwärts einen Bogen geschlagen, überschritt lautlos den Graben, stand wie aus dem Boden gewachsen hinter ihr. Mit der Linken umschlang er sie, mit der Rechten aber entwand er ihr das Gewehr, schoß, blatz, blatz, die gespannten Läufe in die Luft ab.

»So, mein Kleines, das ist kein Spielzeug für Kinder!« ...

Einen Augenblick lang stand sie wie gelähmt, dann warf sie sich wie eine Wildkatze und in hellem Zorn an ihn, umklammerte seinen Arm.

»Mein Gewehr will ich wieder haben, hörst du? Ohne Gewehr gehe ich nicht nach Hause!«

Der Klein-Lipinsker lächelte erst darüber, wie sie in ohnmächtigem Zorn sich abmühte, seinen erhobenen Arm, in dem er das Gewehr hielt, herunterzuzwingen, dann schlang er den linken Arm um sie und zog sie an sich.

»Mädel, bitt ab, und alles ist wieder gut,« sagte er mit heißem Atem, Gesicht an Gesicht.

»Nein!« erwiderte sie zornig und mit haßsprühenden Augen.

»Zum ersten, zweiten und ... letzten Male.«

»Nein!!«

»Na, dann, Gott helfe mir,« sagte der Baron von Linde, »und in abgekürztem Strafverfahren. So gut wird mir's zum zweiten Male im Leben nicht mehr geboten!« ... Er ließ das Gewehr zu Boden fallen, griff mit der Rechten um ihren Nacken, und so sehr sie sich auch sträuben mochte, es half ihr nichts, er fand den widerstrebenden Mund mit seinen Lippen ... »Und so,« raunte er zurück, »schenken laß ich mir nichts, ich zahl', was ich empfangen hab', mit Zinsen wieder!« Da ging es wie ein Schauer durch ihren Körper, ihre Arme sanken schlaff hernieder, und, es war keine Täuschung, er spürte deutlich, wie sie seinen letzten Kuß erwidert hatte. ... Da zog er sie fester an sich, wollte ihr gerade ins Ohr raunen: Na, siehst du, mein kleines Spautzkaterchen, jetzt sind wir ja einig, und du bist meine Braut, aber mit einem Male hob sich der Mal-Professor seitlich von dem Lindenbusche, der ihn so lange mildtätig verborgen hatte, in voller Lebensgröße vom Boden. Und warnend klang seine Stimme herüber: »Du, Adalbert, geh nicht zu weit und vergiß nicht, was du ihr schuldig bist!« ...

Da stieß Elsbeth ihn vor die Brust, wand sich aus seinen Armen, und ehe er vor Überraschung zu sich kam, war sie im Dunkel der hohen Kiefern verschwunden. Ein Knacken und Krachen von dürren Ästen, die sie in eiligem Laufe zertrat, dann wurde es still, kein Laut war mehr zu vernehmen, aus dem man einen Schluß hätte ziehen können, welche Richtung sie eingeschlagen hatte.

Der Klein-Lipinsker legte die Hand an den Mund und rief laut: »Elsbeth, liebe Elsbeth! Verzeih, aber an den Professor hatte ich nicht mehr gedacht, und komm wieder« ... als aber darauf keine Antwort erfolgte, schüttelte er den Maler in jäh ausbrechendem Unmute an der Schulter.

»Hans Haffner, Meester, Unglücksrabe! Gerade war ich im schönsten Zuge, noch den Bruchteil einer Minute, und ich war ein christlich verlobter Jüngling und Bräutigam. Zu dritt wären wir nach Groß-Lipinsken gezogen, du den Bock auf dem Rücken, ich die Braut am Arm, und da mußtest du Unglücksmensch dazwischen kolken!«

»Na ja,« sagte der Maler kleinlaut, »aber ich wollte doch nur dein Bestes. Von meinem Standpunkte nämlich sah es wie ein Ringkampf aus, und da meinte ich, du solltest ihr nach allem ausgestandenen Schreck einen ehrenvollen Rückzug gewähren! Daß du ihr aber während des Ringkampfes gerade einen Heiratsantrag machen würdest, konnte ich natürlich nicht ahnen. Sonst nämlich vollzieht sich ein solcher Vorgang doch in etwas gemäßigteren Formen, in Frack und weißer Weste, einen Blumenstrauß in der Linken, und die Angebetete sitzt auf einem Sofa.«

Der Klein-Lipinsker mußte wider Willen laut auflachen.

»Na also, entschuldigt! Aber was machen wir jetzt? Um nämlich mit möglichster Beschleunigung festzustellen, ob ich eben den gescheitesten oder dümmsten Streich meines Lebens vollführt hab'?«

Hans Haffner kraute sich in seiner langen Mähne.

»Hm, wenn ich mir einen Rat erlauben dürfte ... einmal nämlich hab' ich mit dem Grundsatz schon Glück gehabt: Mehr als 'rausgeworfen kannst du ja nicht werden!«...

»Du meinst also?«

»Ja, mit Bock und Gewehr auf nach Groß-Lipinsken! Ich zunächst als Sühneprinz hinein, na und dann abwarten. Vielleicht hilft uns der liebe Gott und Tante Lieschen!«

»Also, in Gottes Namen!« sagte der Baron von Linde und warf einen sehnsüchtigen Blick nach der Stelle des Grabenrandes, an der Elsbeth – kaum ein paar Minuten war es her – in das schützende Dunkel entflohen war...

Achtes Kapitel

Der alte Förster Ahrens mußte sich erst eine ganze Weile verschnaufen, nachdem er den Fichtenkopf mitten in der Wiese erreicht hatte, denn einen halben Kilometer fast auf allen vieren kriechen und kaum einmal den Kopf heben dürfen, damit der drüben am andern Waldrande sitzende Hufschmied nichts merkte, war keine Kleinigkeit... Als er sich aber mit einem ordentlichen Schlucke Mechower Kornbranntweins gestärkt, die geliebte Stummelpfeife in Brand gesetzt hatte, begab er sich daran, das krause Fichtendickicht zu durchsuchen. Und schon nach ein paar Dutzend Schritten sah er, daß er auf der rechten Fährte war: Genau in der Mitte der Dickung, auf einem kleinen freien Platz, vielleicht zwei Meter im Geviert, war der Rasen fortgestochen und auch schon ein knietiefes Loch gegraben... Die Erde war noch ganz frisch, und es gab keinen Zweifel mehr, er stand an der richtigen Stelle, denn zu seinem Privatvergnügen hatte der Hufschmied Martschinowskti hier nicht gebuddelt! Er stieß seinen Jagdstock mit der spitzen Eisenzwinge an verschiedenen Stellen in den weichen Boden, immer gab es auf zwei Zoll Tiefe einen festen Widerstand, und er brauchte nur eine niedrige Schicht Erde mit den bloßen Händen zu entfernen, um den Deckel der so lange vergebens gesuchten Truhe bloßzulegen! ... Und da mußte er sich erst einmal niedersetzen, denn das Bewußtsein, das Schicksal seiner jungen Herrin so greifbar unter seinen Händen zu haben, war ihm ordentlich in die Glieder gefahren. Aber wer hatte es wieder einmal geschafft? Sein alter, treuer, kluger Unkas!

Da klopfte er dem Braven, der neben ihm saß, liebkosend den rauhen Kopf.

»Siehst du, Unkas, so sind die Menschen! Du würdest uns die Jagd verderben, hat sie gemeint. Aber was liegt denn an so einem krummen Bock ...wenn den nicht, dann einen andern, Böcke gibt es genug! Hier aber liegen Moses und die Propheten, und in ein paar Stunden werden wir es wissen, ob sie recht hat oder er, weißt du, der mit dem Gordonsetter, und du hast das langbeinige Beest damals ja nicht schlecht gewickelt!«...

Danach erst fing er an zu überlegen, was nun zu geschehen hatte.

Die Truhe heben und öffnen, ging nicht an. Einmal, weil ihm dazu alle Werkzeuge fehlten, zum zweiten aber, weil zu diesem Akte unumgänglicherweise Zeugen notwendig waren. Wenn die Truhe leer war, kam irgend so ein rabulistischer Rechtsanwalt womöglich auf die Idee, er hätte das Dokument beiseite geschafft. Da konnte man tausendmal nein sagen, und was hätte ich wohl für ein Interesse daran gehabt, der andre mit dem schwarzen Tatar zuckte nur mit den Achseln ...an ihm aber blieb der Verdacht hängen...

Nach Hause laufen, ein paar Knechte mit Hacke und Spaten holen, ging auch nicht, in der Zwischenzeit hätte der Kerl, der noch immer auf seinem Stubben am jenseitigen Wiesenrande saß, den Kasten längst geplündert ...Und den alten Unkas mit einer schriftlichen Meldung am Halsband nach Hause schicken? Gewiß, der Brave hätte den Weg gemacht und Hilfe herbeigeholt, aber was sollte aus ihm selbst in der Zwischenzeit werden? Angst hatte er ja nicht, aber sein Drilling war ungeladen, und der andre hatte einen Revolver bei sich. Zudem fing es an, stark zu dunkeln, und was sollte er machen, wenn der Hufschmied bei sinkender Nacht einen Überfall unternahm?...

Also, was blieb schon übrig? Die Nacht neben dem kostbaren Funde verpassen, den treuen Unkas als aufmerksame Schildwache neben sich, und am Morgen weiter sehen! Ob vielleicht die Torfstecher auf dem Wege zur Arbeit nahe genug vorüberkamen, so daß man sie anrufen konnte, oder daß sich sonst irgendwie die Umstände zu seinen Gunsten verschoben hatten...

Und auf einmal fühlte er, daß er trotz aller gehabten Aufregung schläfrig wurde. Der ungewohnte Rotwein beim Mittagessen, danach, ohne ein bißchen Mittagsschlaf, der Birschgang und die anstrengende Spürarbeit. ...Schließlich, die erste Nacht war es ja nicht in seinem Leben, die er im Freien verbrachte, und Unkas paßte schon auf, um jeden Überfall des Hufschmieds zu vereiteln ...im Dunkeln nutzte dem Kerl auch sein Revolver nichts ...also schob er sich unter den dichten Tannen ein, einen kleinen Mooshügel als Kopfkissen.

»Achtung, Unkas, und paß gut auf!« ...und nach fünf Minuten erdröhnte ein Schnarchen, daß die ganze Dickung samt der noch immer in der Erde ruhenden Dokumententruhe schütterte.

*

Wie lange er geschlafen haben mochte, wußte er nicht. Als er mit einem Male die Augen aufschlug, war es stichdunkle Nacht, der Himmel mit Wolken verhangen, und er mußte erst nachdenken, wie er eigentlich hier zwischen die stachligen Tannen geraten war, in die er mit den Händen griff ... Irgendwo auf zwanzig Schritt Entfernung bellte und stürmte sein getreuer Unkas ... ganz recht, denn er hatte ihn in dem lebhaften Streite mit dem Verwalter Wisotzki eben ja selbst auf dessen Köter gehetzt, einer Kreuzung von Ziehhund und Bernhardiner ... mit einem Male aber kam er aus dem Traumland in die Wirklichkeit zurück, faßte seinen Drilling fester und sprang auf die Füße. Da draußen am Rande der Fichtendickung kämpfte sein braver Weidgenosse mit dem Hufschmied, der sich im Schutze der Nacht herangeschlichen hatte, und wenn der Kerl auch zehn Revolver bei sich getragen hätte statt einem, das galt jetzt gleich, seinen Getreuen durfte er nicht im Suche lassen.

Er bahnte sich mit vorgehaltenem Arm einen Weg durch das stachlige Dickicht und überlegte, wie er den verwegenen Kerl wohl am besten anlaufen sollte ... erst mal einen Haken nach der Seite schlagen, den Hund ordentlich anfeuern, so daß der Hufschmied nicht wüßte, nach welcher Richtung er sich zuerst verteidigen sollte, dann natürlich mit dem Kolben eins über den Schädel, daß er für die nächsten acht Tage nicht wieder ans Aufstehen dachte ... da drang zu seinem grenzenlosen Erstaunen eine klägliche Summe an sein Ohr.

»Gott sei Dank, Herr Förster, daß Sie aufgewacht sind! Der Hund reißt mir ja rein die Kleider vom Leib!«

Das hielt der Alte natürlich zuerst für eine Kriegslist, als er sich aber vorsichtig in den Rand der Schonung geschoben hatte, sah er, daß der Hufschmied recht hatte. Der Kerl in seinem hellen Rocke lag am Boden, Unkas aber stand über ihm und hatte sich in seinen Rockkragen verbissen.

So ganz traute der Alte dem Frieden aber noch nicht.

»Erst schmeißen Sie mal Ihren Revolver weg, Martschinowski!«

»Meinen Revolver? Ich hab' ja gar keinen, Herr Förster!«

»Na, und das blanke Ding, mit dem Sie heute abend immer 'rumgefuchtelt haben?«

»Das war doch mein Suppenlöffel, Herr Förster, und wie ich gestern nacht aus dem Krankenhaus ausgerückt bin, hab' ich ihn mitgenommen. Ich mußte doch irgendwas zum Graben haben!«

»So so, aus dem Krankenhaus kommen Sie?« sagte der Förster, »na, dann stehen Sie mal auf, und wir wollen weiter sehen!« Den angeblichen Revolver erwähnte er nicht weiter, denn es war ihm doch recht genierlich, vor einem Suppenlöffel den Rückzug angetreten zu haben...

»Sie sagen so ›aufstehen‹, Herr Förster! Aber erst können! Erst mal wegen dem Unkas, und zweitens, ich hab' mir doch den rechten Fuß verstaucht oder gebrochen, was weiß ich!«

»Den Fuß verstaucht?« fragte der Alte, noch immer mißtrauisch.

»Na ja doch, Herr Förster, auch heute abend: wie ich mich umsah, ob Sie am End' nicht doch eine Patrone bei sich hätten. Und erst dachte ich, es wär' nicht so schlimm, aber nach den ersten zehn Minuten schon war der Fuß so dick wie ein Eimer. Na, und wie ich mir gar nicht mehr zu helfen wußte, dacht' ich: kriechst mal zum Herrn Förster 'rüber, da findst du wenigstens Gesellschaft!«

»Lügen Sie nicht, Martschinowski! Sie konnten doch unmöglich gesehen haben, wie ich in die Schonung gekrochen bin!«

»Das stimmt schon, Herr Förster, aber nachher hab' ich Sie *gehört*. So wie Sie schnarcht ja überhaupt kein Mensch, und erst hab' ich in all meinem Schmerz lachen müssen, denn ich hab' Sie, weiß Gott, an dem Schnarchen wieder erkannt!«

»So so,« sagte der Alte beruhigt und »laß los, Unkas!« Faßte den Hufschmied unter den Arm und führte ihn vorsichtig bis auf den freien Platz in der Dickung, an dem die Truhe vergraben lag. »Na, und nun wären wir so weit. Jetzt können wir uns Geschichten erzählen bis zum hellen Morgen, hoffentlich kommt irgend eine Menschenseele vorbei, die wir anrufen können!«

»Herr Förster, meinetwegen können Sie ruhig selbst gehen und Leute holen. Ich kann mich ja nicht vom Fleck rühren.«

»Ne, mein alter Freund! Erstens trau’ ich Ihrem verstauchten Fuß nicht über den Weg, und zweitens: Sie mit den Dokumenten da allein lassen? Eher einen Wolf mit ’ner Ziege ein Jahr lang auf ’ner einsamen Insel! Aber wir werden was andres machen, und da, leuchten Sie mal!« Und bei dem Scheine eines Streichhölzchens, das der Hufschmied entzündete, schrieb der Alte auf die erste freie Seite seines dicken Notizbuches: »Dokumentenkiste gefunden, Hufschmied dazu. Sofort Meldung im Schloß und dann mit Wagen und Spaten nach Fichtenkopf in Wiesenjagen 21. Ahrens.« Das Notizbuch aber gab er seinem Getreuen in den Fang. »So, Unkas, apporte! Das trägst du jetzt nach Hause, hörst du, nach Hause!«

»Mff,« machte Unkas nur, weil das dicke Notizbuch, das er zwischen den Zähnen hielt, ihn an einem fröhlichen Blaffer hinderte, klopfte mit der kurzen Rute den Boden und war mit einem Satze im Dickicht verschwunden.

»Meinen Sie, Herr Förster, daß der Hund das alles auch richtig besorgen wird?« fragte der Hufschmied zweifelnd.

Der Alte zuckte nur mit den Achseln.

»Mein Unkas? Schade nur, daß er nicht reden kann, sonst hätte ich nicht nötig gehabt, ihm den Auftrag schriftlich mitzugeben. Solche Sachen hat er schon mehr als hundert ausgeführt, und mich nie im Stich gelassen. Oder doch, wenn ich nicht lügen soll, ein einziges Mal! Aber da war der Auftrag auch zu schwierig!«

»Wie denn, Herr Förster?«

»Na, da hatte ich meine Schnupftabaksdose vergessen und schickte ihn mit einem Zettel nach Hause. Er brachte sie ja an, aber weil er unterwegs immerfort niesen mußte, da hatte er sie mit den Zähnen aufgemacht und den Tabak ausgeschüttet. So weit reichte sein Verstand denn doch nicht, daß es mir auf den Tabak mehr ankam, als auf die Dose, oder ich hätte mich vielleicht auch deutlicher ausdrücken sollen! Na, aber jetzt erzählen Sie, Martschinowski, und wie sagten Sie, aus dem Krankenhaus sind Sie ausgerückt?«

»Ja, Herr Förster,« sagte der Hufschmied, »aber um Gottes Barmherzigkeit willen, haben Sie nicht was innerlich Erwärmendes bei sich? Jetzt, wo ich nach all den Aufregungen stillsitzen muß, friert mir rein die Seele im Leibe ein!«

»Ein Gedanke!« erwiderte der Alte, holte die bauchige Flasche hervor, stärkte sich selbst zunächst ausgiebig und reichte sie dann dem Hufschmied hinüber.

Der aber trank ordentlich andächtig und sagte dann mit einer gewissen Rührung: »Mechower Korn! Du mein lieber Gott, wie lang’ hab’ ich den nicht mehr getrunken … Das Zeug nämlich, das sie drüben Whisky nennen: wie geräucherte Stiebelsohlen! Und ich wollt’, ich hält’ es nie geschmeckt!«…

»Hat ja nur an Ihnen gelegen, Martschinowski!«

» *Well*, aber Sie sagen so, Herr Förster. Da soll man das Schloß am Archivschrank reparieren und sieht mit einem Male das viele Silber… zehntausend Dahler zum mindesten, und nachher langt es auf meinen Teil kaum zu Zwischendeck nach drüben! Ich mein’, das ist doch schon Strafe genug, und vielleicht möchten Sie bei der gnädigen Baroneß nachher ein gutes Wort für mich einlegen?«

»Na, ich will sehen, was sich tun läßt, Martschinowski. Aber jetzt, wie zum Deuwel haben Sie es angestellt, daß wir Sie die ganze Zeit über nicht finden konnten?«

»Ja, Herr Förster, das hab’ ich drüben gelernt. Wenn man Ursache hat, sich vor den neugierigen Menschen eine Zeitlang zurückzuziehen, geht man in ein Krankenhaus. Natürlich auf falsche Legitimationspapiere, aber die kriegt man drüben, wie man sie haben will, für fünf Cents können Sie inkognito als Graf reisen. Als ich ’rüber kam, hatte ich drei Pässe bei mir, darunter den Abmeldeschein eines Altsitzers Ochotny aus Czymochen. Na, und weil dieser Altsitzer in dem Dorf Czymochen noch heimatsberechtigt war, ließ ich mich auf seine Papiere im Allenberger Krankenhaus aufnehmen. Wegen Magenerkrankung und Altersschwäche! Und ich wurde ohne Anstand aufgenommen, denn die Gemeinde Czymochen ist ja für die Kosten haftbar.«

»Wie raffiniert, wie raffiniert!« sagte der Alte staunend.

»Lernt man alles drüben, Herr Förster! Und in dem Krankenhaus erfuhr ich alles. Daß Sie hier einen Graben hatten ziehen lassen, daß der KIein-Lipinsker Herr wieder gesund geworden war, ich aber hatte Zeit, mir meinen Plan zu bauen. Und sagen Sie selbst, Herr Förster, ob ich nicht recht hatte. Mich melden, nachdem ich mich mit dem Herrn Baron von Linde eingelassen hatte, wär' Unsinn gewesen, danach hätt' man mich bloß eingesperrt. Also hatte ich an meinen Schwager in Prostken geschrieben, er sollte mich am zehnten Mai, wenn's wieder ein bißchen Mondschein gab, mit einem Spaten hier auf den Lipinsker Wiesen erwarten. Da wollte ich dann die Dokumente mitnehmen, wieder nach drüben gehen und ein ordentliches Stück Geld für die Auslieferung verlangen. Bis zum zehnten aber wollte ich so langsam wieder gesund werden, damit ich meine ordentliche Entlassung gekriegt hätte und meine eigenen Kleider, denn in dem gestreiften Kittel halten die Leute einen gleich für einen entsprungenen Sträfling. Leider kam mir etwas dazwischen, ich mußte schon vorgestern nacht das Krankenhaus verlassen!«

»Wie schade! Und wieso denn?« erkundigte sich der Alte ironisch.

»Ja, nämlich, Herr Förster, das war auch so ein Pech. Auf die Anfrage des Herrn Kreisphysikus, wie das mit den Verpflegungskosten stände, schickte die Gemeinde Czymochen den Totenschein des Altsitzers Ochotny, war der Kerl doch in der Zwischenzeit in Wala-Wala, wissen Sie, Herr Förster, da oben in Wyoming, gestorben! Na, und da ich daraufhin und in Anbetracht meines gebesserten Gesundheitszustandes ins Amtsgerichtsgefängnis eingeliefert werden sollte, zog ich es vor, mich in der Nacht vorher zu empfehlen!«

»Na, und wenn ich Sie nun nicht gestört und glücklich erwischt hätte, wären Sie jetzt mit den Dokumenten natürlich schon längst unterwegs zu Ihrem Schwager nach Prostken?«

Der Hufschmied zuckte mit den Achseln.

»Herr Förster, wär's Ihnen lieber, wenn ich lügen würde? Also ja, und mehr noch. Ich hätt' auch schon längst das Reisegeld zur Überfahrt und säß' in dem Nachtzug nach Königsberg und von dort weiter nach Bremen! Gefreut hab' ich mich nicht, als ich hörte, wie Sie sich mit Ihrem Hunde unterhielten, und ich ausreißen mußte, wo ich mit dem Löffel schon den Deckel von der Kiste angekratzt hatte!«

»Na ja, ist gut, Martschinowski, und ich hab' ja schon gesagt, ich werd' ein gutes Wort bei der Baroneß für Sie einlegen. Aber glauben Sie nun wirklich, daß die gesuchte Urkunde da drinnen liegt?«

Über das verwitterte Gesicht des Hufschmieds flog ein Lächeln.

»Herr Förster, ich, wenn ich nämlich glücklich drüben gewesen wär', hätt' natürlich so getan! Aber genau sagen kann ich es nicht, denn zum Lesen hatten wir keine Zeit. Nur so viel weiß ich noch: Es waren dicke Papiere darunter, und an einigen hing, wie ein Klunker, ein großes Siegel. Wär' der sel'ge Gärtner Tyrol nicht solch ein Esel gewesen, daß er sich mit der Truhe seiner Großmutter schleppte, statt ein paar ordentliche Kartoffelsäcke mitzubringen, hätten wir gar nicht nötig gehabt, die Papiere aus dem Regal zu nehmen!«

»Ja, ganz schön,« sagte der Alte, »und hätte er's getan, wär' vielleicht manches ganz anders gekommen, wir zum Beispiel brauchten hier jetzt nicht zu sitzen. Aber erklären Sie mir nur noch das eine, Martschinowski: Weshalb hat er mir mit seinen letzten irdischen Worten allerhand Richtungslinien beschrieben, die nachher nicht stimmten, statt einfach zu sagen: Fichtenkopp, Jagen 21?«

»Ja, sehen Sie, Herr Förster, der Tyrol war eben ein unpraktischer Mensch, ich möcht' sagen, so ein bißchen ideal angelegt. Allein schon wegen der nicht mitgebrachten Kartoffelsäcke – Sie verstehen mich, Herr Förster? – sondern vielmehr er kommt mit einer Truhe an, die allein schon für sich fünfzig Pfund wog. Das ganze Geschirr hätten wir wegräumen können, so aber mußten wir über die Hälfte dalassen, die schönen großen Leuchter zum Beispiel gingen in den engen Kasten gar nicht hinein. Und genau so war es auch mit dem Eingraben. Er kiekte immer nach dem Mond und den Sternen, ich aber merkte mir Jagen und Schonung. Und wenn ich nicht ein so ehrlicher Mensch gewesen wär', hätt' ich gar nicht nötig gehabt, mit ihm hinterher zu teilen, denn er allein hätte die Kiste ja nie wiedergefunden!«

»Hm,« sagte der Alte, »ehrlicher Mensch‹ ist in Anbetracht der obwaltenden Umstände ein bißchen viel gesagt. Aber schad't nichts, die Kiste haben wir ja jetzt!«...

Danach schwiegen die beiden, bis vom Wiesengestell her Pferdeschnaufen, Wagenknarren und Laternenschein kam.

Na sprang der Alte auf, schwang die Mütze und schrie: »Holla hoh, hierher, hierher!« Zu dem Hufschmied aber sagte er: »Na, in einer kurzen halben Stunde wird sich ja nun alles entscheiden. Ob Sie nämlich, Martschinowski, Ihren verknaxten Fuß in Groß-Lipinsken auskurieren werden als hochgeehrter Wohltäter oder aber im Kreisgerichtsgefängnis von Allenberg!«...

*

Fränzchen saß im Musikzimmer vor dem Klavier, spielte ihrem Hans Heinrich nun schon zum vierten oder fünften Male *La Paloma* vor, aber es gab des öfteren Pausen, die nicht gerade in dem Musikstücke vorgesehen waren. Die beiden alten Freifräuleins nebenan im Eßzimmer, die auf die Heimkehr von Elsbeth warteten, achteten jedoch nicht weiter darauf; Tante Lieschen, weil sie eingeweiht war und sich ungefähr denken konnte, was die Pausen bedeuteten, Tante Amalie aber, weil das Benehmen ihrer Schwester sie aufs lebhafteste intrigierte: Am Nachmittage, nach dem Fortgange des Klein-Lipinskers, mißmutig und niedergeschlagen, seit ein paar Stunden aber in einer geradezu glänzenden, fast übermütigen Laune ... Zudem zog sie von Zeit zu Zeit einen Brief hervor, las darin, lachte laut auf und schob ihn mit einem Schmunzeln wieder in ihre unergründliche Rocktasche. Und dieser Brief konnte nur aus Klein-Lipinsken stammen, mußte am Nachmittag durch einen Boten gebracht worden sein, denn Sonntags kam der Briefträger nur einmal von der Ostrokoller Post herüber, am frühen Morgen ... Daß aber dieser Brief und die gute Laune von Tante Lieschen in einem ursächlichen Zusammenhange standen, war unschwer zu erraten, und ebenso, daß er für sie selbst keine angenehme Nachricht enthalten konnte, denn das war nun einmal zwischen ihnen beiden nicht anders: Wenn die eine Schwester sich freute, hatte die andre in der Regel allen Grund, sich zu ärgern ...

Jetzt saß Tante Lieschen mit ihrem vergnügten runden Gesicht ihr gegenüber, strickte an einem baumwollenen Kinderjäckchen für eins der zahlreichen Babys in den Tagelöhnerwohnungen, Amalie aber lehnte untätig in der Sofaecke, denn der Arzt hatte ihr wieder einmal wegen einer Karlsbader Trinkkur jede Beschäftigung aufs strengste verboten, spielte nervös mit ihren lila Haubenbändern und sann darüber, wie sie die Schwester wohl zum Reden bringen könnte...

Das sonst zuweilen probate Mittel, sie durch abfällige Bemerkungen über den Klein-Lipinsker zu reizen, verfing heute nicht. Tante Lieschen antwortete nur mit rätselhaften Bemerkungen, wie: »Ja ja, und hättest du der Liebe nicht, so wärest du wie Erz und klingende Schelle!« ... Oder: »Und sie säen nicht, sie ernten nicht, ihr himmlischer Vater ernähret sie aber doch!«

Da fuhr Tante Amalie auf.

»Ging diese letzte Bemerkung vielleicht auf mich?«

»Ja,« sagte Tante Lieschen ganz freundlich, »auf dich, liebe Amalie! Und, wo du so bedürfnislos bist, was soll dir passieren, wie sich die Dinge auch gestalten? Nimm aber mal mich armes Wurm, sechzig Pfennig bares Geld muß ich alle Monate erschwingen, wenn der Allenberger Verschönerungsrat mir die Haare schneiden soll, denn der Racker pumpt leider nicht. Du aber? Deine Löckchen bleiben immer gleich lang und gleich braun!«

Tante Amalie traten vor Zorn fast die Tränen in die Augen.

»Weißt du, Lieschen, wenn du auch die Ältere bist, aber mich so als Baby und fünftes Rad am Wagen behandeln zu lassen, dagegen muß ich protestieren!«

»Ach so,« tat Lieschen ganz unschuldig, »endlich versteh' ich dich! Du willst wissen, was in dem Brief da steht? Also beruhige dich, es ist nichts weiter als ein Heiratsantrag!«

»Ein Heiratsantrag?«

»Ja,« sagte Tante Lieschen, und der Schalk blitzte ihr nur so aus den munteren Äuglein, »denk dir bloß einmal an! Herr Hans Haffner, der Maler – du besinnst dich doch wohl noch auf ihn – also er hat schriftlich um meine Hand angehalten. Er hat Aussicht, an der Ostrokoller Dorfschule als Zeichenlehrer angestellt zu werden, und da er nunmehr eine Frau standesgemäß ernähren kann, ist seine Wahl auf mich gefallen. Die litauischen Käsenudeln mit Rosinen, die ich so fein zubereiten kann, hätten's ihm namentlich angetan, so schreibt er, ja!«

Da erwiderte Tante Amalie nur: »Hoffentlich bietet sich einmal bald die Gelegenheit, mich zu revanchieren, liebes Lieschen,« und schwieg von da an, aufs tiefste gekränkt und erbittert.

Und nun spielte sich in einer knappen Viertelstunde eine Reihe von Ereignissen ab, die ihr unbegreiflich schienen und sie ganz ratlos machten; wie sie selbst sich nämlich dazu verhalten sollte, um sich das eigene Schicksal für die Zukunft nicht zu gefährden.

Zuerst erschien der alte Diener Friedrich, flüsterte Tante Lieschen etwas ins Ohr, worauf diese »och ne?« sagte, sich rasch erhob und ihm auf den Flur hinaus folgte. Aber das war weiter nichts Auffälliges, kam öfter vor und hing wahrscheinlich mit irgend einer wirtschaftlichen Frage zusammen. Danach aber stand sie selbst auf, um einmal nachzuschauen, weshalb Fränze wohl mitten in der nun schon zum Überdruß gehörten » *Paloma*« ihr Spiel unterbrochen hätte, und da bot sich ihr ein Anblick, der ihre höchste Entrüstung herausforderte: die beiden küßten sich wie ein richtiges Liebespaar! ... Der lange Hans Heinrich hatte sich hinabgebeugt, damit die kleine Fränze, die auf dem Klavierstuhle saß, besser hinauflangen, ihm die Arme um den Hals legen konnte, und in dieser Stellung küßten sie sich, konnten gar kein Aufhören finden. Da trat sie auf die Schwelle, räusperte sich hörbar und mit strengem Angesicht, denn sie fand es geradezu unerhört, daß ihr Schützling mit der jüngeren Schwester so deutlich flirtete, während er sich um die ältere bewarb. Und als die beiden auseinanderfuhren, fragte sie scharf: »Hans Heinrich, ich darf wohl um eine Aufklärung bitten?«

Und Hans Heinrich, der gute Junge, geriet in Verlegenheit, bekam einen roten Kopf und fing mit den Fingergelenken zu knacken an.

»Ja ... nämlich ... liebe Tante Amalie ...«

Klein-Fränze aber trat vor ihn hin und sagte: »Laß nur! Nämlich, liebe Tante Amalie, die Sache ist so: Er hatte solche Angst, daß er bei Elsbeth beim ersten Kusse stecken bleiben könnte, und da hat er sich bei mir ein bißchen eingeübt! Und nicht wahr, Hans Heinrich, es geht schon ganz gut?«

Der Mechower gab sich einen Ruck.

»Ausgezeichnet sogar! Aber das ist natürlich Unsinn ... ich hab' mich nämlich anders besonnen ... ich heirat' Fränze!«

»Ja,« sagte die Kleine sehr bestimmt und energisch, »wir heiraten. Aber wenn du, Tante Amalie, Elsbeth auch nur mit einer Silbe eine Andeutung machst, ehe ich mich mit ihr heut abend vor dem Schlafengehen gründlich ausgesprochen hab', dann sind wir beide geschiedene Leute!«

»I wo werd' ich denn,« erwiderte Tante Amalie und bemühte sich, in ihre Stimme einen Ton mütterlichen Wohlwollens zu legen, »nur diese Überraschung – diese freudige Überraschung!«

»Na schön, dann gib uns deinen gerührten Segen, liebe Tante Amalie, und laß uns gütigst noch ein Weilchen allein! Ich muß dem Ungetüm da nämlich noch mindestens sechsmal sein Lieblingsstück vorspielen, sonst erklärt er die Verlobung womöglich für aufgehoben!«

Tante Amalie wandte sich gehorsam ab, drohte in der Tür noch einmal neckisch mit dem dürren Zeigefinger: »Aber keine zu langen Pausen, Kinderchen!« und schwebte zu ihrem Sofaplatz zurück, um in Ruhe zu überlegen, wie sie Elsbeth auf dem kürzesten Wege von dem unerhörten Geschehnis in Kenntnis setzen könnte. Was sollte denn aus ihr selbst werden, wenn Hans Heinrich die kleine Fränze heiratete, die aus ihrer Abneigung gegen sie niemals ein Hehl gemacht hatte? In Mechowen war dann kein Platz für sie, und hier kam ihr auch mit einem Male der Boden so merkwürdig unsicher vor ...

Aber kaum saß sie, da tat sich die Flurtür auf und herein trat – sie glaubte ihren Augen nicht zu trauen – Tante Lieschen mit Herrn Adalbert von Linde! ...

Der Klein-Lipinsker war im Jagdanzuge, trug vor sich mit beiden Händen einen Rehbock an den Läufen, sagte nur flüchtig: »Entschuldigen Sie gütigst, verehrte Tante Amalie, wenn ich Sie nicht feierlich begrüße, aber ich habe keine Hand frei,« und begab sich dann daran, auf ein paar Küchenstühlen, die der alte Friedrich nebst etlichem Laubwerk hereinschleppte, den Bock so aufzubauen, daß das starke Gehörn möglichst gut zur Geltung kam.

Fränze und Hans Heinrich traten aus dem Nebenzimmer, zwischen den beiden »Nebenbuhlern« gab es eine merkwürdig herzliche Begrüßung, und dann fing der Klein-Lipinsker eine Erklärung an, die offenbar aber für ihre Ohren künstlich zurechtgestutzt war und kein Körnchen Wahrheit enthielt, denn sie sah deutlich, wie Tante Lieschen der kleinen Fränze verstohlen zublinkte und ein Zeichen machte.

»Ja also,« sagte der Klein-Lipinsker, »es war wirklich ein ausnehmend günstiger Zufall. Ich hatte mir aus Langweile die Büchse umgehängt, um mir mit dem Professor, dem vom langen Malen die Beine steif geworden waren, ein bißchen die Füße zu vertreten; gerade wollten wir auf dem Quergestell vor der Ostrokoller Landstraße wieder umkehren, um den Abend bei einem geruhsamen Gläschen Grog zu beschließen, da fällt auf den Wiesen draußen ein Schuß. ›Nanu,‹ sag’ ich zum Professor, ›sollte meine Cousine Elsbeth vielleicht auf den Grenzbock aus sein?‹ Und richtig, *lupus in fabula*, keine fünf Minuten später torkelt der Bock, weidwund geschossen, aus der Tannenschonung auf den Weg, bricht kaum dreißig Schritte vor uns zusammen. Na, und da dauerte es erst eine ganze Weile, bis der Bock verendet war – Sie, lieber Mechow, als Jäger, werden es begreiflich finden, daß wir ihn dabei nicht rege machen wollten – und hinterher konnte ich mich ebenfalls eine ganze Weile lang nicht recht schlüssig machen, was zu geschehen hatte. Nach den nicht gerade erfreulichen Ereignissen von heute nachmittag befürchtete ich, es könnte mir vielleicht als Aufdringlichkeit ausgelegt werden, wenn ich den Bock ohne vorausgegangene Anfrage von Groß-Lipinsker Seite auslieferte, aber der Maler, der liebe Kerl, fand wieder einmal das rechte Wort. ›Sieh,‹ so sagte er, ›weshalb willst du der Baroneß so die Freude verderben? Es glückt ihr endlich, diesen sagenhaften Bock zu erlegen, und nun schläft sie heute nacht vielleicht schlecht, aus Angst, du könntest ihr die Herausgabe des Bockes verweigern!‹…

›Bon‹ sagte ich darauf, ›und mehr als noch einmal ’rausgeworfen kannst du ja nicht werden‹, aber über alledem war so viel Zeit vergangen, daß wir Elsbeth nicht mehr trafen, als wir auf die Wiese heraustraten. Wahrscheinlich war sie schon mit dem alten Ahrens weitergegangen, nach dem Torfbruche zu, denn da stehen ja auch ein paar gute Böcke, immerhin aber müßte sie doch schon längst da sein…«

So schloß der Lipinsker, sah mit einem merkwürdig gespannten Gesichtsausdrucke nach der Flurtür, und Tante Lieschen tuschelte mit der kleinen Fränze verstohlen, worauf diese sich ebenfalls nach der Tür umsah. Der lange Hans Heinrich sprach noch ein paar bewundernde Worte über das geradezu kapitale Gehörn des Bockes und wie sehr Elsbeth sich wohl freuen würde, es schon heute zu sehen; danach aber trat ein allgemeines Schweigen ein, ordentlich eine beklommene Stimmung breitete sich über den Raum, nur Tante Amalie machte ein zufriedenes Gesicht, und ihre Augen blitzten schadenfroh. Das war ja mit den Händen zu greifen, daß Tante Lieschens Petersilie in der letzten halben Stunde arg verhagelt war. Der Klein-Lipinsker aber hatte sich bei Elsbeth gewiß etwas ganz Böses eingebrockt, was nun durch eine Komödie wieder gut gemacht werden sollte. Aber bei dieser Komödie war ja eine Rolle noch unbesetzt, und die gedachte sie selbst zuspielen!…

Und wie sehr sie mit ihrer Vermutung recht hatte, zeigte schon der nächste Augenblick. Vom Flur her erklang Elsbeths Stimme, ohne daß man die Worte verstehen konnte; gleich darauf betrat der Maler das Zimmer, zuckte auf einen fragenden Blick des Klein-Lipinskers die Achseln und zeigte mit dem Finger nach oben. Zu Tante Lieschen aber sagte er nach einer ausnehmend herzlichen Begrüßung: »Verehrteste Freundin, Baroneß Elsbeth läßt sich entschuldigen. Sie fühlt sich von dem Birschgange zu sehr angegriffen und läßt bitten, ihr ein wenig Tee und Aufschnitt nach oben zu schicken!«

Der Klein-Lipinsker stand mit finsterem Gesicht da, die Zähne in die Unterlippe gepreßt, Tante Lieschen hantierte an der Teemaschine, Hans Heinrich und Fränze aber führten um den Maler ein ganz merkwürdiges Gehabe auf, schüttelten ihm die Hände, der Mechower umarmte ihn sogar. Und bis dahin hatte er bescheiden abgewehrt, als aber Klein-Fränze ihm die rosigen Lippen hinhielt, sagte er nicht nein, sondern entsprach dankend der freundlichen Einladung. Nur vorher tat er so, als wollte er sich in komischer Weise den Mund putzen, fuhr sich aber in Wirklichkeit über die feucht gewordenen Augen…

Unter andren Umständen hätte ja Tante Amalie alles daran gesetzt, die Ursache dieser so auffälligen Begrüßungsszene auf kürzestem Wege in Erfahrung zu bringen, jetzt aber standen denn doch wichtigere Interessen auf dem Spiele. Und einen günstigeren Augenblick, unbemerkt nach oben zu Elsbeth zu gelangen, konnte sie sich wirklich nicht wünschen. Also erhob sie sich leise und schritt, scheinbar ganz absichtslos, der Flurtür zu.

Tante Lieschen aber hatte sie im Auge behalten. Noch mit dem Messer in der Hand, mit dem sie eben eine Butterstulle geschmiert hatte, vertrat sie ihr den Weg.

»Nur über meine Leiche, Amalie,« sagte sie komisch-pathetisch, ganz ernsthaft aber fügte sie hinzu: »Also nach oben rennen und hetzen, das gibt's nicht, verstanden?«

»Hetzen?« tat Tante Amalie erstaunt. »Ich wüßte nicht gegen wen und was? Ihr habt es ja nicht der Mühe für wert gefunden, mich ins Geheimnis zu ziehen?«

Der Klein-Lipinsker trat näher.

»Ganz recht, Tante Amalie, und zwar aus ganz bestimmten Gründen. Um Sie aber jetzt kurz aufzuklären: Ich beabsichtige, Elsbeth zu heiraten, nur sie ist damit anscheinend noch nicht ganz einverstanden, und, wenn ich ehrlich sein soll, es wäre mir auch lieber, wenn Sie unten blieben, denn ich habe mir als Fürsprech jemand anders ausersehen. Willst du so gut sein, liebe kleine Fränze? Sag deiner Schwester, ich, Adalbert von Linde, bitte sie, für eine kurze Minute herunterzukommen. Aber wenn du die Liebenswürdigkeit haben wolltest, ihr zu erklären, daß ich keine Lust habe, lange zu warten! Über das törichte Gerede von meiner angeblichen Verlobung ist sie durch den Professor aufgeklärt, ebenso, daß ich sie lieb habe. Alles übrige aber ist nebensächlich und kann später, nach der Verlobung, besprochen werden. Eine halbe Stunde will ich warten, wenn sie in der Zeit nicht herunterkommt, hat sie mir ihre Meinung deutlich genug kundgegeben. Das Herumgezerre geht jetzt schon den ganzen lieben Nachmittag, und ich will jetzt endlich wissen, ob ja oder nein!« Bei den letzten Worten war ihm die Ader auf der Stirn geschwollen, er sah, wie zur Bekräftigung seines Gelübdes, auf die Uhr, klappte hörbar den Deckel zu und trat nach den Fenstern zu ins Dunkle.

Tante Amalie hatte sich mit ein paar unverständlichen Worten wieder in ihre Sofaecke gesetzt, Fränzchen war mit einer Tablette voll kalten Aufschnitts und einer Tasse Tee zu der schmollenden Schwester nach oben geeilt, die Zurückgebliebenen aber verhielten sich schweigsam, gleich als wollten sie durch Decken und Wände hören, wie die so folgenschwere Mission wohl ausgehen würde. Bis Tante Lieschen mit einem Scherzworte die beklommene Stimmung in laute Heiterkeit wandelte.

»Gott,« sagte sie, »sind Sie ein kurz angebundener Werber, Adalbert! Mein verflossener Leutnant zögerte mit seinem Antrag wegen mangelnden Kommißvermögens, bis er Hauptmann wurde. Danach aber war ich ihm zu dick und alt geworden, und er nahm sich eine andre, 'ne Junge, die noch dazu Geld hatte!«

Sogar Tante Amalie lächelte sanft und zeigte die Spitzen ihrer Mausezähnchen, denn es schien ihr an der Zeit, sich dem Umschwung der bestehenden Verhältnisse allmählich anzupassen. Der Klein-Lipinsker aber trat auf Tante Lieschen zu, lachte und streckte ihr die Hand entgegen.

»Du‹, wenn ich gehorsamst bitten darf, Tante Lieschen. Na, und wollen wir mal?«

»Aber natürlich,« sagte Tante Lieschen, reckte sich auf den Zehenspitzen und ließ sich von dem Klein-Lipinsker einen herzhaften Kuß geben. Zu Tante Amalie aber bemerkte sie: »Nämlich weeßt du, liebe Schwester, man muß die Gelegenheit wahrnehmen. Wenn die oben erst 'runter is, kommt unsereens ja gar nich mehr 'ran!«...

*

Die Unterredung der beiden Schwestern war verhältnismäßig kurz gewesen, denn Fränzchen traf ihre ältere Schwester schon an, wie sie im Frisiermantel und mit der Brennschere in der Hand vor drei verschiedenfarbigen Blusen stand, die auf dem Sofa ausgebreitet lagen, einer weißen, einer rosafarbenen und einer schottischen.

Da stellte Fränzchen die Tablette auf den Tisch und sagte lächelnd: »Ich an deiner Stelle würde mich für die schottische entscheiden, denn er ist noch immer im Jagdanzug, und weil er doch den Bock hierhergeschleppt hat, könnte es bei der Umarmung leicht Flecken geben!«

»Wie meinst du das?« fragte Elsbeth mit strengem Gesicht.

»Ach Gott, hab' dich doch nicht so,« erwiderte Fränzchen, setzte sich auf den Tisch und schlenkerte höchst respektlos mit den Füßen. »Aber, um zunächst damit aufzuräumen: *Meine* Eide habe ich heute nachmittag gebrochen, indem ich mich mit Hans Heinrich verlobte. Sie galten überhaupt nicht, denn ich habe jedesmal mit eingekniffenem Daumen geschworen. Wenn du vielleicht das gleiche getan haben solltest, würde das die Situation bedeutend vereinfachen. Im übrigen aber hat er erklärt, länger als eine halbe Stunde wartet er nicht!«

»Autsch,« sagte Elsbeth, denn sie hatte sich mit dem heißen Eisen, und weil ihre Hand ein wenig zitterte, die Stirn verbrannt. »Also er ist noch immer da, wo ich ihm doch durch den Maler hab' sagen lassen, ich käm' nicht mehr herunter?« ... Die Frage der wiederholten Eid-schwüre erörterte sie gar nicht mehr.

»Na ja doch,« erwiderte Fränzchen, »und beeil' dich, sonst geht er wieder fort, auf Nimmer-wiedersehen. Der ist nicht wie mein Hans Heinrich, der kommt nicht mehr wieder! Also jetzt entschließ dich! Nimm schon die schottische, denn die kannst du dir allein zuhaken, ich geh' derweil herunter, sag', du kämst gleich!« ...

»Hopp, hopp, nicht so rasch,« wehrte Elsbeth ab, »und er wird schon noch eine Viertelstunde zulegen. Erst rapportier einmal, was er gesagt hat, und wie es eigentlich zugegangen ist, daß er ... na ja also, daß er den Bock so rasch gefunden hat! Hat er davon unten nichts erzählt?«

Daraufhin machte Fränze ein möglichst treuherziges Gesicht, denn sie war ja von Tante Lies-chen genügend informiert, daß sich zwischen Elsbeth und dem Klein-Lipinsker irgend etwas zugetragen haben müßte, worüber zu schweigen alle beide triftige Gründe haben müßten. Und sie wiederholte, so gut es ging, was der Vetter Adalbert nach dem Aufbau des Bockes erzählt hatte.

»So so,« sagte Elsbeth, in Gedanken versunken, »und von dem Gewehr hat er nichts er-wähnt?« ... Klein-Fränze sah die Schwester ehrlich verwundert an.

»Von welchem Gewehr? Und was meinst du damit?«

Elsbeth aber wandte sich ab, denn sie fühlte, daß sie rot wurde.

»Ach, nichts Besonderes,« sagte sie, und zum Glück fiel ihr im selben Augenblick eine Not-lüge ein: »Nämlich nur, weil ich den Bock nicht ganz weidgerecht geschossen hab'. Mit dem Büchsenlauf gab es einen Versager, und ich mußte wohl oder übel mit der ›Witzlebenkugel‹ aus dem linken Schrotrohr hinlangen.« Im Innern aber empfand sie dankbar, wie diskret und taktvoll sich der Klein-Lipinsker selbst der vertrauten Schwester gegenüber benommen haben mußte. Und ein verstohlener Blick auf deren Antlitz gab ihr die Gewißheit, daß da wirklich keine Verstellung im Spiele war, und Klein-Fränze keine Ahnung davon hatte, wo und wie sie wieder in den Besitz ihrer Waffe gekommen war ... daß der Maler am Eingang des Dorfes mit dem Gewehr auf sie gewartet hatte, um ihr gleichzeitig in eindringlicher Rede zu Gemüte zu führen, daß der Klein-Lipinsker erstens einmal nicht verlobt wäre, zweitens aber noch immer dem Grundsätze huldigte, daß der Wald verschwiegen sein müsse wie ein Grab. ...

Klein-Fränze aber dachte unterdessen im stillen, wie doch der Umgang mit dem Förster Ah-rens abfärbte! Denn daß das »Familienoberhaupt« jetzt eben gelogen hatte, war ihr sonnenklar, sie mochte nur durch eine im Augenblick unangebrachte Querfrage keine Verzögerung herbei-führen. Unten wartete der Vetter Adalbert, hier aber langte Elsbeth nämlich schon nach der schottischen Bluse, bereitete sich nach der empfangenen Warnung also doch wohl auf eine im Bereiche der Möglichkeit liegende Umarmung vor ...

Auf der Treppe verhielt Elsbeth den Schritt und faßte sie bei der Hand.

»Fränzchen, du bildest dir doch nicht etwa ein, ich würde ihm um den Hals fallen und mich sofort verloben? Im Gegenteil, höchstens nach acht Tagen.«

»Na ja, immer erst nur zappeln lassen, das ist das einzig Richtige. Bei meinem Hans Heinrich hat es geradezu Wunder gewirkt!«

Vor der Tür zum Eßzimmer aber gab es einen neuen Aufenthalt.

»Fränze, um Gottes willen, was soll ich nur jetzt für ein Gesicht machen?«...

Da klopfte die Kleine dem Familienoberhaupt ordentlich mütterlich wohlwollend den Rücken.

»Na, dein gewöhnliches, hübsches! Wenn dir's aber nur um die ersten Worte zu tun ist, das will ich schon besorgen!«...Und sie öffnete die Tür. »Guten Abend allerseits, und da sind wir beide. Nämlich Elsbeth hat sich anders besonnen!«...

*

Der Klein-Lipinsker, der gerade ein großes Stück Schinken zum Munde führen wollte, denn auf Tante Lieschens Ermahnung hatten die schon glücklich und annoch unglücklich Liebenden sich zu Tisch gesetzt, sprang auf.

»Wie scharmant, liebe Elsbeth, daß du mir die Freude nicht verdorben hast, dir den Bock noch heute abend zeigen zu dürfen. Und wie liebenswürdig, daß du mir die kleine Verstimmung von heute nachmittag nicht nachträgst! Also jetzt komm her und sieh dir mal an, was für einen kapitalen Kerl du weidgerecht gestreckt hast. Das gibt den ersten Schild auf der nächsten Ausstellung!« Und er faßte sie bei der Hand, führte sie vor die zwei Stühle, auf denen er den Bock aufgebaut hatte.

Sie aber war ihm ordentlich dankbar, daß er sie führte, denn vor ihren Augen lag es wie ein Nebel. Und ganz mechanisch betastete sie das Gehörn des erlegten Bockes.

»Ja, in der Tat, ganz außerordentlich!« Mehr konnte sie nicht hervorbringen.

Er aber, der Klein-Lipinsker, beugte sich über sie und flüsterte leise: »Mädel, du bist zum Anbeißen! Und ich ganz verrückt, nicht erst seit heute abend, sondern schon vom Nachmittag her. Und bild dir doch nicht ein, ich hätte heute abend nicht gemerkt, daß du mir auch gut bist, aber verlaß dich drauf, kein Mensch hat eine Ahnung. Nicht mal der Professor, denn der bildet sich noch jetzt ein, wir hätten nur einen Ringkampf aufgeführt, um dein Gewehr nämlich. Na also?« Und er blickte ihr fragend in die Augen.

Elsbeth aber wandte sich langsam ab. Sprechen konnte sie nichts, denn das Herz weitete sich ihr jählings vor hereinflutender Glückseligkeit. Nur rot wurde sie, daß sie die Wärme bis unter die kurz zuvor mit dem Brenneisen gekrausten Stirnhaare spürte.

Da lachte der Klein-Lipinsker: »Wer schweigt, ist einverstanden,« und hob sie mit raschem Griff hoch empor, »Das da, meine Herrschaften, ist der Schluß des Lipinsker Erbfolgekrieges. Nicht ganz so lange hat er gedauert wie der spanische, aber dafür ist der Friedensschluß um so herzhafter. Einer aber muß ihn noch unterzeichnen, nämlich unser Professor, der im Nebenamte Heiratsvermittler ist. Und genier dich nicht, Elsbeth, halt ihm den kleinen Schnabel hin, deine Schwester, um die er sich gleichermaßen verdient gemacht, hat ebenso getan.«

Der Maler aber genierte sich merkwürdigerweise, vielleicht weil ihm der angetragene Kuß denn doch zu sehr gegen den eingewurzelten Respekt ging.

»Nein, laß nur, Adalbert, und vielleicht später. Für heute möchte ich nur die Hand küssen, die mir so viel Gutes getan!«...

*

Tante Amalie, die mit raschem Blick die Situation erfaßt hatte, war gerade dabei, dem Klein-Lipinsker in längerer Rede auseinanderzusetzen, wie sehr sie von Anfang an auf seiner Seite gestanden hätte und ebenso wie Elsbeth nur durch allerhand befremdliche Nebenumstände dahin gebracht worden wäre, an der Lauterkeit seiner Absichten zu zweifeln, als sie jählings in ihrem Redeschwall unterbrochen wurde. Frau Förster Ahrens stürzte atemlos herein, ein dickes Notizbuch in der Hand.

»Ach Gott, gnädigste Baroneß, entschuldigen Sie bloß, aber ich hab' mich nämlich so furchtbar geängstigt. Ich sah doch, wie Sie allein nach Hause kamen mit dem Herrn Professor, er redete Ihnen immerfort gut zu, mein Mann aber war nicht dabei. Und jetzt bringt mir der Unkas mit einem Male das da. Die Kiste ist gefunden, und mein Mann wartet bloß auf Sie!«

Der Klein-Lipinsker griff nach dem Notizbuche und las halblaut die Meldung: »Dokumentenkiste gefunden, Hufschmied dazu…«

»Elsbeth,« unterbrach er sich, »hat diese Nachforschung noch einen greifbaren Zweck? Wir zwei sind uns doch einig, also mein' ich, wir lassen die ganze Angelegenheit in der Schwebe? Lassen noch ein paar Fuhren Sand aufschütten und den alten Kasten samt seinen Inhalt so langsam und ungestört vermodern?«

»Nein,« sagte Elsbeth und warf den Kopf zurück, »ich will wissen, wer von uns beiden recht hatte, ich oder du! Außerdem aber…« Den Satz jedoch sprach sie nicht zu Ende, sondern barg errötend ihren Kopf an seiner Brust.

»Ich verstehe,« flüsterte er dicht an ihrem Ohr, »wegen der Mädel. Und damit die mit meinen Jungens mal keine Prozesse zu führen haben. Na, beruhige dich, Schatz, es werden immerhin Geschwister sein, außerdem können wir ja darüber ein ganz grobes Pergament ausfertigen, und zwar in mindestens sechs Niederschriften, falls nämlich das eine oder andre verbrennen oder gestohlen werden sollte.« Laut aber befahl er: »Friedrich, lassen Sie schleunigst das Break anspannen, damit wir alle Platz haben! Denn, nicht wahr, liebe Tante Amalie, Sie würden doch schmerzlich bedauern, nicht beim Schlußakte dabei sein zu dürfen, nachdem Sie vorher für eine wirklich restlose Versöhnung zwischen Groß- und Klein-Lipinsken so tätig gewesen sind?«…

*

Der alte Ahrens wunderte sich nicht wenig, als gleich hinter seiner jungen Herrin der Klein-Lipinsker aus dem langen Break stieg und sofort das Kommando übernahm. Als ein ans Gehorchen gewöhnter Beamter fragte er natürlich nicht, warum und wieso, schickte aber einen flehentlichen Blick zu Tante Lieschen hinüber, als wenn er hätte sagen wollen: Laß mich nicht im Stich, wenn's nachher wegen meiner lügenhaften Verlobungsgeschichte womöglich zum Kreuzverhör kommen sollte. Daß ich hier auf den Wiesen zufälligerweise auch noch den Viehhändler Matzanek getroffen haben sollte, glaubt mir ja doch kein Mensch, und womit soll ich mich sonst herausreden?…

Auf dem schmalen Viereck in der Mitte des Fichtenkopfes drängte sich die Menge der Zuschauer, so daß für die beiden mit dem Spaten arbeitenden Knechte kaum der nötige Raum übrigblieb. Endlich wurde die Truhe gehoben, zum Öffnen aber brauchte man kein besonderes Werkzeug, denn der Deckel stand fast eine halbe Hand breit offen. Auf dem Grunde aber nichts als Müll und Häcksel und eine Mütze voll junger, blinder Feldmäuse. Die Alten, die sich aus den Dokumenten mit scharfem Zahn die Nester zurechtgeschnitten hatten, waren schon am Nachmittag entwichen, als oben das verdächtige Kratzen und Graben begann…

Der Klein-Lipinsker ließ die Kiste umstülpen und leuchtete mit der Laterne auf den Haufen zerfressener Papiere, zwischen denen die kleinen Mäuse mit leisem Fiepen übereinander krabbelten.

»Da, Elsbeth, sieh her. Urkunden sind wohl da gewesen, aber ob die richtige darunter war, wird sich beim besten Willen nicht mehr nachweisen lassen.«

Tante Lieschen und der Maler schüttelten sich die Hand, der alte Ahrens aber fühlte sich gedrungen, seine junge Herrin, die schweigsam dastand, darauf aufmerksam zu machen, daß jetzt eine Versöhnung doch wohl am Platze sein dürfte, trotzdem er selbst am Nachmittag dagegen gewesen wäre…

»Und sehen Sie, gnädigste Baroneß,« so schloß er, »der alte Unkas und ich, wir haben unsre Pflicht getan. Wer aber ist wieder einmal an allem schuld? Herr Verwalter Wisotzki! Hätte er damals die beiden Kerle nicht unnützerweise bei der Arbeit gestört, hätten sie den Deckel wieder ordentlich zugemacht, und die Mäuse wären nicht hineingeraten. So aber? Jetzt können Baroneß den Herren vom Berliner Kammergericht vielleicht noch sagen, was der Wald einmal umschlossen hat, gibt er nicht wieder her, aber, wo diese Herren sowieso von den hiesigen Verhältnissen keine Ahnung zu haben scheinen, wird es sich fragen, ob man damit irgendwelchen Eindruck erzielt.«

»Beruhigen Sie sich, Ahrens,« sagte der Klein-Lipinsker und zog Elsbeth mit der Linken an sich, »wir haben es vorgezogen, uns vorher gütlich zu einigen.«

»Gott sei Dank,« sagte der Alte und schüttelte seinem neuen Herrn kräftig und mit freudestrahlendem Gesichte die Hand. Aber es war schwer zu sagen, worüber seine Freude größer war. Ob über die endlich vollzogene Einigung der streitenden Parteien oder darüber, daß er aller Wahrscheinlichkeit nach unbequeme Fragen über die angebliche frühere Braut des Klein-Lipinsker Herrn nun nicht mehr zu gewärtigen hatte...

Elsbeth aber sah, während der Klein-Lipinsker Vetter sie mit der Linken umschlungen hielt, mit schwimmenden Augen ins Dunkle. Sie fühlte sich so recht geborgen. »Schweigen im Walde«, sagte sie leise.

Er beugte sich besorgt über sie.

»Schatz, was willst du damit sagen? Und glaub mir doch: Nicht mal der Professor hat gesehen, was wirklich zwischen uns vorgefallen ist!«

»Na ja,« sagte sie rätselhaft, »aber auch sonst. Denn damit hat es nämlich angefangen. Aber das erklär’ ich dir vielleicht später, wenn wir erst verheiratet sind!«